www.mayabook.co.kr

www.mayabook.co.kr

www.mayabook.co.kr

www.mayabook.co.kr

프로젝트
오벨리스크

프로젝트
오벨리스크 ❸

지은이 | AKARU
펴낸이 | 권순남
펴낸곳 | (주)마야 · 마루출판사

등록 | 2008. 1. 7(제310-2008-00001호)

초판 인쇄 | 2015. 8. 20
초판 발행 | 2015. 8. 24

주소 | 서울시 노원구 상계 1동 1049-25 신영산업 BD 602호
대표전화 | 02-2091-0291
팩스 | 02-2091-0290
이메일 | marubooks@hanmail.net

ISBN | 978-89-280-6167-9(세트) / 978-89-280-6227-0
정가 | 8,000원

잘못된 책은 교환하여 드립니다.
저자와 협의하여 인지를 붙이지 않습니다.

「이 도서의 국립중앙도서관 출판시도서목록(CIP)은 서지정보유통지원시스템 홈페이지(http://seoji.nl.go.kr)와 국가자료공동목록시스템(http://www.nl.go.kr/kolisnet)에서 이용하실 수 있습니다.」
(CIP제어번호:CIP2015022391)

프로젝트 오벨리스크

3

AKARU 퓨전 판타지 장편소설
MAYA & MARU FUSION FANTASY STORY

마루&마야

▲목차▲

페이즈 4-7. ShutDown …007

페이즈 4-8. 레이드 결산 …025

페이즈 5-1. 싫어도 걸어야 할 길이 있다 …043

페이즈 5-2. 새로운 시작 …065

페이즈 5-3. 개인과 국가 …101

페이즈 5-4. 그랜드 퀘스트 …137

페이즈 6-1. 사람은 선택하고, 노예는 복종한다 …173

페이즈 6-2. 영국에서 온 손님 …225

페이즈 6-3. 보기와는 다르다? …259

페이즈 6-4. 풀 파티입니다. 접속하세요 …289

페이즈 7-1. 햇빛도 그늘이 있어야 밝고 눈부시다. 다만 그늘이 조금 짙을 뿐 …305

Project Obelisk

페이즈 4-7

ShutDown

2시간 뒤.

뭐지 이 기분은? 뭔가 선잠을 자고 깬 느낌이라고 해야 하나? 아니면 시간 가는 줄 모르고 멍 때리다가 깨어난 기분? 시간이 잘려 나간 듯 사라진 기분? 어쨌든 그런 신기한 기분이었다.

정신이 들고, 주변에 고개를 돌리며 점점 머리가 깨어남을 느끼고 있었다. 그러니까 나 뭐하는 중이더라?

"…씨!"

"응?"

"아저씨!"

세연의 외침이 시끄럽게 들려온다. 그녀는 내가 고개를

돌려 바라보자 이쪽으로 급하게 뛰어오기 시작한다. 아오, 씨. 정신이 돌아오려는 머릿속이 띵해진 나는 머리를 부여잡으며 그녀에게 외친다.

"야! 왜 시끄럽게! 나 귀 안 먹었어! 어라? 에에에엑? 나 뭘 잡고 있는 거야? 히에에에엑?"

난 내 왼손을 보며 깜짝 놀란다. 왼손엔 눈을 까뒤집고 죽어 있는 메두사 퀸의 머리가 있었다.

나는 그 뱀으로 된 머리카락을 잡고 있었는데… 그 뱀 머리칼 다수가 마치 억지로 잡아당긴 듯 잡아 뜯겼고, 그곳에서 피가 흘러나오고 있었다. 그리고 그 예쁘던 메두사 퀸의 얼굴은 이빨이 다 뽑힌 채 부서지고, 코피와 눈물을 쏟아내며 고통스럽게 죽은 흔적이 남겨져 있었다.

난 깜짝 놀라서 메두사 퀸의 머리를 던지고 뒤로 물러난다. 잠깐. 왼손?

"에? 왼손?"

그렇다. 난 손을 들어 눈앞에 갖다 댔다. 갑주 없이 그대로인 왼손이 있었다. 어라? 분명히 그레이트 바실리스크를 잡다가 뜯겨 나간 팔이 왜 다시 있지? 뭐지? 어리둥절해하는 사이에 세연은 나에게 다가온다.

"기억 안 나세요?"

"어, 응. 이거 어떻게 된 거지? 나 뭘 한 거야?"

난 곰곰이 생각을 추스르며 다시 머릿속으로 생각한다.

그러니까 난 그레이트 바실리스크를 잡으러 와서 한국 길드들의 함정에 빠져 지금 누워 있는 메두사 퀸을 만나게 되었고, 세르베루아 님과 맹약을 맺고, 버프를 받은 다음, 방패를 빼고서 왠지 모를 고양감에 메두사 퀸에게 달려갔고…

"아, 오벨리스크다. 그렇다는 건?"

눈앞에 오벨리스크의 기둥이 나타난다. 저걸 깨면 여길 나갈 수 있게 되는 걸로 보아… 아, 그래서 이거 죽어 있구나.

어느새 호위 기사 분들은 메두사 퀸에게서 나온 아이템을 챙기고 있었다. 그리고 다들 왠지 날 경계하는 눈인데, 나 무슨 일을 저지른 건가? 일단 그 해답은 세연이 가지고 있는 거 같았다. 금방 동료가 된 진서 형님도 두려운 눈으로 날 바라보고 있었다.

"나 뭔가 했냐?"

"뭔가고 자시고, 혼자서 메두사 퀸을 거의 고문하다시피 하면서 때려잡으시던데요? 가정 폭력 수준이었어요. 메두사 퀸은 아무것도 못하고, 그냥 절규하다가 죽더라구요. 한 20분 정도 만에 잡더니 그 뒤로는 멍하니 있었는데, 무서워서 아무도 못 건드리고……."

"자, 잠깐만 기다려."

난 급히 인터페이스를 열어서 데미지 리포트를 살펴본다.

있구나? 그러니까 [쇠돌이 님이 메두사 퀸을 일반 공격으로 18321의 데미지를 입혔습니다.] 여기서부터군. 그러니까 총 전투 시간 18분 34초. 미친 듯이 오른 깡스펙의 평타빨로 그냥 때려잡은 거군. 근데 왜 나한테 기억이 없는 거지? 그리고 이 팔은 어째서 재생된 거야?

"이 팔은? 누가 고쳐 준 거야? 혹시 세르베루아 님이라던가……."

"아뇨. 갑자기 싸우시다가 도마뱀 꼬리처럼 쑥! 하고 나오시던데요."

"피X로냐? 나 도대체 뭘 한 건지 모르겠네. 어라? 지크프리트 씨랑 진서 형님?"

세연이가 내 상태를 확인하자 온 건지, 진서 형님과 지크프리트 씨가 나에게 다가온다. 지크프리트 씨는 걱정스러운 얼굴로 질문을 한다.

"미스터 아이언, 괜찮으십니까?"

"아, 예. 지금은 괜찮습니다. 근데 이거랑, 저거 어떻게 된 겁니까?"

"일단 자세한 사정은 나중에 알려 드리겠습니다. 우선은 귀환 크리스털을 사용하도록 하지요."

"맞다. 어쨌든 저 메두사 퀸이 죽어서 이제는 사용이 가능해졌군요. 이대로 밖에 나가면 백방, 아니 분명히 쓰리 스타즈 얼라이언스라던가 길드들이 스캐빈저처럼 대기하고 있을 테니 말이죠. 그런데 저희 말고 저기 버려진 분들은 분명히 자기 길드로 귀환 지정되어 있을 텐데……."

보통 길드 사람들은 길드 건물에 귀환이 지정되어 있을 것이다. 이대로 돌아가면 그들은 던전 안에서 무슨 일이 있었는가? 하고 질문을 받겠지. 그렇다고 이대로 오벨리스크를 깨고 나가면 포위망이 있을 건데……. 내가 고민하던 찰나에 진서 형님이 조심스럽게 다가와서 말을 건넨다.

"저기, 그거 나노 머신 인터페이스로 길드 탈퇴 신청을 올려놓으면 자동으로 크로니클로 귀환 위치가 바뀌어요. 대장님."

"…아하! 그러면 다들 귀환 크리스털을 쓰면 되겠네요."

"예. 하지만 이곳의 오벨리스크를 깨고 가야 합니다. 안 깨면 여전히 이 주변에는 일반 바실리스크들이 계속 생겨날 테니, 누군가가 타임 레그를 가진 기술을 사용해서 시간차로 깨야겠군요. 블러드 나이트 사라센 님이 맡아 주실 겁니다."

검붉은 갑주를 입은 블러드 나이트는 오벨리스크 앞에서 대기 중이었고, 다른 길드 사람들은 이미 길드 탈퇴를 하고 있었다. 이리 됐든 저리 됐든 버려진 몸이었으니 말이다. 진짜 호위 기사 분들 너무 유능한 거 같다.

잠깐, 그러고 보니 기자 분들 남아 있을 텐데……. 저 사람들은 어떻게 하지? 혹시나 우리를 포위하는 자들이 없다면 그들은 그냥 맨 몸뚱이로 남을 텐데?

"그들에게도 귀환 크리스털을 이미 줬습니다. 하하하, 민간인을 데려올 때 아무 대비 안 할 리가 없잖습니까? 더구나 저희는 한 명당 3~4개씩은 들고 다니니까 여분도 충분하구요."

"그럼 다행이네요. 자칫했다간 민간인들을 위해서 남아 있는 흔한 전쟁 영화물같은 그런 재미없는 상황이 될 뻔했어요. 아, 맞다, 진서 형님. 크로니클에 혹시 안 될지 모르니까 휴대폰 번호 알려 주시죠. 여차하면 나가서 바로 연락해야 하니까요."

"아, 예. 대장님. 제 번호는……."

인터페이스를 열어서 휴대폰 번호를 적어 둔다. 새로이 합류한 사람이고 하니 밴드장으로서 챙겨야지.

에휴, 이거 뭐랄까? 딸이나 아들내미가 데리고 온 애완동물을 챙기는 엄마가 된 심정이려나? 세연이 이 녀석은 내 옆에 찰싹 붙어서 아무 말도 하지 않고 있었다.

"저기, 이런 건 네가 해야 하는 거 아니냐? 네가 가입 신청해 준 만큼 주워온 펫은 직접 챙겨야지?"

"저도 그건 아는데 아저씨가 어디 가 버릴까 봐 무서워서……."

"하하, 대장님과 사모님 사이가 너무 좋으시네요. 그럼 나중에 연락 주십시오. 언제든 달려가겠습니다, 대장님."

그러니까 그 사모님은 그만둬. 나 얘랑 결혼한 것도 아니야. 애초에 말이다. 16살이 벌써 결혼했다고 생각하는 시점에서 이상한 거 아니야? 어쨌든 진서 형님, 아부 쩔어.

우여곡절이 많았지만 그래도 그레이트 바실리스크와 메두사 퀸의 레이드는 무사히 끝났다. 하지만 레이드 뛰어서 나온 성과나 그런 거보다 더 많은 불안감과 해결해야 할 과제, 그리고 한국 길드들과의 분쟁 등등 많은 과제들이 주어졌지만 말이다.

귀환 후 크로니클.

휴우~ 무사히 도착했나? 세연이는 이 와중에도 날 꼬옥 붙잡고 있었다. 뭐, 거의 시간차 없이 도착했으니 자세가 그대로였다. 어쨌든 귀환실을 나온 나는 먼저 진서 형님에게 전화부터 걸었다. 이 양반 로직 게인에 떨어진 게 아닌가 싶었지만, 익숙한 벨소리가 옆에서 들려온다.

[사랑~ 사랑~ 사랑~ 사랑~ 사랑~ 만나고 싶은데~]

"시스터 프린세스 OP인가? 상당히 옛날 미소녀 애니물인데."

"아, 대장님~! 무사히 크로니클에 와서 다행입니다."

"오타쿠끼리 모인 거네요."

우와, 생각해 보니 저 아저씨 히키코모리 짓하다가 적합자 된 거랬지. 세연아, 난 탱커 일 때문에 오타쿠가 된 거라고. 원래는 그냥 평범한 탑솔러였단다.

어쨌든 진서 형님이 무사히 합류했고, 남은 건 이제 지크프리트 씨에게 전화를 해서 우리를 데리러 오라는 이야기만 하면 된다. 우리와 다르게 그들은 자신들의 트레일러에 귀환 장치를 마련해 둔 분들이니 합류를 다르게 하게 된다.

"아, 맞다. 온 김에 세연이 넌 레벨 갱신하고, 진서 형님도 가서 길드 바뀐 거 신고해요. 그리고 크로니클 입구에서 집합하세요. 난 그동안 지크프리트 씨랑 전화할 테니까요."

"예. 알겠습니다, 대장님."

"알았어요, 아저씨."

내 지시에 두 사람은 먼저 떠났고, 전화를 하기 위해서 이동하는 중에 통화 가능 지역에 도착하자마자 귀신같이 내 휴대폰이 울린다. 밀렸던 문자와 통화들이 잔뜩 쌓여 있었다. 그리고 현마는 물론이고, 미래까지 지금 우리 관계가 어떻게 되었냐고 물어보는 문자였고, 전화 좀 하라고 난리였다.

'근데 지금 전화하면 우리가 클리어해서 나왔다고 선언하는 건데 내가 할 리가 있나?'

무시하고 지크프리트 씨에게 전화를 한다.

망할 현마 자식, 지금쯤 산에서 텐트친 채 우리가 죽고 던전이 재개방되기를 기다리겠지. 하지만 어쩌나~ 우린 그걸 클리어해 버렸는데~

난 전화기를 붙잡고 걸어가면서 장비를 해제하고, 인벤토리에 넣은 다음 미현 누님이 있는 창구로 간다. 용무? 내 마음의 양식을 쌓으러 가는 거다. 구헤헤헤.

 (미스터 아이언, 무사히 갔군요.)

 "무사하고 뭐고 귀환한 거뿐인데요. 크로니클 앞으로 오고 계신가요?"

 (예. 다행히 한국 길드 사람들은 우리 트레일러 쪽에는 사람을 배치하지 않은 거 같습니다.)

 "완벽한 작전이라고 생각할수록 빈틈이 크니까요. 그럼 크로니클 입구에 있겠습니다."

 자, 그럼 이야기도 끝났고, 마음의 양식~ 마음의 양식~

 물론 세연이도 있겠지만 하~ 미현 누님, 미현 누님~ 청순하고, 섹시한 나의 천사. 아, 세연이도 물론 미모상으로는 지진 않지만 그래도 중학생이고, 볼륨이 부족하지. 미현 누님은 크로니클 제복 차림에 섹시하게 나타나는 그 자태. 음! 이게 여자라는 거지! 그리고 세연이 녀석 구해 준 데 대한 대가도 받아야 하니까~

 "미현 누님~"

 "어라? 강철 군, 오랜만이네~"

 "아저씨, 용무 벌써 끝났나요?"

 쳇, 세연이 녀석이 있군. 단둘이 도란도란 이야기하고 싶은데. 게다가 세연이가 있으면 데이트 신청하기도 힘들단 말이야. 제길, 엉엉. 그나저나 미현 누님 너무 이쁘군. 제 눈에 안경이라고 할지 모르지만 진짜 내 이상형이다. 하악하악. 그저 보기만 해도 좋다. 너무 좋아. 헤헤헤헤헤헤.

"아저씨, 눈빛이 음흉해요."

"…엑? 아, 아냐. 그냥 좀 피곤해서 그런 거야!"

"그런 눈빛은 세연에게만 해 주세요."

아니! 여기서 그렇게 애정 피력하지 마. 으아아! 미현 누님, 아니라구요. 그렇게 훈훈한 커플을 바라보는 동네 처녀 같은 눈빛 하지 마요. 젠장. 그렇다고 미현 누님 앞에서 세연에게 화낼 수도 없고, 괜히 이미지 안 좋아질지도 모르니까…….

"아, 대장님, 저 갱신 끝났습니다."

"어라? 탱커 부서에서 갱신했어요? 진서 형님, 딜러 부서에서 해야 하지 않아요?"

"아, 예. 어차피 어디서 해도 똑같으니까. 그리고 딜러 부서 쪽에 갔다가 길드 사람들에게 들키면 또 민망하고 해서요."

진짜 소심하구만, 이 형님. 아니, 그까짓 거 보면 그냥 가운뎃손가락 올리고, 조까 해 주면 되잖아. 46레벨이면 딜러로서는 고레벨은 아니지만 그래도 무시할 수준은 아닌 편인데. 자기방어도 되고 말이야. 오히려 이런 탱커 부서에 다니면 되레 눈에 띈단 말이지.

이미 저질러진 일을 되돌릴 수는 없고, 난 두 사람을 데리고 입구로 가서 트레일러를 기다린다.

"아, 왔다. 타자."

약 3분 만에 드래고닉 레기온의 트레일러는 왔고, 우리는 원래 묵던 숙소인 서울 그랜드 호텔로 돌아온다.

휴우~ 이제야 쉬겠네. 진짜 피곤한 하루였다. 이미 시간은 늦은 밤이었으니 말이다.

우선 다크 나이트인 진서 형님은 새로 방을 잡았고, 다들 오늘 힘든 하루를 보냈으니 씻고서 모이기로 결정했다. 문제는 나와 같은 방에 묵고 있는 세연인데 말이지.

"아저씨, 같이 씻어요."

"거절한다."

"아잉."

그거 애교냐? 무감정한 목소리로 그래 봐야 안 귀여워. 응, 귀여워. 아니! 내가 무슨 생각을 하는 거야? 귀엽다고, 안 귀여워! 진짜 정신과 가야 하나? 라는 고민을 가슴으로 삼키고, 난 욕실을 가리키며 세연에게 말한다.

"너 먼저 씻어라."

"문 열어 둘게요. 훔쳐봐도 OK. 그 이상도 허가. 참고로 세연의 가슴은 C컵."

"그만하고 씻어라……."

안 들어갈 거야! 그 이상도 안 해. 그나저나 C컵이라니.

중학생 주제에 생각보다 크군. 보기엔 마르고 날씬하기만 했는데 보기보다 큰 타입인가? 성장하면 기대할 만했겠지만 데스 나이트라서 성장을 안 하지. 하지만 어떻게 보면은 영원한 16세 바디를 즐길 수 있… 아니! 뭘 즐겨! 위험해.

"자꾸 그 녀석 페이스에 말려드니까 위험해. 혹시 이것도 내 패시브 스킬의 영향 아닐까?"

그리고 보면 메두사 퀸 때는 내가 무슨 짓을 한 거지? 알 수가 없네. 아무리 생각하려 해도 기억이 나질 않는다. 진짜 뭐가 어떻게 된 건지? 인터페이스를 열어도 알 수가 없고. 분명 그 용종이 어원이 된 스킬들은 해석했지만 그 외의 스킬들은 여전히 알 수 없는 상태였다. 도대체 어떤 알고리즘과 어떤 원리가 날 그 폭주 비슷한 상태로 이끈 걸까?

'아니면 원래 그런 상태가 되는 게 저거노트의 성질인 건가?'

나의 클래스. 처음엔 퓨어 탱커인 줄 알았다가 방패 버그(가칭) 때문에 패시브가 적용이 안 되었는데 알고 보니, 모든 능력치를 해방하면 그냥 압도적인 스펙이 되어 버리는 저거노트. 물론 딜링 스킬 같은 게 없어서 공백이 있긴 하다.

"아저씨~"

"어? 아, 샤워 다 했구나."

"자, 식기 전에 들어요."

"옷 입어라."

난 세연을 무시하고 속옷을 가지고 들어간다. 아, 위험해, 위험해. 아니, 죽었는데도 중학생 주제에 저렇게 요염한데 저 녀석, 살아 있을 때는 완전 여왕벌이었겠구먼.

난 씻기 전에 문을 철저히 잠그고, 옷을 벗은 다음 샤워기를 틀어서 몸을 씻는다. 후, 시원하다. 이제야 살 거 같네.

'어쨌든 내 스킬들을 해석할 수 있는 환경이 아닌 이상 함부로 방패 벗고, 전력 전개는 금물인가?'

자세한 이야기는 들어 봐야 했지만 어쨌든 내가 광폭화 비슷한 상태가 되어서 날뛴 건 확실한 거 같다. 솔직히 이런 패턴은 잘 알 만하니까 말이야. 그럼 문제는 어느 스킬과 연관되어서 내 상태가 변했느냐인데? 그걸 알아볼 수가 없으니 당분간은 조심해야 한다는 것이리라. 하지만 묘한 건 가장 처음 방패를 벗은 고블린 킹 때는 이런 일 없이 그냥 때려 팼다.

'그러면 세르베루아 님의 버프 스킬과 무언가의 작용 반작용이 일어났다고밖에 생각할 수 없군.'

우선 식사할 때 세르베루아 님의 스킬부터 알아봐야겠다. 물론 로드 오브 드래곤의 스킬들 중 그렇게 해로운 건 없을 테니까 큰 우려겠지만 말이다.

그리고 나는 레벨 업을 통해서 〈패시브-몬스트러스 크리처〉 계열 스킬들을 모두 찍을 때까지는 전력 전개는 피하는 게 좋을 거 같고 말이다.

생각을 정리하면서 샤워를 마친 내가 팬티를 입고 밖에 나오는데…

"아저씨, 자요."

"어, 땡큐. 센스 좋은데?"

세연은 나에게 마실 것이 담긴 컵을 준다. 오, 차갑다. 그래, 평범하게 이렇게 행동하면 얼마나 귀여워. 정조를 노리니, 성적인 어필 같은 걸 하는 거보다 훨씬 낫다고 생각하며 한 입 마시는데, 뭐야? 이거 되게 써? 퉤퉤! 그리고 비려? 이거 뭐야? 뭔데? 깜짝 놀라서 뱉어 내는데, 안에 있는 쓰레기통에 기묘한 쓰레기가 있는 게 보인다.

"카이저-X : 오늘 밤 당신은 밤의 황제……? 너? 이거 뭐냐?"

"비싼 거니까 그냥 드세요."

"아니, 비싼 게 문제가 아니라."

"그거 한 병에 124만 5천 원."

이, 이 녀석! 내, 내가 금전 감각에 약하다는 걸 알고! 으아! 하, 한 모금만 마셨는데? 아까부터 몸이 뜨거워지기 시작했어. 이거 뭐야? 이거 어떡하지? 이 녀석 진짜 끝까지 날 어떻게 하려고? 아, 눈에 힘이 풀리기 시작했어. 게다가 세연이가 점점 색기 있게 느껴지고. 안 된다. 이대론 안 돼. 우선 사람들이 있는 데로 벗어나야…….

난 우선 들고 있는 컵을 탁자에 올려둔 다음에 잽싸게 옷을 찾아, 입는 것도 아니고 든 채로 호텔 방을 나선다.

"머, 먼저 내려 갈거니까! 알아서 내려와!"

"…바보."

"너 진짜, 그런 건 상호 합의하에 해라! 좀! 하아… 하아… 방금 샤워했는데 벌써 땀이 나잖아. 하아……."

"하지만 이것도 만족."

아니, 남자가 땀 흘리면서 괴로워하는 장면이 뭐가 좋다고? 난 더 이상 참을 수 없어서 뛰쳐나온다. 뭐, 세연이가 싫은 건 아니지만 너무 급격한 관계로 나아가는 건 싫기도 하고 말이지. 본래 H신이란 감동의 고백과 사랑의 감정 교환이 일어나는 클라이맥스 이벤트가 일어난 뒤에 하는 거라고! 미연시의 법칙이란 말이다! 하아… 하아… 진짜 돈값하는군. 한 모금에 이렇게 되어 버리다니……. 내, 내려가기 전에 화장실 한 번 들러야지. 에휴.

페이즈 4-8

레이드 결산

15분 뒤, 서울 그랜드 호텔 레스토랑.

"꽤나 늦으셨군요. 세연 양은 벌써 와 있던데……."

"…죄송합니다."

 난 지크프리트 씨에게 그 이상으론 아무 말 하지 않고, 마련된 자리에 앉았 다. 제길, 비싼 약답게 효과가 좋아서 나도 모르게 세 번(?)이나 해 버릴 정도였으니 말이다. 그리고 체취를 지우려고 한 번 더 목욕까지 하다 보니 시간이 더욱 걸렸다.

 세연이 녀석, 이러다간 진짜 자는 도중에 날 덮칠 기세인데? 돈이 좀 더 들어도 방을 하나 더 구해야 하나 생각하던 차에 먼저 식사 중이던 진서 형님이 눈에 들어온다. 아, 맞다. 저 형도 방 구했잖아. 나중에 물어봐야지.

"애피타이저는 이미 지났고, 다음 요리가 나올 때까지 기다리면서 자세한 이야기를 나누지요. 먼저 상황이 급박해서 전달하지 못한 메두사 퀸의 아이템 드롭 테이블입니다."

메두사 퀸 드롭 아이템

〈소재〉

메두사 퀸의 피 23개

뱀의 피부 234개

메두사의 눈 2개

메두사의 뱀 머리칼 54개

석화의 상태 이상과 관련된 메두사의 눈이 특히 고가로, 레이드 몬스터라고는 해도 2개밖에 나오지 않는 물건이라 상당한 가격대이다. 하지만 소재 부문은 일반 메두사와 다를 게 없기 때문에 용의 뼈를 주는 그레이트 바실리스크만도 못한 수입이다. 대신 그에 대한 보답이라고 해야 하나?

> 스킬 북 : 메카닉 공학 4단계-공학계/영웅 등급
> 스킬 북 : 연금술 4단계-연금술사/영웅 등급
> 스킬 북 : 아이언 골렘 소환술-소환사, 연금술사/영웅 등급
> 스킬 북 : 파이어월-마법사 계열/영웅 등급
> 스킬 북 : 심연의 아귀 소환술-흑마법사 계열/영웅 등급
> 스킬 북 : 인술-거대 두꺼비독, 닌자 계열/영웅 등급
> 스킬 북 : 암살술-지옥 가르기, 어쌔신 계열/영웅 등급
> 스킬 북 : 광역 빙결 대마법 블리자드 스톰-60레벨 이상 마법사 계열/전설 등급 ★★★

"부와아아악!"

"레전드리!"

"전설 마법서다!"

완전 대박. 소재가 구린 대신 스킬 북은 엄청나게 좋은 물건 천지였다. 하긴 '이성 공격 무적' 같은 완전 사기적인 방어 패턴을 가졌으니 이만한 보상은 당연한 거다.

우와, 공학 스킬 북이랑 연금 스킬 북만 해도 값어치를 잴 수 없는데, 전설 등급 대마법 스킬 북까지 떴다. 저건 경매장에 올리면 값어치를 모를 정도로 비쌀 터였다. 기상 변화

마법은 그것만으로도 전략 무기의 레벨.

"와… 그리고 장비도 대부분 영웅 아이템들이네요."

"예. 바실리스크 건까지 합치면 압도적인 수익선입니다. 특히 블리자드 스톰은 저희 유럽에 있는 마법사 길드에서 미치도록 원하겠지요."

장비도 거의 영웅 아이템. 역시 레이드 던전의 수익은 엄청나다. 사실 마지막 보스의 경우엔 진짜 희귀하다는 전설 스킬 북까지 떠서 상상도 못할 금액이 되었다.

생각해 보자. 언제 어디에서든 저걸 익힌 마법사 한 명만 있으면 상공에 눈보라를 몰아치게 할 수 있다. 이는 전쟁상에 악용이 되면 전략 레벨 이상의 효과를 볼 수 있는 것이다.

"저 스킬 북 때문에 장비는 볼 것도 없네요."

"하하하, 예. 뭐, 볼 게 없어졌죠. 어쨌든 이번 레이드는 엄청난 이익이 되었죠. 죽은 이들에게 충분한 위로금을 지급하고도 엄청난 이익이 남게 되었습니다. 부상자 다 합쳐서 25명밖에 안 되는 경이적인 기록이었으니까요."

난 씁쓸한 기분이 들었다.

내가 탱커여서일까? 아니면 사람이 죽어 나가는 일에 익숙해져서일까? 나와 세연까지 포함해서 총 40명의 탱커 중에 7명 부상, 18명이 사망. 55레벨 레이드치고는 아주 적은 희생이었지만 거기서 죽은 건 오로지 탱커들뿐이었다. 지크프리트 씨는 분명 나와 세연이를 배려해서 일부러 탱커라는 단어를 빼고 보고해 준 것이리라.

'더구나 부상자들도 죄다 석화 당한 거라서 재생 시설을 가지 않은 이상 평생 불구로 살아야겠지.'

"어쨌든 레이드 결과 보고는 이걸로 마치고, 성과급은 모든 아이템의 감정이 끝나면 될 테니 일단 오늘은 맛있게 즐기지요."

"제 문제는 이야기 안 하나요? 메두사 퀸을 어떻게 잡은 건지 알고 싶습니다만……."

쿠궁…….

뭐지? 내가 꺼내지 말아야 할 말을 꺼낸 건가? 좌중의 분위기가 급격히 무거워진다. 세르베루아 아가씨도, 지크프리트 씨도, 세연이도, 진서 형님까지 싹 굳어 버리는 데 심상치 않음을 느끼는 나였다.

잠깐의 침묵 뒤에 말을 꺼낸 건 세르베루아 아가씨였다.

"그, 그 이야기는 식사 시간에 꺼낼 만한 건 못 되니까요."

"아저씨, 그 이야기는 내일 하는 게 좋을 거 같아요."

"으으… 밥맛이 싹……."

뭐, 뭔데? 왜 이래?

다들 반응이 이상했기에 나는 입을 닫아 버렸다. 뭔지는 몰라도 내가 기억이 없는 동안 대규모 사고를 친 거 같은데. 화제를 돌리기 위해서 나는 지크프리트 씨에게 다른 질문을 건넨다.

"그… 다른 호위 기사분들은 어디 계신가요?"

"아, 그들이라면 지금 본국의 본부에 연락해서 국제 소송을 준비 중일 겁니다. 던전의 내용을 비공개하였으니 응당 대가를 치러야지요. 더불어 원래 길드였던 분들의 증언도 있고, 민간인까지 대동하고 갔는데 모두 다 목숨의 위기였으니 말이지요. 대가는 톡톡히 받아 낼 겁니다."

휴우~ 무사히 화제가 돌아간 것에 나는 한숨을 돌린다.

그리고 차례대로 나오는 요리를 하나씩 먹기 시작하는데, 솔직히 맛있다 이상의 감상을 느끼기가 힘들었다. 도리어 양이 조금씩 나와서 짜증나는 느낌이지만, 그걸 불평했다간 매너 없는 놈이 되기에 기꺼이 참으면서…….

'다 끝나면 편의점이라도 나갔다 와야지. 썩을! 이 망할 고기는 왜 이렇게 안 썰려?'

"그거 너무 힘주시면 오히려 안 되고, 살짝 눌러서 당길 때만 힘을 주세요."

"무슨 말인지 하나도 모르겠다."

"그러니까……."

스테이크를 써는 내 모습이 마음에 안 들었는지 세연은 조심스레 일어나 내 뒤에서 내 팔을 잡은 다음 시범을 보여주는데……. 드, 등에 닿는다고! 도대체 이 녀석은 '죽은 자'라는 패시브가 있으면서 왜 이렇게 말랑하고 탱글한 감촉은 생생한 거냐고? 게다가 손도 보드라운 게 장난 아니다.

"살짝 누르고~ 당길 때만 이렇게~"

"어, 어. 아, 알았으니까 좀 가… 부끄러워 죽겠다."

"매너 위반보다 부끄러운 건 없어요."

이번만큼은 반박할 말이 없는 나는 세연이 썰어 준 고기를 얌전히 먹는다. 에휴, 점점 사회적으로 내 부인이라는 위치를 잡으려는 건가?

덕택에 분위기가 완전히 풀어졌는지 지크프리트 씨는 미소를 지으면서 나에게 다른 이야기를 건넨다.

"어쨌든 이번 레이드가 성공적으로 끝난 만큼 이제 본격적으로 계약을 진행해야겠습니다. 우선 드래고닉 레기온 한국 지부 설립과 동시에 한국 지부장으로 미스터 아이언을 영입할 것입니다. 연봉은 알다시피 한화로 40억. 매년 선계약금 20억을 드리고, 1년 12개월에 걸쳐서 달마다 수익과 성과급을 함께 약 1억 6천만 원씩 입금해 드리겠습니다."

"…으와."

"먼저 이게 계약서 사본입니다. 정식 계약은 내일이나 모레 드래고닉 레기온의 정규 기사들이 들어오면 행할 테니 읽어 보시기 바랍니다. 아, 더불어 이것은 한국 지부장님이 하실 일과 매뉴얼입니다. 특별히 한역시켜 놓은 것을 오늘 받았습니다."

툭… 툭!

엄청나게 두꺼운 A4 용지의 뭉치와 책자 한 권이 나에게 전해진다. 이걸 다 읽어야 한다고? 솔직히 말하겠다. 고등학교 때 PC방에서 살던 일이 많던 나는 솔직히 공부 더럽게 못한다. 내 학력은 엄연히 고등학교 중퇴다. 그런 마당에 이런 책자를 읽고서 갑자기 한 길드 지부의 지부장이 되어서 경영이라니, 불가능했다.

"무, 무리예요. 지부장이라니요! 저에겐 무리예요!"

"한국에 지부를 세우려면 일단 현지인을 내세워야 한다는 규칙이 있습니다. 뭐, 본국에서도 기사 한 분을 보낼 겁니다. 아이비리그 출신의 똑똑한 분을 보내 드리겠습니다. 그분과 상의해서 운영하시면 될 겁니다. 덤으로 교육도 시켜 드릴 테니 걱정 마세요."

"교, 교육이라니요?"

"1년에 1~2번은 정기 총회라던가 운영 보고를 하러 영국에 오셔야 하니까요. 일단 영어는 할 줄 아셔야지요."

"…끄아아아!"

내 얼굴은 뭉크의 절규에 나오는 그림처럼 변한다. 영어라니! 영어라니! 이게 무슨 소리야. 그렇지. 그렇겠지. 엄연히 외국계인 드래고닉 레기온 길드의 지부장이 되려면 영어도 할 줄 알아야 하는 것은 당연한 사실이리라. 끄앙. 근데 난 고등학교 중퇴 학력인 바보 멍청이란 말이야. 어떻게 해야······.

괴로워하는 내 어깨를 세연이가 토닥거려 주면서 말한다.

"아저씨, 힘내. 세연이도 같이 공부해 줄 테니까 같이 배우자."

"정말 공부하기 시러어. 그럼 탱커 생활 스트레스 풀 미연시 게임할 시간이 없잖아."

"그 대신 세연이와 러브러브하면 돼. 순애부터 얀데레까지 원하는 타입 연기해 줄게."

"하아~"

내가 어쩌다가 이렇게 되었을까? 오늘 밤 잠자기는 글러 버린 거 같다. 일단 이 책자를 다 읽고, 계약서는 꼬박꼬박 살피면서 혹시 모르니 알아봐야지. 지크프리트 씨를 못 믿는 건 아니지만 그래도 확실히 알아야 하니까.

내가 고민하는 사이에 지크프리트 씨는 이번에는 세연이에게 말을 건다.

"그리고 미스터 아이언과 함께 드래고닉 레기온에 들어오실 건 불 보듯 뻔하니, 그때를 대비한 자세한 클래스 설명이 들어간 이력서 한 장 부탁드리겠습니다. 나이트 세연 양."

"예. 알겠습니다."

"더불어 저쪽에 새로 오신 분도 영입하실 겁니까? 미스터 아이언?"

아, 진서 형님 이야기인가? 다크 나이트고, 기승 스킬 있으니까 뭐 요건은 되는데? 굳이 물어보실 필요가?

"하하, 제 이야기는 한국 지부에서 활동을 같이하실 건가 이 말입니다. 같은 밴드에 영입하셨던데 그럼 결국 한국 지부에서 활동하시는 거니 현지인을 우선적으로……."

"음~ 그건 진서 형님의 의사에 맡기겠습니다. 엄연히 다크 나이트라는 레어 클래스이시니 그 유명한 드래고닉 레기온의 본부에서 근무하는 것도 희망할……."

"전 대장님을 따르겠습니다! 대장님에게 가게 해 주세요! 영국 인터넷 느려서 싫습니다! 애니 DVD 주문도 배송료 더 비쌀 거고, 저도 영어 별로 못해서……."

그 순간, 난 진서 형님과 눈을 맞추며 서로의 뜻을 알았다는 듯 고개를 끄덕인다. 그치! 한국은 그래도 역시 인터넷이 최고로 빠르니까! 전국 광랜이라고! 외국인들도 그랬잖아. '포르노를 다운받으면서 X쳐도 되겠네. 부럽다 코리안.'이라고 말이야. 더불어 일본과도 가까우니까 영국보다는 배송비가 적게 들 테고, 외국계 길드이니만큼 지역마다 연봉 차이도 없을 테니 기왕 하는 거 한국에서 근무가 훨씬 낫지.

"그럼 세 분 다 영어 교육이 필수겠군요. 흠, 그러면 한국어를 잘하시는 분으로 모셔야겠네요. 모셔 오는 분은 딜러로? 힐러로 모실까요?"

"힐러 분으로 부탁드립니다. 탱커들은 워낙에 신뢰할 만한 힐러를 구하는 게 우선이라서요."

"알겠습니다. 그러면 오늘 나눌 이야기는 여기까지고, 내일은 이제 개별 면담하면서 제대로 이야기를 진행하지요."

후아~ 이제 맘 놓고 밥 좀 먹겠네. 라고는 해도 깨작깨작 먹으니 먹는 거 같지가 않다.

어쨌든 졸지에 탱커 인생 주제에 '드래고닉 레기온'이라는 거대 길드의 한국 지부장까지 승진해 버렸다.

그나저나 돈이야 많이 받겠지만, 결국은 레벨을 올려서 그랜드 퀘스트가 포함된 어비스 랜드 던전을 들어가야 한다는 점과 함께 아마 나는…

'국가 간의 이권 다툼과 같은 일에도 휩싸이겠지? 에휴… 쓰벌. 영화에서 보던 거처럼 첩보원이 갑자기 와서 난리 치는 거 아니야?'

그랜드 퀘스트라는 거대한 이익을 가리고 싸우는 판에서 앞으로의 미래가 다사다난해질 걸 생각하며, 난 식사를 마치고 계약서와 매뉴얼을 들고 호텔로 향했다. 미래가 험난하구나~

일주일 뒤, 전라남도 순천. 그레이트 바실리스크 던전의

입구가 있던 장소.

"망할, 왜 아직도 던전이 안 열리는 거야? 젠장할!"

"조난당한 경우 사람이 사람의 피와 살로 한 달 가까이 연명한 기록도 있습니다. 유 차장님."

"섬뜩한 소리를 하는구만~ 차 대리."

산 정상에 원래 던전의 입구가 있던 곳에 텐트를 친 채 벌써 일주일째 숙박 중인 한국 3대 길드원들이었다.

완벽한 함정에 가둔 만큼 기다리면 이제 문이 열려서 안에 있는 시체로부터 아이템만 건져 가면 그만이라 별 임무는 없지만, 원래 아무 일 없이 기다리는 게 가장 지루한 법이다.

유 차장은 아직 본부에서 할 일이 많은 위치였지만, 전설 아이템을 구경하고자 일부러 억지 부리면서 남아 있는 중이었다.

"그래도 그 탱커 친구 녀석 죽어서 섭하겠어?"

"휴우… 저도 그것 때문에 걱정입니다. 그 녀석을 좋아하는 여자애가 하나 있는데 뭐라 말해 줘야 할지."

"에엑? 그놈 탱커 주제에 탱커 여친도 있더만, 또 다른 여자가 그놈을 좋아한다고?"

"예. 뭐, 소꿉친구인데 벌써 5년째 '짝사랑'이라고 할까요?"

"캬, 탱커 새끼가 인기도 많네. 난 남고 나와서 그런 거 없는데… 인기 터지는구만! 던전에 넣어서 죽이길 잘했어."

'후우, 정말이지 같은 길드만 아니었으면…….'

잡담을 나누면서 시간을 죽이는 두 사람. 특히 현마는 어떡해서라도 강철을 구속해서 빼냈어야 한다는 후회를 한다. 그리고 자신은 최선을 다해서 그를 설득하려 했지만, 그의 고집불통 성질은 어쩔 수 없는지 결국 참여하겠다고 해서 이 꼴이 되었다.

"휴우… 여튼 차장님의 생각대로 될는지."

"크, 큰일 났습니다!"

"어엉? 뭐야?"

"지, 지금 여기 휴대폰을 봐주십시오! 그, 그게…….”

한 길드원이 뛰쳐나와서 다급한 어조로 휴대폰을 보여 준다. 거기엔 '긴급 속보'라는 이름으로 지상파 특별 뉴스가 나오고 있었는데, 뉴스의 내용은 바로 '한국인 최초 드래고닉 레기온 길드 입단자 탄생'과 함께 지금 저곳에 있을 리 없는 두 사람이 등장하는 중이었다.

[긴급 속보입니다. 세계 최고의 명문 길드이자 그랜드 퀘스트를 유일하게 클리어한 드래고닉 레기온 길드에 한국인 입단자가 탄생했습니다. 그의 이름은 '강철'로 탱커 클래스입니다. 지크프리트 길드 마스터는 같이 한국에서 레이드를 클리어하면서 그의 실력에 매우 놀랐고 감탄했다면

서 빨리 성장해 다음 그랜드 퀘스트를 클리어하는 데 큰 힘이 되어 주었으면 좋겠다고 말했습니다. 그리고 그는 외국어에 익숙지 못한 강철 씨를 위해서 한국에 지부를 설립하겠다고 선언했고, 그와 함께할 한국 지부 길드원들의 모집 또한 예고를 해서 적합자계에 큰 관심을 보이고 있습니다.]

"지, 지크프리트와 강철이라고? 어, 어떻게?"

"이게 어떻게 된 일이지? 어떻게 된 일이냐고?"

유 차장은 깜짝 놀라며 휴대폰을 눈이 떨어지게 바라본다. 이럴 리가 없다고 되뇌면서.

양복을 입은 강철과 지크프리트가 계약서에 동시에 사인을 하고 들어 올려서 사진을 찍는 장면, 악수를 나누는 장면, 어깨동무를 하는 포즈 등등이 지나가는 것을 어이없게 바라본다. 그 모습을 본 차현마는 한숨을 내쉬면서도 내심 기쁜 마음을 감춘다.

'녀석, 어떻게 된 건지는 모르지만 살아났다는 거군. 미래가 안심할 테니 다행이다.'

"…이, 이럴 리가! 이럴 리가 없어."

"아! 그리고 길드 본부에서 대규모 소송 담당 법률팀과 드래고닉 레기온 정규 기사단, 또 크로니클 관계자, 검찰과 군까지 나타나서 지금 자료를 뒤지고 있답니다. 그 명목이 던전 내용을 속인 데 대한 레이드 던전 및 합동 레이드 계약 위반으로, 지금 3대 길드 전부 다 난리가 났습니다."

"뭐라고? 젠장할! 안 돼! 안 돼에!"

그 말을 들은 유 차장은 미친 듯이 괴성을 지르며 산 아래로 뛰어 내려가기 시작했다.

길드 간 합동 레이드만의 문제가 아니라 던전의 내용을 비공개로 해서 드래고닉 레기온의 사람들에게 해를 끼치려 했고, 계획의 확실성에만 집착을 해서 그들이 살아 나온다는 것을 전혀 대비하지 못한 탓에 이렇게 크게 뒤통수를 맞아 버린 것이다.

'보나마나 길드에서는 꼬리 자르기로 유 차장을 사건의 주모자로 삼아 넘기겠군. 다른 길드도 마찬가지고 말이야.'

그리고 아마 천문학적인 배상금까지 물 테고, 소송 문제로 고레벨 길드원들이 대부분 수사에 참여하느라 당분간 한국에 있는 길드들은 모두 제대로 힘을 못 쓰게 되리라. 그것은 곧 던전 레이드와 레벨 업을 하지 못해서 뒤처진다는 이야기고, 한국에서 날뛰는 몬스터들을 없앨 사람이 부족해지는 것과 더불어 그랜드 퀘스트의 경쟁에서 밀려 버린다는 소리였다.

'일본도 〈지금 여덟 머리의 뱀 : 야마타노오로치〉 그랜드 퀘스트를 준비하고 있고, 중국도 〈양자의 황제 : 흑룡〉 그랜드 퀘스트를, 미국도 〈뇌신조 : 썬더 버드〉 그랜드 퀘스트를 이미 시도 중인 판에 우리가 이 소송에 휘말려서 이렇게 되어 버리면… 하아~ 〈천지호〉의 그랜드 퀘스트를 어

떻게 한단 말인가?'

 차현마는 하늘을 올려다보면서 한숨을 내쉰다.

 성공 가능성이 충분했고, 보상도 엄청났던 만큼 그 실패의 대가는 컸다. 더불어 이대로 길드의 레벨링에서 밀려 버린다면 자연스럽게 〈천지호〉의 던전 퀘스트도 뺏길 것이다. 일단은 한국 정부에서도 그걸 아는 만큼 최대한 사법적 처리는 막아 주고, 눈 가리고 아웅식의 처벌을 줄 거라 예상하긴 했지만, 드래고닉 레기온은 항소에 항소를 덧붙여서 끝까지 재판을 질질 끌기만 해도 엄청난 이득이었다. 애초에 돈은 썩어 나는 세계 최정상 길드이기도 했고 말이다.

 '하아~ 일단은 녀석에게 전화나 해 봐야겠군.'

 온갖 의문, 그리고 드래고닉 레기온의 역습이 시작되는 가운데서 차현마는 휴대폰을 들어 친구에게 전화를 걸기 시작한다. 구름 한 점 없이 맑은 하늘임에도 그의 눈에는 어두운 하늘이었다.

페이즈 5-1

싫어도 걸어야 할 길이 있다

[특별 기획! 시사매거진 : 한국 적합자 그랜드 퀘스트 특집 보고 1편-탱커들의 삶]

[한국 최상위 탱커의 세계 최고 길드 입단! 하나, 반갑지 않은 현실] - C일보

[세계정세를 좌지우지할 수 있는 그랜드 퀘스트의 도전. 한국만 제동이 걸리다.] - D일보

[대규모 소송 사태에 한국 3대 길드 영업 중단!] - J일보

[한국에서 벌어진 대규모 사건, 드래고닉 레기온의 소송에 한국 3대 길드가 말려들게 되어 소송 중 수사로 인해 고레벨 길드원들의 영업 중지 상태나 다름이 없게 되었습니

다. 그리고 그 드래고닉 레기온 길드에서 한국인 탱커 강철과 자그마치 한화로 40억이라는 엄청난 연봉 거액의 계약을 맺은 사실까지 드러나면서 한국뿐만 아니라 중국, 일본에서도 적합자계에 거대한 변화의 폭풍이 몰아치고 있습니다.]

[음, 제가 왜 이런 연봉을 받았냐구요? 글쎄요? 전 고작 고등학교 중퇴한 사람이라서 머리가 그다지 안 좋은데, 아마 길드 마스터님께서 다 생각이 있으셔서 절 입단시키고 지부장으로 만드신 거겠죠. 그 덕분에 졸지에 공부를 다시 시작해야 하니 앞으로 힘들겠어요. 그래도 뭐, 한국에서 그냥 탱커 일 하는 것보단 나을 거라 생각해요. 하하하!] - 드래고닉 레기온 한국 지부장 강철과의 인터뷰

[한국의 탱커로서 살다가 갑작스럽게 수십억대의 연봉을 받는 신데렐라가 된 46레벨 탱커 강철. 무엇보다 그를 영입한 것은 바로 세계 최초로 그랜드 퀘스트를 클리어하게 되어 영국 앞바다에 유전과 채유 시설을 보상받은 드래고닉 레기온. 그의 레벨 업과 육성을 보조하기 위해서 그런 큰 투자까지 진행할 정도인가? 라고 그들의 행동을 통해서 진의를 읽으려는 각국 적합자 전문가들의 이야기를 들어 보겠습니다.]

[아마~ 이번에 새로운 지부장이 되신 강철 씨는 클래스 공개를 하지 않았지만 아마도 퓨어 탱커 클래스라고 생각

됩니다. 능숙하고 경험이 많은 탱커이니만큼 거의 신화나 전설의 존재를 상대해야 하는 그랜드 퀘스트를 클리어하기 위한 밑바탕이 되는 거겠지요.] - 서울대 적합자 육성학과 교수 신××

[크로니클의 자료를 확인해 본 결과 강철 씨의 경우 3년간 200개 이상의 던전을 클리어한 베테랑 탱커로서 한국은 물론 세계에서도 극히 드문 인재입니다.] - 연세대 적합자 연구학과 교수 박××

[이렇듯 강철 씨는 한국은 물론이고 세계에서도 보기 드문 인재로서 그 가치를 드래고닉 레기온이 눈치채고 계약을 맺었다고 볼 수 있습니다. 그렇다면 한국 길드들은 왜 이런 우수한 인재를 버려두고 있었을까요? 시사매거진에서 이번에 특별 기획으로 한번 밝혀 보겠습니다. 우선은 그 특집 1탄, 탱커들의 이야기입니다.]

두둥!

[대재앙(Catastrophe).

전 세계에 일제히 오벨리스크가 솟아나고, 던전의 입구가 열려 수많은 몬스터들이 몰아치던 그날! 수많은 몬스터들에 의해서 세상은 아비규환이 되었고, 정부도 대처가 늦었을 때, 오벨리스크의 목소리에 눈을 뜬 적합자들은 각자 몸을 지키기 위해서 나섰고, 군과 경찰과 합류하여 본격적으

로 토벌 태세를 갖추었습니다. 하지만 몬스터들은 세상의 법칙과 다른 논리로 움직이고 있었습니다.]

끼이이이이익!
"으아아아아!"
탕! 탕! 탕!
[화면에서 보다시피 1레벨 몬스터인 임프의 HP는 56. 군인이 들고 있는 K2 소총으로 쐈을 경우 평균 데미지가 20~23. 적어도 3발은 쏴야 죽일 수 있는 몬스터입니다. 물론 급소를 쏠 경우 1~2발은 줄지만 가장 최저 레벨 몬스터가 저 정도고, 그 이상의 몬스터들까지 마구 나타나서 쏟아지는 통에 일반적인 무기로 무장한 군은 안전 영역을 확보하는 게 한계였습니다. 그리고 탄약과 무기가 모두 소진이 되면 죽기만을 기다리는 처지였죠.]

[그때 광경은 지금도 생각하기 싫어요. 몬스터들이 사람을 막 뜯어먹고 아비규환이고, 난리도 아니었어.]

[진짜, 적합자님들 아니었으면 우린 다 죽었죠. 지금도 마찬가지지만…….]

[더불어 미국 및 핵보유국들은 지금은 중형으로 취급받는 몬스터들을 일제히 쓸어버리기 위해서 대량 살상 무기와 핵까지 동원했지만 죽여도 계속해서 던전에서 튀어나오는 몬스터들의 물량과 점차 점령되어 가는 도로와 보급로

의 손실로 위기에 빠졌습니다. 하나, 적합자들의 등장과 던전 내의 오벨리스크를 깨 버리면 그 던전이 닫힌다는 사실이 알려져 인류에겐 희망이 솟았습니다.]

[정부는 적합자들의 길드 설립을 허락합니다!] - 국방부 장관

[군과 협력해서 던전을 닫고, 질서를 회복해 주십시오.] - 당시 벙커에 있던 한국 대통령

이렇게 희망을 얻은 인류. 한국의 경우 약 1년하고도 반 만에 기존의 주요 도시들에 열려 있던 모든 던전들을 닫게 되었고, 인구는 줄어 버리긴 했지만 간신히 도시와 나라의 기능이 되살아나서 재생하기 시작했다. 그리고 본격적으로 미국과 영국 등에서 창설된 크로니클이 한국에 들어와 지부를 건설하면서 적합자들과 길드의 연계가 이루어지고, 기업들의 스폰까지 이루어지면서 그 이후 반년 만에 인류는 대재앙 이전보다 인구는 줄었을지 몰라도 더욱 큰 발전을 하게 되었다.

[이 이후부터는 여러분이 알다시피 다시 번영이 되고, 길드들이 발전하는 과정이었습니다. 자, 그럼 여기서 오늘의 주제가 되는 탱커들을 알아보기 위해서 몇 가지 인터뷰를 보겠습니다.]

〈이후 인물들은 안전을 위해서 모자이크 처리와 음성 변조가 되어 있습니다.〉

[이런 (삐이이) 뭘 봐? 뭘 찍어? 탱커 처음 봐? 엉?] - 서울에서 활동 중인 탱커 A씨(21세) (얼굴 모자이크)

[아따 (삐이이이)할 자석들아, (삐이이이)할 땐 언제고? (삐이이이) 제도도 갈수록 (삐이이이)해 놓은 주제에 이제 와서 뭘? 씨부리넹?] - 전주에서 활동 중인 탱커 B씨(24세)

[흐미, (삐이이) 이런 거 하고 나자빠질 시간에 얼렁 가서 재생 치료비나 싸게 만들어우야! (삐이이이) 새끼들아! 장난해?] - 강원도에서 활동 중인 탱커 C씨(27세)

[그야, 나도 그만두고야 싶지요. (삐이이이)들, 근데 돈 때문에. 하아~] - 안양에서 활동 중인 탱커 D씨(25세)

[예. 그들은 모두 현 정부 및 크로니클의 제도와 길드 사회에서 탱커들이 받는 대접에 대해서 강한 불만을 나타내고 있었습니다. 그동안 대재앙에서 인류를 구하고, 사회를 회복하게 한 가장 큰 공로자들인 그들이 왜 이런 취급을 받고 있는 걸까요? 여기서부터 파헤치겠습니다. 우선 현재 적합자들의 구조부터 살펴보겠습니다. 초기 1레벨의 적합자들 중에서 오벨리스크의 목소리에 의해 랜덤으로 선택이 되는 클래스는 이렇습니다.]

견습 기사

파이터

무투가

견습 엔지니어 *공학계

거너

아처

도적

마법사

성직자

[희귀하거나 특정한 조건을 만족해야만 나타나는 레어 클래스가 아닌 이상 보통은 이 9개의 기초 클래스에서 시작하고, 그에 상위 클래스에 적합한 스킬을 찍으면 자동으로 클래스가 변하는 구조이지요. 그리고 시작부터가 탱커라는 역할로 지정이 되는 클래스는 바로… 견습 기사, 파이터, 무투가, 견습 엔지니어 이 4개입니다. 다만 이 넷 중에 견습 엔지니어의 경우 5레벨만 찍어도 금방 딜러로 갈 수 있고, 좀 더 성장해서 메디컬라이저가 되어 힐러 계열로도 갈 수 있습니다. 어쨌든 적합자 통계로 조사 결과 오벨리스크의 목소리가 무슨 원리로 이 기초 클래스를 책정해 주는지는 모르지만 적합자의 약 30~40퍼센트 가량이 저 견습 기사, 파이터, 무투가 클래스로 시작된다는 겁니다.]

[묘한 일이지요. 지금 가장 신빙성을 얻고 있는 학설은 적합자가 되는 순간 그 사람이 가진 지능이나 적성을 체크해서 적합한 클래스로 만들어 주는 거라고 그렇게 생각하고 있습니다.] - 서울대 적합자 육성학과 교수 신××

[하지만 평범한 대부분의 사람들이 다른 적성을 선택받지 못하고 견습 기사, 파이터, 무투가와 같은 클래스를 배치받은 거 같았습니다. 어쨌든 이런 탱커의 비율에다 대재앙 직후에는 포션 상점과 같은 보급 시설의 부족으로 탱커들의 필요성은 더욱 절실했고, 지금처럼 대세가 되는 스킬 트리가 알려지지도 않은 시점이라서 많은 이들이 탱커의 길로 빠졌습니다. 하여, 대재앙 해결 당시에는 탱커들의 대접도 그리 나쁘지 않았습니다.]

[정말로 그들이 아니었으면 대재앙의 위기를 어떻게 넘겼을지 모르겠다니까요. 그런데 요즘 꼬라지를 보면… 에휴] - 대재앙 당시 수도방위사령부에서 군 생활을 하던 민간인 A씨.

[그렇게 1년 반의 싸움 끝에 대부분의 주요 도시가 기능을 회복하고, 던전에서 얻은 전리품과 기술로 더 빠른 발전 테크를 밟게 되며 본격적으로 기업들이 길드와 적합자 사회에 끼어들었고, 그에 탱커들의 가치는 떨어지기 시작했습니다. 우선 가장 탱커들의 입지를 떨어뜨린 것은 바

로 의사협회와 적합자-힐러들의 치료비 현실화 협상이었습니다.]

[에, 정부의 중재를 통해서 그동안 있어 왔던 의료계와 적합자-힐러 간의 분쟁을 해결하고, 좀 더 나은 서비스를 위해서 힐러 분들의 영역을 규격화하고, 그 비용도 현실화를 하는 것을 통해 그 수익을 국가 발전과 미래 산업에 사용할 수 있게 하는 것을 목적으로…….] - 의료비 현실화 협상 선언 당시 보건복지부 장관의 말

[빠른 도시 복구와 국가의 발전을 위해서 돈이 필요한 정부의 의향과 자신의 밥그릇을 빼앗기기 싫은 의료업계와 힐러들로서도 자신들의 대우와 수입이 보장되는 만큼 손해 보는 것이 없는 협약이었습니다. 더불어 이 협약은 유예기간도 없이 한 달 만에 시행이 되었지요. 여기서 가장 피를 본 것은 바로 탱커들이었습니다. 영상 보시지요.]

[아니, (삐이이이이) 글쎄! 갑자기 하루 만에 재생 치료비가 백만 원도 넘다니 이게 말이 되냐고?]
[죄송합니다. 저희도 어쩔 수가…….]

[이에 화가 난 탱커들은 단체로 모여서 한차례 시위를 했지만, 돌아오는 것은 정부와 길드에 고용된 딜러들과 무장

경찰들의 폭력 진압이었습니다. 적합자이긴 했지만 탱커들은 방어형 직업이라서 저항할 수단을 지닌 공격 스킬을 가지지 못했기 때문이지요. 이렇게 무력으로 탱커들의 반발을 무시한 일은 비단 대한민국만이 아니라 세계 공통 정세였습니다. 적합자 중 가장 다수였지만 공격 스킬이 없었고, 오직 던전을 위한 일에만 쓸모 있었으니 말이지요. 그 뒤 크로니클에서 제안한 연금 법안이 간신히 통과되어서 마지막 반발을 눌러서 어떻게든 넘어간 일이었습니다. 그러나 문제는 여기서 끝나지 않습니다. 다음 영상입니다.]

[하아~ (삐이이이). 아니, 더러워서 탱커 짓도 안 하려고. 취직하려는데 아, 글쎄 적합자라서 안 된다나? 아니, (삐이이이) 오벨리스크의 던전 문에서 몬스터가 튀어나올 때 지켜 주던 게 누군데?]
[장애인 새끼를 어디서 받아 주냐고? 시발……!]
[심지어 적합자 생활 안 할 거면 군역 특별법의 대상이 안 된다고 군에 입대하래요. (삐이이이) 장난하냐고?]

[보다시피 탱커 일을 그만두고, 다른 일반 직종에 취직하려고 해도 일반 기업에서는 적합자 기피 현상 때문에 이들은 다시 던전으로 내몰리게 됩니다. 이 현상은 특히 X맨 시리즈에서 나타나던 것과 유사한 것으로 보여 사회학자들의

관심을 끌었지요. 물론 정규직 길드에서는 치유비를 지원하게 되지만 이들은 기업의 스폰을 받기에 성과 내야 하므로 빡빡한 일정으로 굴려지게 되고, 가장 위험에 노출된 탱커들은 잦은 PTSD, 펀치드렁크, 정서 불안, 성격장애와 같은 정신병에도 시달리게 됩니다. 자, 지금부터는 너무나도 충격적인 사실이기에 이 방송을 시청 중이신 탱커 분들께서는 마음의 준비를 단단히 해 주시길 바랍니다.]

〈특별 입수된 유명 길드의 회의록! 충격의 사실들!〉

[탱커? 그 새끼들 그냥 던전의 노동자들이잖아. 던전에서밖에 쓸모없는데 말이지. 공사판에서 벽돌이나 나를 새끼들 이만큼이라도 주면서 고용해 주는 게 어디야?]

[에이~ 무슨 고레벨 탱커를 써요? 그냥 저레벨 탱커들 여럿 쓰고, 끝날 때쯤 다 죽이면 분배금도 늘어나는데~]

[이 좋은 걸 왜 갈라 먹냐? 우리랑 딜러들 주기도 모자란데~ 원래 권력은 소수가 지녀야 꿀인 거야~]

[교육소에 엉터리 스킬 트리 알려 줘서 탱커나 늘려라. 경쟁자 줄어들게 해야지. 낄낄낄.]

[마법사, 공학계야 쓸 곳이 천지고~ 딜러들은 첩보 임무나 그 살상력 때문에 군이라던가 여러 곳에서 대우도 좋고, 힐러들은 의료계와 연계되지. 근데 탱커들은… 그냥 고기방패잖아. 걔네가 뭐 특별한 게 있어서 대우해 줘야 돼?]

[예. 충격적일 수밖에 없는 사실입니다. 일반인들은 적합자들에 대한 두려움으로 시선을 돌리고, 정부와 길드는 합심해서 탱커 적합자들의 피와 땀을 빨아들여 성장의 발판으로 사용했습니다. 그러나 지금 이들은 사회적 약자로서 살아가며 일부 스캐빈저라 불리는 범죄 조직에서는 전문적으로 이들을 사냥하는 지경에까지 이르렀죠. 그 덕에 많은 숫자의 탱커가 줄어 있습니다만 교육소와 매달 새로 발견되는 적합자 인원 덕택에 공급이 유지되는 현실입니다. 충격적인 사실은 더 있습니다.]

[그야, 미노타우르스의 성 레이드 때 아마 100명은 넘는 탱커가 죽었죠. 그렇게 죽어도 클리어만 하면 배상금 따위 생각도 안 날 금액을 벌 수 있으니까요~]

[예. 이렇듯 탱커들에 대한 사정과 대우가 점점 열악해지면서 이제 상위 길드들은 레이드를 돌기 위해서 수십에서 수백 명에 달하는 저레벨 탱커들을 데려가 혹사 혹은 희생양으로 삼았습니다. 물러날 길 없는 그들은 울며 겨자 먹기로 목숨을 건 전장에 가야만 했지요. 그러면서도 탱커들의 권리를 챙길 수 없던 이유에 대해 알아보겠습니다.]

[그야, 탱커 하는 사람들 대부분 20~30대입니다. 나이 먹으면 그냥 적합자여도 전투라던가 상황에 따른 효율이 안

나오기 때문에 아예 활동을 안 할 수 있는 데다가 이들은 대재앙 이전에 이미 사회에 자리 잡고 있던 사람들이라서 그렇습니다. 즉, 탱커들은 대부분 사회 경험도 적고, 법은 물론 대학도 나오지 못한 경우가 부지기수인 데다가 사회의 공포와 질서, 또 정부의 개입과 효율 때문에 지식인 누구도 그들의 말을 대변해 줄 생각을 안 한 거지요.] - 서울대 적합자 육성학과 교수 신××

[더불어 젊은 20~30대 친구들은 개인주의적 생각과 주입식 교육만 일삼던 한국식 교육 때문에 위에 저항할 생각도 못하는 거지요. 유교 문화권이라서 어른들에게 반발하는 것에 상당한 거부감도 가지고 있을뿐더러 대재앙 이후 뭉치길 원하는 사회 분위기도 한몫해서 '저놈 빨갱이다.', '저런 예의 없는 놈'이라고 하면 할 말이 없어져 버리지요. 그리고 탱커이긴 해도 클래스에 따라서 스킬 트리만 타면 딜러로 클래스 변경이 된다는 게 밝혀지자 '나만이라도 살아남자.'라는 정신으로, 지금은 탱커 생활을 하지만 언젠간 나갈 수 있다는 확신 때문에 탱커로서 저항하는 걸 그만둔 겁니다. 그럴 바엔 그냥 탱커를 안 하면 되는 거니까요.] - 연세대 적합자 연구학과 교수 박××

[예. 이렇듯 약 1년 반여 동안 대재앙의 위기에서 우리를 구한 수많은 탱커 젊은이들은 지금 사회적 약자로서 어

떻게든 살기 위해서 다시 던전을 향하고 있는 현실입니다. 맨 처음에 다룬 드래고닉 레기온에 입단한 강철 씨 또한 이런 슬픈 역사 속을 지나온 주인공이겠지요. 그런데 지금 한국은 스스로의 효율과 발전의 판단을 위해서 저지른 이 사회적 범죄에 대한 대가를 맞이하게 됩니다. 작년 연말, 다들 기억나십니까? 적합자 세계를 흔든 대사건 말입니다.]

[드래고닉 레기온 세계 최초로 미래형 그랜드 퀘스트를 발견 및 클리어하다!]
[클리어 보상은 자그마치 세계가 100년은 사용할 석유가 매장된 유전과 채유 시설. 그 가치는 이루 말할 수 없을 정도!]
[영국 여왕으로부터 작위를 수여받는 지크프리트 길드 마스터.]
[미국과 중국도 각자 자기의 영토에 있는 '어비스 랜드'의 그랜드 퀘스트를 시도. 하나, 무참히 실패하다!]
['어비스 랜드'의 최소 클리어 레벨은 80대! 하나, 그것도 전설 등급 아이템을 보유해야 하는데?]

[예. 현재 길드들은 레벨 업과 레이드를 진행하면서 많이 삐걱거리고, 탱커들의 부족을 그들의 희생으로 메우고 있었습니다. 그리고 이렇게 만든 질서가 유지될 거고 자신들

은 기득권층으로 남는 데에 만족했지요. 하지만 그것은 결국 황금알을 낳는 거위의 배를 갈라서 배를 채운 격이 되어 버렸습니다. 우선 그랜드 퀘스트 클리어 직후 BBC의 인터뷰를 보시지요.]

[아, 정말 힘든 싸움이었네요. 저희 드래고닉 레기온은 다행히 용족을 테이밍해서 탱커 대신 쓸 수 있어서 어떻게든 깼긴 했지만 그 때문에 어렵게 길러 낸 30마리나 되는 용족이 죽었기에 큰 손해를 입었습니다. 차후 그랜드 퀘스트를 하실 분들에게 조언을 드리자면 어쨌든 강한 탱커는 꼭 필요하다고 말씀드리지요. 그리고 당분간은 용족의 테이밍과 신규 인원을 보충하는 걸로 한 1년 정도를 보낼 겁니다.] - 그랜드 퀘스트 클리어 이후 지크프리트 길드 마스터의 인터뷰

이후 한 해양 유전 사진이 포착된다.

[그랜드 퀘스트. 즉, 위대한 임무는 그 보상마저도 세계 레벨이었습니다. 지금 보시는 사진은 드래고닉 레기온이 보상으로 받은 유전으로 테메레르 시리즈에 나오는 용, 테메레르의 이름을 딴 테메레르 유전입니다. 보다시피 기존의 인류의 기술을 능가하는 기술로 석유를 채취하고 있으

며, 이 시설은 채취하는 석유뿐만 아니라 시설에 대한 과학기술의 해석만으로도 엄청난 가치를 지니고 있는 셈입니다.]

[아, 정말 놀랍습니다. 가볍게 알아본 바로 이 유전은 실용 가능한 태양열 발전 시스템도 내장하고 있고, 정유 시설의 일부도 가지고 있기에 해석하면 할수록 그 가치는 올라갈 거라 생각합니다.] - 영국 옥스퍼드 소속 연구자.

이런 일이 발생하니 세계 각지에서는 그랜드 퀘스트를 하루라도 빨리 클리어하기 위해서 각 정부가 자국 내에 있는 길드에 엄청난 지원 및 탐사를 이루어 냈습니다. 지금 밝혀진 어비스 랜드는 총 7개. 하지만 이는 탐사가 된 곳만을 알려 드린 거지 아직 알려지지 않은 것이 더 많습니다.

백두의 주인-천지호(天地虎) - 한국
여덟 머리의 뱀-야마타노오로치 - 일본
뇌신조-썬더 버드 - 미국
양자의 황제-흑룡 - 중국
난폭한 간다르바-인도
분노의 폭풍-무슈후슈 - 아랍연맹의 사우디아라비아
시베리아의 거인-예티 - 러시아

세계를 먹는 늑대-펜니르 - 노르웨이

[특히 한국에도 엄연히 백두산 정상에 저 천지호의 어비스 랜드가 있는 만큼 빨리 클리어하고 싶은 욕심이 정부와 길드에게도 있었지만, 갑작스럽게 그동안 이용했었던 탱커들의 처우를 개선하려니 많은 벽에 부딪쳤습니다. 의료비, 던전 내의 안전, 스캐빈저의 퇴치, 정예 탱커 육성 등등 단 2년 반 동안 만들었었지만 이미 적합자 세계의 상식이 되어 버린 이 구조를 바꾸기가 어려웠기 때문입니다. 더구나 탱커들의 반응도 매우 차가웠습니다.]

[(삐이이이)들, 또 쓰다 버릴 거잖아.]
[어차피 우린 노력해도 (삐이이이) 쥐뿔도 없잖아.]
[그거 클리어한다 해도 우리에게 (삐이이이이) 콩고물이라도 줄 거 같아?]
[실컷 부려먹다 버릴 땐 언제고, 지금 내 코가 석 자인데 무슨 얼어 죽을 그랜드 퀘스트야?]
[(삐이이이이) 까!]

[더구나 대부분 딜러로 갈아타서 자신을 지킬 힘을 가지는 게 희망이었던 탱커들은 이제 와서 퓨어 탱커, 혹은 강한 탱커로 가려고 하는 이가 없었습니다. 그 와중 이 탱커

들에게도 희망의 바람이 부는 걸까요? 바로 46레벨까지 탱커로서 중레벨에 도달한 강철 씨가 엄청난 금액으로 드래고닉 레기온에 영입이 되는 이 사건은 앞으로 한국 적합자계에 변화를 부르게 될 것입니다.]

[이제 시간이 다 되었으니 여기서 마치도록 하겠으며, 다음 주엔 〈특별 기획! 시사매거진 한국 적합자 그랜드 퀘스트 특집 보고 2편-우리는 무엇을 하고 있는가?〉에 대해서 알아보겠습니다. 마지막으로 탱커들의 한 맺힌 이야기를 들으면서 마치겠습니다.]

탱커들의 절규!
[(삐이이) 너네는 언제부터 그럴 생각했냐? 우린 니네 지킬 생각 천지였는데!]
[난 항상 더 아쉬운 쪽의 사람이 되어 버렸다. 누가 날 이렇게 만든 거냐? 난 그저 탱만 했는데.]
[하아? 당장 내일 던전이 더 무섭거든?]
[오벨리스크가 또 나왔어? 던전이 또 열렸고? 미안, 거기 돈 안 돼서 나 안 갈 건데?]
[탱커요? 죽거나… 아니면 죽거나?]
[(삐이이이)! 우리를 때릴 힘이 남아돌면! 가서 스캐빈저 자식들이나 잡아! (삐이이이)!]

그리고 마지막으로 강철에게 시사매거진 기자가 인사를 하더니 마지막으로 한마디 달라고 하면서 그에게 마이크를 준다. 아마도 이번 기획의 포맷을 제공한 인물이니만큼 최종 엔딩 멘트를 남겨 달라고 하고 싶었으리라.

[욕해도 돼요?]
[아, 예. 하세요.]
[삐~ 처리하면 안 할래요. 그냥 보내 주세요.]
[음… 엔딩 멘트로 그럼 꼭 내 달라고 하겠습니다.]
[편집하면 드래고닉 레기온 법무팀 보낼 거예요.]
[예, 예. 안심하고 말하세요.]
그러고는 강철은 숨을 크게 한 번 들이쉬더니 마이크에 대고 크게 소리치며 외친다.

[우린 씨발 니네 멋대로 쓰다가 버리는 부품이 아니야! 씨발 새끼야!]

페이즈 5-2

새로운 시작

드래고닉 레기온 임시 한국지부 트레일러.

"내가 저질렀어도 캬~! 속 시원하게 질렀네. 하하하하하!"

"기자를 협박해서 공중파 방송에 욕을 여과 없이 보내다니……."

"뭐, 어때? 씨발 탱커는 욕이 기본이라고. 욕! 욕! 아주 빡센 욕!"

"그래서 기분이 좋으신가 보네요? 아침부터 녹화본 다시 돌려 보실 정도면……."

그야 그렇지. 하하하, 진짜 속이 후련하네. 지난 3년간 이렇게 속이 후련한 적이 있었던가? 그나저나 이 방송 생각보다 퀄리티가 좋네. 내가 몰랐던 사실까지 이렇게 여과 없

새로운 시작 • 67

이 보내줄 줄이야. 그나저나 이제 정부는 발등에 불이 떨어졌겠네. 지금 남아 있는 중레벨 탱커들을 회유하려 하겠지.

"이거 한순간에 유명인이 되어 버렸는데 실감이 아직도 안 되네."

"지금 제복까지 입고 계신데요?"

검녹색과 금색으로 치장된 드래고닉 레기온 정규 단원복. 정말이지 지크프리트 씨는 통이 크기도 하지. 일단 한국 지부 건설 계획 잡고 할 때까지 임시로 사무실로 쓰라고 이걸 나에게 주고 가 버렸다. 근데 문제는 나랑 세연이는 면허가 없고, 진서 형님은 면허가 있지만 이걸 몰수 있는 대형 면허가 아니라서 우리 맨션 앞에 주차해서 사무실로 쓰는 판국이다.

"어쨌든, 지부 사무실이 건설될 때까지 한 달 동안은 결국 휴업이군."

"그리고 두 사람만의 공간에서 이제 민달팽이처럼 농후한……."

"안 해. 그리고 진서 형님도 계신데 넌 자꾸 뭐하는 짓이냐?"

다크 나이트 백진서 형님. 음침하고 소심한 분으로 나처럼 스킬 텍스트가 특별한 조건이 있어야 읽을 수 있는 자였다. 원래는 3대 길드 중 하나인 '로직 게인'의 일원이었지만 일전 레이드 사건 때문에 버려지고 난 이후 우리 길드에 들어오게 되었다.

"다크 나이트도 충분히 사기 클래스인데… 여전히 우리 길드에 남겠다니 이상한 형님이라니까~"

"아뇨. 어차피 자신의 클래스의 특성을 모르고 큰 분이라. 탱커 클래스일 경우 아저씨 쪽에 붙는 게 당연하지요."

"에? 어째서?"

"이미 아저씨는 탱커 업계에서는 알아주는 아이콘이 되었다구요. 봐요."

세연이는 자신의 휴대폰으로 인터넷 페이지들을 확인시켜 준다. 온 적합자 관련 인터넷 사이트엔 오로지 내 이야기뿐이었다. 세계 최초 연봉 40억짜리 탱커라면서 온갖 이야기가 다 나오고 있었다.

[게시물][야, 이제 니 애비 탱커하면 좆되는 거냐?][23]

[게시물][아! 나 어제 검성으로 클래스 체인지 했는데 ㅅㅂ][12]

[게시물][지금 교육소에서 교육받는 중인데 죄다 강철 점마 이야기뿐임. 이거 약 파는 거임?][22]

[게시물][병신들아, 정신 차려. 탱커 취급이 좋아지는 게 아니라 점마가 간 데가 외국계라 그림][12]

[게시물][캬! 역시 성공하려면 외국계지.][2]

[게시물][와, 시발 고교 중퇴 새끼가 40억. 대학 나온 나

는 지금 좆 빠지게 비비고 있는데.][1]

 [게시물][이 글을 읽으면 탱커.][55]

 [게시물][ㅋㅋ 야, 나 탱커인데 오늘 크로니클이랑 길드 새끼들 갑자기 다 우디르 됨.][1]

 제목만 봐도 나에 대해서 무슨 이야기를 하는지 알 거 같은 느낌이다. 그리고 나에 대한 반사이익인지 다른 탱커들의 대접도 약간씩이나마 달라졌다는 이야기가 들리고 있었다.

 그리고 가장 달라진 것은 내 주변의 풍경이었다. 내 빚 거두어 가는 사채업자 놈이 전화가 와서는…

 (하하하, 고객님, 안녕하십니까?)

 "왜, 미친 놈아, 저번 달 이자랑 상환액 채웠는데 왜 지랄이야?"

 (아, 아뇨. 그게 저~ 이미 변제가 끝났다고 알려 드리려고 말입니다. 그 저희 경리 쪽에서 잘못했다고 해야 하나요? 정말 죄송한 마음에 전화를 드리고, 차액의 환급 및 사죄의 뜻으로 빚 대신 받은 아이템을 몇 가지 보내 드리고자…….]

 그렇다. 난 이미 변제가 끝난 빚을 아직도 10억이나 남았다고 생각하고 뻘짓하고 있었던 것이다.

 하긴 고교 중퇴 새끼가 뭘 알기를 하나? 대재앙 때는 오로지 살아남을 생각과 탱커 짓, 그리고 망할 아버지가 어떻게 빚을 낸 건지 자세히 못 알아보기도 했고, 녀석들의 말주변에 홀라당 넘어간 것이었는데 내가 저번 방송에서 드래고닉 레기온 법무팀 보낸다는 이야기를 한 것 때문에 놈들이 지레 겁먹어서 자수했다는 것이다.

"진짜 그 생각만 하면 어이가 없어서 원. 나 그동안 뭐한 거야? 하아~ 일단 놈들이 아이템 오늘 보낸다고 했는데 크로니클로 가야 하네. 오후에 가야지."

"어쨌든 아저씨, 드래고닉 레기온 계약 덕에 이익만 봤잖아요."

"그렇기야 한데 유명인이라는 거 진짜 힘들더라. 씨발."

마치 로또 맞은 양 대재앙 이후 빚더미에 올랐을 때 연락 싹 끊었던 친척들이 줄기차게 전화도 왔었다. 정말 인간의 추악함을 엿볼 수 있는 구석이었다.

(어머어머, 철이니? 나 이모야. 이번에 뉴스 보고 연락했는데 정말 잘됐더라.)

(큰아버지다. 허허. 이번 할아버지 제사 때 한번 봐야지?)

(아이고, 사장님 밑에서 있었을 때 뵌 김 팀장입니다.)

걸어온 족족 스팸 처리하고 차단 등록해 두었다. 이 개 같은 것들! 확 그냥 흑사자 상연이에게 연락해서 모조리 죽여 버리라고 할까 싶었지만 간신히 참았다. 그리고 당연하겠지만 미래에게서도 전화가 왔었다. 뉴스가 뜨자마자였을 때였다.

(야! 너 어떻게 된 거야?)

"…어? 그게 레이드 뛰다가 스카웃됐어."

(하아~ 그래? 그런데 무슨 탱커가 40억이야? 뭔가 잘못된 계약이거나? 어디 마케팅 같은 거 아니지? 그러고 보니 그랜드 퀘스트를 위해서 키우는 거 같은데 거기 엄청 위험한 데인데? 괜찮겠어? 계약서 제대로 읽어 봤어? 이상한 생체 실험 같은 거 들어 있는 거 아니지?)

"네가 무슨 내 엄마냐?"

(일단 가까운 시일 내에 만나자. 시간은 네가 정해. 드래고닉 레기온의 신임 지부장을 만난다는 거면 회사에서도 아무 말 못할 테니까 걱정 말고. 그리고 몸조심하고, 꼭 연락해!)

"어? 응."

말은 이랬지만 사실 미래의 이런 말은 너무 고마웠다. 다른 이들이 돈만 보고 갑자기 관계를 이야기할 때, 미래는 진심으로 날 걱정해 주고 있었다. 하긴 미래가 보기엔 난 진짜 바보 멍청이에 아직 어린애겠지. 옛날부터 날 챙겨 주기도 했었고 말이야.

"아저씨, 뭔가 변태 같은 얼굴이에요."

"아니, 어제 일 회상하는 것도 문제냐? 보자. 오늘 스케줄은 그럼 오후엔 크로니클에서 아이템 찾고, 저녁에는 미래와 식사하는 게 좋겠네. 그 전에 일단 진서 형님의 클래스 확인해 봐야지? 세연아 해석 다 해 주고 온 거 맞지?"

"예. 다크 나이트의 현재 가진 스킬 해석 작업은 모두 끝났어요.

다크 나이트. 이름 그대로 암흑 기사, 유명한 영화 제목이기도 해서 다른 여러 의미로 쓰이지만 아마도 그 설계는 이름 그대로 어둠과 혼돈의 힘을 사용해서 쓰는 기사였다. 물론 도대체 그 어둠과 혼돈의 정체가 뭔지는 모르지만 일단 클래스 계열 자체는 나, 세연이, 아머드 나이트 이 셋과 완전히 다른 형태의 탱커였다.

"이, 이거 어떡하죠?"

"…저 아저씨, 또 시작이구만."

"변신형 탱커면서 거울 속의 자신을 무서워한다니……."

다크 나이트는 기본적으로 기사 클래스이면서도 어둠의 마신과 혼돈의 마신. 이 두 마신의 수하를 부리거나 빙의해서 싸우는 클래스였다. 이때까지 원리를 몰랐을 때는 그 마신과 마신의 수하조차 부를 수 없고, 빙의도 할 줄 몰랐기에 전혀 클래스다운 일을 못했다. 그리고 그의 정식 명칭을 수정하자면…

"어, 어쩌죠? 이거 어쩌죠? 대장님? '혼돈 강림'을 통해서 변하긴 했는데……."

"…으와, 내가 봐도 무섭긴 하다."

카오스 나이트&다크 나이트 혹은 카오스&다크 나이트라고 보는 게 맞았다. 디폴트 상태의 인간형은 다크 나이트로 치지만 〈액티브-혼돈 강림〉이나 〈액티브-어둠 강림〉을 사용하면 그에 맞는 형태로 변한다는 게 옳으리라. 참고로 〈혼돈 강림〉은 탱커형이고, 〈어둠 강림〉이 딜러형이다. 지금은 혼돈 형태로 회색의 갑주를 입은 흉측한 형태의 기사 모습으로 전신에 나풀거리는 회색의 기운과 곳곳에 새겨진 혼돈에 빠진 사람들의 얼굴 모양, 그리고 투구를 통해서 나오는 목소리는 쇠를 긁는 것같이 기분 나쁜 형태였다.

"카오스 에너지. 다크니스 에너지로 딜과 탱커의 형태를 지속적으로 바꾸면서 싸워야 하는 형태라니……. 엄청 호흡 잘 맞춰야 한다는 거잖아."

"이거 진짜 어려운 클래스 같네요. 기껏 비밀을 알아냈는데 자신감이 사라지네요. 대장님, 전 그럼 계속 연습하러 가겠습니다."

다크 나이트 때는 카오스 에너지, 카오스 나이트 때는 다크니스 에너지라는 자원창이 생기는데 이것은 가만히 있어도 차고, 스킬 및 전투를 하면 더 빨리 차올라서 싸우다가 각 에너지가 완전히 차게 되면 반대쪽 폼으로 강제 변이한다. 즉, 탱커과 딜러 두 가지 역할을 모두 할 수 있지만, 강제 변이라는 점과 한쪽 상태로 상시 고정이 안 되기때문에 다른 탱커와의 호흡을 잘 맞추어야 한다는 것이다.

"다크 나이트, 데스 나이트, 저거노트. 하아~ 곧 데몬 블레이드도 하나 영입할 건데, 이러다가 여기 무슨 판데모니

엄 되겠네."

"클래스 성향이 죄다 악(Evil) 성향뿐이네요. 물론 사람의 성격은 각자 다르지만요."

데몬 블레이드 배상진. PVP 특화인 녀석을 왜 영입하려냐면? 외국계 길드라서 한국에 적도 많을 테고, 그에 따라 보안과 경비 업무를 맡을 녀석이 필요하다. 놈도 이 업계에서 살아남은 베테랑이고, 더구나 '고자의 저주'와 '탈모의 저주'라는, 비살상계지만 아주 잔인한 스킬도 가지고 있으니까 도움이 될 거다.

"힐러는 본국에서 한 분 보내 주신다고 했고 그러고 보니, 아머드 나이트 개도 우리 길드 오고 싶다고 했던가? 서류 보내 왔던데? 탱커 지부장인 곳에다가 빚을 졌으니 갚아야 한다나? 흠……."

아머드 나이트도 엄연히 고레벨 탱커인 이상 거부할 이유가 없지. 일단은 고용직으로 계약만 맺어두고, 지크프리트 씨에게 허가 얻어서 정규직 입단 시켜야겠다. 그러고 보면 어느 길드던 탱커가 우두머리인 곳은 아예 없었구나. 그래서인지 다른데 서류도 탱커들의 입단 신청서와 입단 상담 메일이 많이 오고 있었다.

"그건 세연이가 모두 처리했어요."

"어, 고맙다."

"세연이는 아저씨의 비서니까요."

"너 그 포지션이 어지간히 맘에 드나보네."

세연이의 공식 직함은 '드래고닉 레기온 지부장 비서'였다. 데스 나이트 특유의 포커페이스, 그리고 중학생 주제에 나보다 머리가 좋고, 영어도 능통했었다. 전에 공부를 같이하자고 한 건 나와 함께 있기 위해서였다나? 알고 보니 5~10살 5년간 영국에서 살아서 그렇단다. 그걸 진작 말해야지!

'그나저나 얘도 진짜 대단하네. 재색 겸비에 데스 나이트라는 레어 클래스에 순애보. 세상에 진짜 무슨 미연시 캐릭터도 아니고……'

"아, 아저씨, 그 눈빛 맘에 들어요. '미쓰 리~ 오늘 밤 같이 야근이나 할까?' 하는 그 눈빛. 그러면 세연이는 '어머나~ 지부장님, 기꺼이~'라고 대답하면 '오늘 밤 미쓰 리를 재우지 않을 거야.'라고 대답해 주시길 바랄게요."

"혼자 북 치고 장구 치고 다 하는구나. 나 오늘 새벽에 영국 출장이야. 세르베루아 님의 맹약 호출로 영국 넘어가서 검사랑 테스트 받아야 돼."

"무슨 검사랑 테스트요?"

"저거노트 클래스에 대한 연구. 나도 불확실성이 많으니까 말이야. 불안 요소는 없애야지."

65레벨제 레이드 보스인 메두사 퀸을 잡은 건 나 혼자였다.

저거노트의 비밀. 전부 다 이상한 개드립으로 되어 있는 스킬 설명을 해석하기 위해서는 〈몬스트러스 크리처 아이〉라는 스킬이 필요한 상황이지만, 아직 개방도 안 된 스킬이 언제 나올지 모르기에 어떤 원리가 되어야 내가 이성을 잃어버리는지 정도는 밝혀야 했다.

"확실히 그때의 아저씨는 완전 와일드했지요. 강제로 땅으로 숨어드는 메두사 퀸의 꼬리를 잡고 들어 올려 마구 패대기치던가? 그건 아무리 봐도 레이드가 아니라 일방적인 폭력이었다고요. 여X시X가 봤으면 백방 아저씨를 성폭행으로 신고했을 거예요."

"…아니, 걔네는 메두사 퀸도 자기네랑 같은 여자로 취급하냐? 그거 엄연히 몬스터인데, 시발 별 개지랄 같은 소리 다 듣겠네."

"거기다 메두사 퀸이 쓰는 석화의 응시도 그냥 마주 보더니 고개를 갸우뚱하고는 머리에 있는 뱀 머리칼을 마구 뜯기 시작하던 모습도 장난 아니었죠."

어쨌든 내가 무지막지하게 메두사 퀸을 압도적인 폭력으로 처리한건 사실. 레이드 보스를 혼자서 때려잡는다니 어불성설한 일인지라 드래고닉 레기온에서도 나의 포텐셜에 주목하고 있는 것 같았다. 하긴 나라도 그 압도적인 무력을 제어만 할 수 있으면 제어하고 싶은 것엔 동감이었다. 나도 레이드 중에 나도 모르는 사이에 정신을 잃고 괴물이 되긴 싫었으니 말이다.

"던전을 안 가도 할 일 천지구만~ 하아~ 일단 어디 연습장도 구해야 하는데 말이야. 진서 형님의 다크 나이트 같은 경우 난이도가 있는 전직 같으니 연습도 필수고, 딜러 고용 문제도 많은데 미쳐 버리겠네."

딜러와 탱커를 왔다 갔다 해야 하는 진서 형님의 클래스 특성상 숙련은 필수였고, 타이밍을 맞춰 줄 파트너 탱커의 존재도 시급했다. 후후, 누구랑 페어를 짜게 해야 하려나? 레벨도 비슷한 탱커면 좋겠는데. 한순간 한 명이 떠오른다. 물론 나도 레벨 차이가 1개뿐이지만 완전 순수한 퓨어 탱커인 나랑은 궁합이 맞지가 않을뿐더러 지부장 일에 자주 영국에 검사하러 가야 하기 때문에 시간도 없다.

"아머드 나이트에게 맡기면 어떨까요? 레벨 43이고, 액티브 방어 기술을 여러 가지 써서 방어하는 타입이니만큼 좋은 조합이 될 거 같은데요?"

"그거 좋네. 그럼 그 방향으로 추천하겠다고 써야겠다."

"음, 남은 건 이제 딜러 영입 부분이네요."

딜러 영입이라. 이게 가장 고민인 부분이다. 일단 성질머리가 좋고 뒤통수 안 칠 인성적인 면을 보고 뽑아야 하는 만큼 가장 신중해야하는 것이었다. 물론 드래고닉 레기온이라는 간판을 달고 있으니 함부로 까불 녀석은 없지만, 어쨌든 탱커의 천적들이니 만큼 조심할 수밖에 없었다.

"딜러도 종류도 많고, 사람도 많으니 잘 골라야 하는데 말이야. 골치 아플 따름이지."

"무엇보다도 믿을 수 있는 사람을 찾는 게 문제죠."

"더구나 지부장도 탱커고 구성원 대부분이 지금 탱커인 이 지부에 탱커들 말 따를 딜러를 찾는 것도 문제고……."

지부장인 내가 퓨어 탱커, 비서는 딜탱, 남은 구성원은 포지션 시프트 탱커 진서 형님과 액티브 수동형 탱커 아머드 나이트(아직 확정은 아니지만). 어쨌든 지금 적합자 사회에 적응된 딜러 녀석이 얌전히 나나 다른 이들의 오더를 따라 줄지나 걱정이었다. 되레 깔보고 한국 지부의 주체가 되려고 깽판 치려할 거 같은데 말이지.

"그러면 아예 교육소에서 나온 신입을 바로 고용하는 건 어때요? 어차피 지금 우리 지부 최고레벨은 46인 진서 아저씨잖아요."

음… 세연의 이야기에 귀가 솔깃했다. 하긴 새로 발족한 길드 지부인 이상 호흡도 다시 맞춰야 하는데 어차피 우리 길드의 평균 레벨은 낮은 축이었고(46,45,43,27), 어차피 이 지부의 목적은 나를 비롯한 탱커를 육성해서 본부팀의 그랜드 퀘스트를 지원하는 것인 만큼 일단 적합자 사회의 편견에 휩싸이지 않은 녀석을 찾아서 처음부터 육성하면서 호흡을 맞추는 것도 좋으리라.

"그러면 교육소 한번 가 봐야겠네. 내일 일정에 집어넣고, 연락해 줘."

"알겠습니다, 아저씨~"

"음, 보자. 탱커를 2명씩 2팀 운용하고, 딜러는 한 6명 정도 뽑아야 하나? 아! 힐러도 한 명 더 구해야 하네."

2-3-1(2탱 3딜 1힐). 힐러가 귀하니 이런 조합을 짜는 게 좋고, 애초에 운용되는 탱커는 세연이를 빼면 죄다 중레벨 탱커이다. 이렇게 던전 2팀 체재로 구축하면 한 팀에 딜러를 3명씩 써야 하는 건데 10레벨짜리 셋씩 데리고 다녀야 한다는 거군. 그렇게 되면 별도로 업무를 볼 사무직 직원을 또 따로 고용해야 하나? 음……

"사무직 직원 필요 없어, 아저씨. 어차피 세연은 잠을 안 자니까 세연이가 일할게. 야근 수당 안 쳐줘도 돼."

"야, 아무리 그래도 그건 좀……."

"대신 애정 페이 플리즈."

"애정 페이는 무슨?"

"그리고 사무직 여직원 늘리면 아저씨에게 손댈지도 모르니까 그럴 바엔 세연이 열심히 일함."

뭐, 달랑 2팀짜리 지부인 만큼(쓰리 스타즈 얼라이언스는 자그마치 24팀을 운용한다) 업무량은 그리 많지는 않아서 분명 세연이가 말한 대로 한 사람이면 충분히 할 수 있었다. 그리고 이걸 지치지도 않고 잠을 잘 필요가 없는 데스 나이트인 그녀가 맡아 주면 적합하긴 했지만, 그래도 너무 가엽지 않은가? 생각하던 찰나였는데… 애, 애정 페이라니?

"아, 아니, 너 어차피 직접 그런 거(?) 못 느끼지 않냐?"

"흥분이라던가? 쾌락? 아냐. 세연이도 그런 건 느낄 수 있어. 스스로는 못 느끼지만 이렇게 아저씨의 얼굴을 보면……."

"야, 부, 부끄럽다고!"

"아저씨 행복한 얼굴이라든가 감정을 보면 느낄 수 있어. 전에 고블린 던전에서도 말했잖아. 아저씨의 따스함을 받으면 나도 느낄 수 있다고……."

야, 직장에서 러브 드라마는 좀 찍지 말자. 내가 다 부끄럽다. 저기 지금 진서 형님 지쳐서 쉬고 있는데 묘한 눈빛으로 보잖아? 으아아아! 다른 사람이 보니까 2배 더 부끄러워.

"하하하, 대장님이랑 사모님 금슬이 좋아서 부럽네요. 그런데 조금 있다가 점심은 뭘로 하실 건가요? 중국집? 분식집? 아니면 나가서 드실 건가요?"

"나는 오후에 크로니클에 가야 하니까 둘이 먹어."

"세연이는 데스 나이트라서 굳이 안 먹어도 되니 상관없어요. 그리고 곧 영국에서 온 메일이랑 처리해야 할 업무가 있으니 아저씨 말고는 말 걸지 말아 주세요."

쿠궁…….

우와, 풀이 죽었어. 저 형님, 안 그래도 음침한데 더욱 음침하잖아. 이거 은근히 직장 내 왕따 분위기인데? 뭐, 아직 멤버가 적어서 그런 거니 어쩔 수 없지.

일단 좀 어울려 드려야겠다 생각한 나는 하던 업무를 접고, 그 형님 쪽으로 간다. 진서 형님은 노트북을 가져와서 개인적으로 업무를 보고 있는 줄 알았다.

"아니! 형님! 길드도 엄연히 직장인데 와서 애니메이션 보시면 어떡합니까?"

"하하, 그, 그게 연습 때 쿨다운 기술 다 빼놔서 그거 회복하는 동안 잠깐…

"…은 농담이고, 같이 봅시다. 저도 이제 점심 먹을 때까진 할 거 없어서 심심하던 차였어요."

"하하하, 취향에 맞을는지 모르겠네요."

"아, 저 이래 봬도 저녁마다 미연시에 빠져 사는 인간이라서요. 최근에는 '쿠드와 후타'라고 리틀버스타즈인가? 재미있게 했던 거 팬디스크라서 해 보려고 하는데……."

"히익! 페도!"

갑자기 이거 무슨 반응이야? 그 미연시 뭔가 문제가 있나?

어쨌든 나는 진서 형님의 취미에 어울려 주기 시작했다. 둘 다 오타쿠과에 가까운 인종이라서 어울리는 데는 문제 없었다. 그러니까 이거 '니세코이'라고 했나? 여전히 고전 애니메이션 좋아하는구만~ 이 형님은. 이라고 생각하면서 보기 시작했는데…….

"끄아아아아, 마리카짜응!"

"끄아아, 오노데라 다이스키!"

뭐지? 이 애니의 여캐들 겁나 사랑스럽다.

솔직히 제3자의 시점에서 보면 우리는 완전 기분 나쁜 오타쿠 집단이었지만 그래도 좋을 만큼 파괴력 있었다. 끄아! 이치죠 군이라고 부르지 말고, 내 이름 불러 줬으면 소원이 없겠다. 헉헉.

"크, 뭡니까? 진서 형님. 이런 갓애니를 혼자 보시려 하다니! 진술서 써 오세요!"

"크! 대장님, 기꺼이 써오겠습니다!"

"…저기, 보는 건 상관없는데 조용히 봐주시겠어요? 엄연히 남은 일하고 있는데……."

컥! 데스 나이트답게 세연의 차가운 어조는 진짜 무서웠다. 안 그래도 무표정, 무감정한 어조인데… 푸른 냉기까지 뿜으면서 말하니 더욱 무서웠다. 잘못했습니다. 엄연히 우리(46, 45)보다 낮은 레벨의 세연이었지만 완전히 겁먹은 우리는 얌전히 애니메이션에 심취하기 시작했다.

그렇게 정신줄 놓고 두근대면서 애니를 보고 나니 어느새 점심시간 때였다.

"아저씨, 이제 크로니클 가야 하지 않아요?"

"아, 내 정신 좀 봐. 알았어. 나 갈 테니까 진서 형님 나중에 그거 DVD 좀 빌려 주세요. 식사는 알아서 하시고, 대금은 세연이 네가 영수증 처리해 드려."

나는 트레일러를 나와서 맨션으로 들어가 옷을 갈아입고 나선다. 드래고닉 레기온의 단원복은 생각보다 눈에 띄어서 어쩔 수 없는 일이었다. 늘 입던 평범한 옷으로 입고서 버스에 타도 사람들이 한 번씩 쳐다보는데… 내가 과민하게 반응하는 건가?

"저기 봐. 저 사람, 그 드래고닉 레기온의 그 사람 아니야?"

"에이, 설마… 연봉 40억이나 계약한 사람이 버스나 타고 다니겠어?"

"그렇겠지? 그냥 닮은 사람인가 보네."

어떤 의미로는 내 선택은 탁월했던 거 같다. 설마? 설마? 하는 정도로만 의심스럽게 여기고. 나는 무사히 지하철까지 타고, 크로니클의 건물로 도착할 수 있었다. 하지만 문제는 여기서 일어나는데, 자동문을 통과하자마자 시선이 집중된다.

"YTX에서 나온 기자입니다. 저기, 말씀 좀 몇 마디만……."

"UBS에서 나온 PD입니다. 이번에 달리는 친구들에 한번 나와 주실 수……."

"비켜! 이 사람들아! 내가 먼저라고!"

"저기, 이번에 지부에는 딜러나 힐러를 몇 명이나 고용하실 생각이십니까?"

언론, 예능계의 사람들뿐만 아니라 적합자계 사람들까지 죄 몰려와서 난리다. 참고로 내가 살고 있는 맨션과 그 앞의 구역은 스캐빈저도 자주 활동하는 살벌한 동네라서 이렇게 크로니클에서 죽치고 있던 것… 아니, 이 양반들아, 공식 창구 이용하라고! 라고 하면서 온갖 쌍욕을 날려 주고 싶었지만… 참… 긴 왜 참아? 탱커가 욕이고! 욕이 탱커인데!

"꺼져. 씨발. 일 좀 하자. 뭐? 씨발, 탱커 욕질하는 거 처음 봐? 씨발, 그런 건 드래고닉 레기온 공식 창구로 문의하라고, 씨발. 뭐하러 돈 주고 사람 썼는데?"

그렇게 내뱉고는 더 이상 뭐라고 하거나 말거나 난 내 업무를 보러 탱커 창구에 있는 미현 누님에게 간다. 햐~ 오늘도 아름다운 모습이시구나! 나는 미소 지으면서 누님에게 인사를 건넨다.

"안녕하세요, 미현 누님."

"어머, 드래고닉 레기온 한국 지부장님이시네요."

"아, 그렇게 부르지 말아요. 미현 누님과 제 사이인데… 그냥 부르던 대로 부르세요. 하하하."

그래, 미현 누님은 나의 천사요, 곧 여신이니까~ 헤헤헤.

이거 참 내 정신 좀 봐. 업무 봐야지, 업무. 그러니까 우선 그 망할 사채업자들이 보내 준 아이템부터 확인을 해야지.

용무를 말하고 나노 머신 인터페이스를 컴퓨터에 스캔해서 인증하자 아이템 리스트들이 쫙 나온다.

"이런 세상에……."

받은 아이템 목록
양손 창 : 천신이 벼린 창-레벨 제한 37 (전설 등급)

방패 : 지옥 군주의 방패-레벨 제한 35 (전설 등급)

스킬 북 : 초천중용신권(超天中龍神拳)-레벨 제한 45 (전설 등급)

머리 : 저주받은 용사의 투구-레벨 제한 40 (영웅 등급)

상의 : 저주받은 용사의 갑옷-레벨 제한 40 (영웅 등급)

한 손 검 : 성검 엘레시온-레벨 제한43 (영웅 등급)

활 : 비명이 깃든 활-레벨 제한 39 (영웅 등급)

스킬 북 : 애로우 발칸 (희귀 등급)

스킬 북 : 아이스 애로우 샷 (희귀 등급)

스킬 북 : 올려차기 희귀 등급

 미친, 이 사채업자 새끼들 무슨 전설 아이템을 3개나 가지고 있어? 이거 다 분명 빚진 적합자들에게서 뜯어낸 물건이겠지.

 도대체 얼마나 겁을 먹었기에? 아니면 드래고닉 레기온 길드의 위상이 얼마나 대단한지 실감할 수 있는 부분이었다. 놈들이 지레 겁을 먹어서 이런 아이템을 뱉어 낼 정도라니, 더불어 이 사채업자들이 얼마나 사회에 큰 시장으로 자리 잡았는지도 짐작할 수 있고 말이다.

 '음 근데 내가 쓸 만한 건 역시 방패뿐인가?'

> 지옥 군주의 방패 (전설 등급)
>
> 분류 : 한 손 방패
>
> 방어력 : 324
>
> 기본 방어 확률 : 30%
>
> 옵션 1 : 어둠 속성 저항 증가 (레벨 비례) / 빛 속성 저항 감소 (레벨 비례)
>
> 옵션 2 : 방패 방어 확률 증가 (레벨 비례)
>
> 옵션 3 : 자신 및 파티원에게 '지옥 군주의 분노' 버프를 건다. (공격력 증가, 방어력 감소)
>
> 옵션 4 : 악마형 몬스터 상대 시 일정 확률로 공포를 검
>
> 옵션 5 : 적의 데미지 3%를 반사합니다.
>
> 레벨 제한 : 35

 역시 전설 아이템이라 좋긴 한데 미묘하네. 이 순수 퓨어 탱커인 나보다는 방패로 공격도 자주하는 실드 파이터 클래스에게 더 어울리는 아이템이다.

 그래도 저 레벨에 이만한 아이템도 없는 데다가 데미지 반사 옵션까지 달려 있으니 좀 더 안정적인 어그로를 잡을 수 있을 것이다. 그리고 다른 아이템들을 어떻게 해야 하나 궁리하는 순간 전화가 온다. 뭐지?

(헤이, 미스터 아이언. Oh, Sorry. 이젠 강철 지부장이었죠?)

"마스터 지크프리트? 지금 거기 몇 시인데? 여기가 오전 12시쯤이니까 새벽 4시일 텐데?"

(그동안 미뤄 둔 일이 많아서 어쩔 수 없었습니다. 그리고 저번 레이드에서 얻은 전리품 말인데요. 거기 나이트 세연이 데스 나이트라는 레어 클래스잖습니까? 기왕 이렇게 된 거 전용 아이템은 몰아주자고 하는 의견이 나와서 그쪽에 보내 드리려고 하는데…….)

"아, 그 스킬 북 말인가요? 근데 세연이는 아직 그쪽 스킬을 안 찍어서요. 쓸모가 있을는지…….."

〈스킬 북 : 용아병 제조학-네크로맨서, 리치, 데스 나이트 전용〉의 이야기였다. 기본 해골 병사 소환 스킬을 업그레이드 시켜 주는 스킬 북으로, 비단 세연이만 쓸 수 있는 건 아닌 물건인데 지크프리트 씨는 내 말을 부인한다.

(그거 말고도 생각 외로 저희 본부에 데스 나이트 전용 아이템이 꽤 쌓여 있습니다. 기사 클래스용 아이템은 되도록 모두 구해 놓거나 사거든요. 그래서 쌓여 있고, 어차피 나이트 세연밖에 쓸 수 없는 물건이지 않습니까?)

"공학계를 통해서 분해해서 소재로 써도 될 텐데…….."

(하하, 저희 자금은 늘 충분해서 그럴 필요가 없을 정도이니. 어쨌든 리스트 보내 드릴 테니 쓸 만한 거 신청해 주

십시오.)

"아, 맞다. 마스터 지크프리트. 그리고 카오스 나이트나 다크 나이트 아이템도 좀 알아봐 주시겠습니까? 진서 형님도 엄연히 레어 클래스신데 이게 더블 포지션 클래스라서요."

(아, 그분의 메커니즘을 밝혀내셨군요. 호오? 더블 포지션이라면 딜과 탱킹입니까? 그럼 세연 양 같은 브루저(Bruiser)인 겁니까?)

세연 같은 경우 딜과 탱을 한 몸에서 수행할 수 있는 복합타입, 딜탱인데 서양에서는 이걸 브루저라고 부르는 모양이었다. 하지만 이건 진서 형님에 대한 정의로 단정 짓기엔 부족해서 난 추가적인 설명을 덧붙인다.

"아뇨. 엄연히 퓨어 탱커, 퓨어 딜러 포지션을 왔다 갔다 하는 클래스입니다. 탱커가 되었다가 사용 자원이 차면 딜러가 되는 타입입니다. 지금 세연이가 자세한 메일을 작성해서 보고서로 보내 줄 겁니다. 그리고 아머드 나이트 영입 건은 어떻게 하실 건지?"

[그 기계의 기사 말씀이시군요. 물론 허락합니다. 아머드 나이트. 뒤에 나이트(Knight)라고 붙었고, 그 불굴의 정신과 용맹함. 기승 스킬이 없어도 충분합니다.]

각종 업무 이야기로 시간 다 보내는 나와 마스터 지크프리트였다. 이젠 드래고닉 레기온 길드에 들어왔고, 엄연히 직장을 가진 몸이니 바쁜 건 어쩔 수 없지만, 전화 한 번 여니까 어느새 30분이 훌쩍 지나가 버렸다.

(그럼 수고하세요. 강철 지부장님.)

"예이~ 충성, 마스터 지크프리트. 아이고, 힘들다."

"흐음~ 철이 군. 이제 진짜 드래고닉 레기온의 일원이네. 일하는 모습 꽤 멋있네."

오오? 미현 누님이 칭찬을? 마스터 지크프리트, 고마워요. 덕분에 점수 땄어요! 이히히!

난 즐거운 마음에 아이템들을 인벤토리로 회수하기 시작했다. 아, 맞다. 이제 곧 점심시간이니 시기도 적절하고, 저번의 약속도 받아 내야 했으니까…….

"저기, 미현 누님, 곧 점심때죠?"

"어? 응. 그런데?"

"그, 그그그그러러, 면 말이죠. 전에 하신 약속, 기억하시나요?"

"응? 무슨 약속?"

두근두근.

진정해라. 진정해라. 아오, 왜 이렇게 긴장되는 거야. 그저 밥 한 끼 하자는 건데 그 말을 하기가 왜 이렇게 힘든 거냐? 진정해라. 후우~ 후우~

"그, 그 있잖아요. 하하, 세연이 구할 때 나서면 밥 사 주시기로 한 거… 마, 마침 저도 아직 점심 안 먹었으니, 그러니까…….”

"응, 알았어. 마침 점심 먹으러 나가야 했으니까 한 10분만 기다려 줄래?"

당연하죠! 나는 고개를 힘차게 끄덕이며 긍정의 의사를 표현했다. 조오았어! 드디어 미현 누님과의 데이트. 물론 점심 식사지만 이거만 해도 어디냐! 그런데 단둘이 식사는 '그때' 이후로 처음이네.

난 흥겨운 마음을 안고 창구의 대기실에 앉아서 기다리며 상상했다. 그래, 2년 전이었나?

'혼자서 뭐하니?'

쏴아아아아…….

비가 오던 날. 현마는 쓰리 스타즈 얼라이언스 길드로, 미래는 기업 연구직으로 막 갔을 무렵. 혼자서 고독함에 궁상 떨고 있던 나에게 말 걸어준 천사.

마침 딱 치료비 때문에 생활비가 아예 없어서 다음 던전 일감이 나오기까지 크로니클에서 기다리던 차였다.

그때 난 미현 누님과 처음 만났었다. 처음 만나서 미현 누님은 날 질질 끌고는 크로니클의 식당에 데려와서 같이 식사를 했었지.

새로운 시작 • 91

'천천히 먹어. 후훗.'

'분명 직원 아니고는 먹을 수 없는 그곳에 탱커인 적합자를 데리고 가서 밥 먹이기란 쉽지 않은 일일 텐데 말이야.'

그 이후 내 말상대를 해 주면서 탱커 생활의 불평이나 불만을 들어 주던 좋은 누님이었다.

생각해 보면 세연이가 날 만나지 않았으면 죽었다고 말하는 것처럼 나도 미현 누님을 만나지 않았으면 이때까지 살아 있을 수 없었을 것이다. 지금에서야 떠오르는 거지만, 역시 난 저 누님을 좋아하는 거구나. 그동안은 탱커인 자신의 입장을 잘 알기에 깨달으려 하지도 않았던 것이리라.

'예전이야 빚도 많고, 언제 죽을지 모르는 생활이었는데… 하지만 지금은 다르지.'

여전히 적합자 생활이지만 적어도 그랜드 퀘스트 정도가 아닌 이상에야 돈도 풍족하고, 장비도 충분, 크리스털도 마음껏 쓸 수 있을 정도로 윤택한 상황이다. 위험도의 레벨은 확 떨어진다. 목숨을 잃을 걱정도 적어지는 것이었다. 어쨌든 레이드 한 번에 인생 대격변해 버린 셈이라서, 나도 당당히 한 여성을 책임질 수 있는 처지란 말이지. 헤헤헤.

'아저씨······.'

'큭! 지금 여기서 왜 세연이 생각이 나는 거야?'

"미안해. 많이 기다렸지?"

"아뇨! 완전 괜찮습니다!"

아, 무, 물론 나 좋다고 하는 걔한테는 미안하지만! 엄연히 내 첫사랑은 미현 누님이란 말이야.

잠시 후, 점심 식사를 하기 위해서 나오는 그녀를 따라 그녀의 차에 올라탔다. 헤헤, 드디어 내 인생에도 꽃이 피는구나~

"철이 군은 뭐 먹고 싶니? 역시 드래고닉 레기온의 지부장이라면 이제 먹는 게 달라져야 하지 않니?"

"아, 아뇨! 미, 미현 누님이 드시고 싶은 거면 전 뭐든 좋습니다!"

사실 내 입맛이라던가 내가 먹던 음식은 죄다 편의점 인스턴트나 짱개, 분식, 치킨, 피자 로테이션이라서 여성에게 무엇을 추천해야 할지 난감한 상태였다. 저번에 미래에게 물어본 것처럼 물어보자니 데이트 상황인데 그럴 수도 없고, 그렇다고 세연이에게 물어보자니 후환이 두려웠다. 그러니 남은 방법은 누님에게 맡기는 것뿐인데…….

"흐음~ 어머나~ 누나 생각해 주는 거니? 걱정 마렴. 이 누님도 어른인 만큼 생각보다 돈 있으니 말이야."

"아, 아뇨. 정말로 누님이 드시고 싶은 거 드시면 됩니다. 하하하."

결국 미현 누님이 아는 레스토랑으로 향하는 우리였다.

어쩔 수 없잖아. 하루아침에 신분 상승해 버린 놈이니, 뭘 알 리가 없지. 끄아아아, 이럴 줄 알았으면 세연이랑 좀 더 러브러브 실전 연습 좀 할걸. 물론 세연이에게는 엄청 실례 되는 소리였지만 지금의 내 심정은 이랬다.

그렇게 내가 멘탈 붕괴에 빠진 상태에서 어느새 도착해 버렸다. 어?

"도착했어. 그런데 철이 군, 뭔가 고민이라도 있는 거니?"

"아하하, 아, 아뇨. 그게, 잠깐 일 생각이 나서요."

"그러니? 역시 드래고닉 레기온이 한국에 지부를 세우는 일 때문에 바쁘구나~ 그거 때문인지 오늘 탱커님들 문의가 많던걸? 각 길드에서도 탱커들 임금 재협상이 끊이질 않더라고, 그리고 오늘 던전 행은 거의 마비된 거나 마찬가지더라고······."

끄아아앙. 이해해 준 건 고맙지만 일 이야기는 하고 싶지 않은데. 하지만 대화의 주도권을 찾지 못한 나는 어쩔 수 없이 미소와 함께 고개를 끄덕이며 미현 누님의 뒤를 따를 뿐이었다.

그나저나 외관부터가 죽이네. 진짜 고급스럽다는 느낌이다. 난 깜빡하고 내 복장을 다시 살핀다. 음··· 드래고닉 레기온의 단복인 진녹색의 바지에 구두까지는 괜찮았는데, 반팔 셔츠 위에 검은 가죽 재킷. 뭐랄까? 양아치 같다고 해야 하나? 안 그래도 탱커 생활 때문에 신경과민이라 눈매도 날카롭고 성질 더러워 보이는데…….

"저,저기, 미현 누님, 왠지 비싸고 분위기 좋은 건 둘째 치고, 제 복장 안 걸리려나요?"

"후후훗, 괜찮아. 보기와 달리 그렇게 복장 가지고 태클 거는 곳은 아니니까~ 그리고 드래고닉 레기온의 한국 지부장급이면 보자~ 거의 고위 공무원급일걸?"

흐음? 그런가? 고개를 갸우뚱하면서도 난 어쨌든 미현 누님을 따라서 들어간다. 딸랑거리는 종소리와 함께 안의 풍경은 드라마나 TV에서나 보던 그런 분위기였다. 어휘력이 딸려서 무슨 풍 무슨 풍인지 설명은 못하겠지만, 결론은 돈 좀 써서 밥 먹을 만한 가치가 있다는 거다.

나와 미현 누님은 웨이터의 안내에 따라 창가 쪽에 자리를 잡고 앉았다. 점심 시간대인지 우리가 들어오고 난 이후 정장을 입은 사람들이 계속 들어오고 있었다.

"시간 좀 걸리겠네요. 손님이 많은걸 보니… 괜찮으시겠어요?"

"후훗~ 내 걱정은 마. 적어도 지금 '쇠돌이' 강철 군과 있는 한은 부를 일이 없을 테니까~ 주문해야지~"

나 그렇게 대단해진 건가? 싶기도 했지만, 일단 내색하지 않고 주문은 미현 누님과 같은 것으로 한다. 왜냐면 이 메뉴판, 이거 다 영어로만 되어 있어서 읽을 수가 없어서였다.

제길, 진짜로 공부해야 하나? 앞으로도 미현 누님과 이런 데 다니려면 해야겠어. 아니! 할 거야. 토익인지 토마토인지 100점 만점 맞아 주지. (토익은 990점이 만점입니다)

"응? 갑자기 왜 그래?"

"…하아~ 저 진짜 모르는 게 많네요. 나 그동안 뭘 한 거지? 학교 다닐 때 좀 더 공부할 걸 그랬어요."

"에이, 무슨 소리니? 후후훗, 이제 막 스물 넘겼으면서. 그런 말 하기는 넘 이른 게 아닐까?"

"그, 그럴까요?"

정말 상냥하신 미현 누님이었다.

으아, 미소 봐. 천사가 따로 없네. 헤헤헤, 이거 분위기도 좋고, 잘만 이야기하면 단숨에 사, 사, 사, 사귈 수도 있는 거 아니야? 크흠! 지, 집중하자. 지금부터 잘 이야기하면, 보자… 그러니까 무, 무슨 말을 꺼내야 하지?

"응? 왜 갑자기 말이 없니?"

"아, 예. 그러니까……."

무슨 말을 꺼내야 할지 모르겠어요. 그저 미현 누님이랑 같이 밥 먹으러 온 게 너무 좋긴 한데, 어떻게 해야 좋을지 완전 모르겠어. 진짜 세연이는 어떻게 그렇게 나한테 열심히 대시할 수 있는 거지? 걔가 하던 걸 따라 해? 아니지, 미친! 그걸 남자가 따라 하면 완전 범죄자지? 씨발!

'뭔 이야기를 꺼내야 되나? 나 TV도 잘 안 보고, 그렇다고 적합자 일 이야기를 꺼내기도 그렇고, 사생활 같은 건 이미

알고 있고. 끄아아아…….'

"흐음~ 역시 많이 바빠서 그러니? 불안한 거 같은데……."

"아, 아니에요. 후우…그러니까."

그래, 이왕 이렇게 된 거 고백하자. 우물쭈물거리는 건 질색이다. 우선 고백하고, 그걸로 운을 떼서 이야기해서… 그래, 지금이라면 할 수 있어. 나 이제 한 길드의 지부장이고, 빚도 없다고. 그러니까… 그러니까!

"저, 저기, 미현 누님! 저……."

"응?"

"저… 그러니까!"

두근두근…….

쫄지 마. 죽거나 죽이는 거도 아니잖아. 탱커 일할 때는 더 무서웠던 적들도 많이 상대했잖아. 지지 마라, 강철. 여기서 내질러. 그냥 질러! 지르라고! 안 죽어! 안 죽으니까! 남자답게…

[그대 손을~ 나에게 뻗어 주어어.]

"아, 잠깐만."

"…아."

"예, 탱커 부서의 김미현입니다. 무슨 일이십니까? 아, 예? 국장님이요? 어머, 저 근데 아직 점심 식사 중인데……."

뭐, 뭐야? 이 중요한 순간에? 누구지? 미현 누님의 이야기를 잘 들어 보니, 어디 높으신 분 같은데.

미현 누님은 곤란하다는 목소리로 어떻게든 거절하려 하지만, 수화기 속의 거칠고 커다란 노성이 반대편에 앉은 나한테까지 들릴 정도였다.

어? 뭐야? 뭐지, 이거? 상황 참 이상하게 돌아가는데…….

전화를 끊은 미현 누님은 양손을 모은 채 고개를 숙이며 말한다.

"미, 미안해, 강철 군. 지금 도저히 나 아니면 처리할 수 없는 문제가 생겼다고, 크로니클에서 부르네."

"예?"

"정말 미안해. 오늘 식사비는 미리 결제해 놓을 거고, 이건 돌아갈 택시비야. 정말 미안해. 나중에 다시 벌충할게. 일단 먼저 가 볼게~"

"…아, 아뇨. 식사랑 택시비 정도는 제가 낼 수 있어요."

"누나가 정말 미안해서 그래. 이거 받고, 이거 먼저 계산할게~"

천사표 미현 누님은 나에게 3만 원을 주고, 영수증을 가지고 그대로 입구로 가 버린다. 갑자기 긴장이 풀려 버린 나는 더 이상 아무 말도 못하고 의자에 앉아서 축 처져 버린다.

그래도 미현 누님은 역시 천사네. 에휴, 어쨌든 다음 기회를 노려야 하나? 뭐, 다음에는 저녁 약속을 잡아야지. 그래서 분위기 좋은 식당에 간 다음에 반지도 준비할까?

'음, 반지까지는 오버인가?'

"어흠! 실례하겠습니다."

'아니야. 반지는 역시 오버지. 흔히 실패하는 패턴에 너무 심하게 오버 떨어서 부담을 주는 게 있으니까 고백을 성공하려면 뭔가 다른 방법을 강구해야 하나? 플래카드라도 걸까? 드라마에서 많이 하던데? 아니면 역시 이벤트 업체에 연락을 해서라도… 끄으으응…….'

"저, 저기이?"

"말 시키지 마! 지금 중요한 계획 중이란 말이야. 그래, 그러니까……."

난 수첩까지 꺼내서 본격적으로 메모하기 시작했다.

에, 그러니까 다음에는 대화 소재도 준비해 놓고, 책이라도 살까? 일단 이런 실수가 없게 제대로 준비해야지. 세연이랑 시뮬레이션이라도 해 볼까? 아, 그러면 너무 미안한데……. 나, 뺨 맞아도 할 말 없겠지. 우선은 그 녀석과의 플래그도 정리해야겠네. 엄연히 이 아저씨, 좋아하는 사람 있다고 하면 그 애도… 어라?

"누구세요?"

"…하하하, 용무 끝나셨습니까?"

페이즈 5-3

개인과 국가

 어느새 내 앞에는 웬 양복 차림을 한 말쑥한 30대 중반으로 보이는 남성이 앉아 있었다. 인상은 전형적인 엘리트라고 해야 하나? 아니, 슬 7월이 다가오는데 이 사람은 답답하지도 않나? 싶을 정도로 칼 같은 느낌이라고 해야 하나? 왠지 기분 나쁜 사람이었다. 미소를 짓고 있음에도 미소 같지 않은 게 포인트라고 해야 하나?

"누구신데 멋대로 합석하고 계세요?"

"아, 그게, 저 이런 사람입니다."

 자연스럽게 품에서 명함을 꺼내어 나에게 내미는 남성. 거기엔 '국가정보원 소속 이성운'이라고 적혀 있었다. 그렇다면 정부 사람인가? 난 고개를 갸우뚱하며 명함을 도로 건 네준다. 받을 가치가 없다는 의사 표현이다.

"받지 않으시는 겁니까?"

"받을 가치나 있어야지. 남의 연애사에 참견하는 건 개도 안 하는 짓이거든? 불륜이 아닌 이상에야."

"……."

내 예상대로라면 이 사람이 나에게 다가온 건 우연은 아니다. 즉, 미현 누님에게 전화를 하게 만든 놈도 이놈이라는 거다. 나와 일대일로 이야기하기 위해서 위에 압력을 넣어서 강제로 불러들인 거다. 봐라. 저놈의 미소가 드디어 가시고 무표정이 되었다. 어떻게 알았냐는 거지? 병신 새끼, 너 정도 수작 부리는 악당은 수십 명은 만나 봤다.

"보기보다 되게 예리하시군요. 연애 쪽은 완전 숙맥 같아 보이시더니~"

"그러니 나 간다. 씨발, 예의가 없네."

"앉으시지요. 무례한 건 정말로 사과드리겠습니다. 지금 저희로서는 크로니클에 정부 인물은 출입 금지이고, 헌터들이 눈에 불을 켜고 노리고 있어서 이렇게 긴밀하게 만날 기회가 없었습니다. 그렇다고 대놓고 당신네 트레일러를 찾아가기에는 다른 곳의 시선이……."

"엿 처먹어."

아, 화나. 장난하는 것도 아니고, 저런 새끼는 말을 들어줄 가치가 없다. 나는 그대로 일어나서 자리를 나선다. 어차피 미현 누님이 계산한 거라 먹고 가고 싶었지만, 이 불쾌한 독사 같은 자식과 한자리에서 밥을 먹으려니 토가 쏠릴 거 같았다. 게다가 정부 놈? 그 대재앙 이후 탱커들의 희생을 당연하다는 듯 만든 그 자식들과 어울리는 건 지옥 같은 탱커 인생을 살아온 나에게 있어서 더더욱 말도 안 된다. 보나마나 그랜드 퀘스트 때문에 발등에 불이 떨어져서 뭔가 개소리를 하러 온 거겠지.

하아~ 그럼 이제 뭐하지? 아, 맞아. 일단 점심이나 먹어야지. 아오, 성질나니까 치킨 2마리나 꽉꽉 뜯어야지. 이 근처에 치킨집이⋯⋯.

"자, 잠깐만 기다려 주시지요."

이 찰거머리 같은 인간은 내가 레스토랑에서 나오자마자 뒤따라오기 시작한다.

"싫어."

"당신에게 중요한 이야기가 될지도 모릅니다."

"너희가 방해한 일이 나에겐 오늘 가장 중요했어. 씨발 새끼들아."

휴대폰을 꺼내서 미래에게 전화하려는 순간 누군가가 내 앞을 가로막는다. 어디 공장에서 찍혀 나온 듯 하나같이 스포츠머리에 선글라스와 양복 차림, 190센티미터는 될 건장한 체격을 지닌 흔히 조폭 영화에 나오는 언어로 말하자면 깍두기들이었다. 숫자는 총 10명으로 이들은 허리에 찬 홀스터를 일부러 보이기라도 하듯 정장 상의를 펄럭이며 내 앞을 가로막고, 주변을 둘러싼다.

"어떻게 사람들 많은 건 신경도 안 쓰냐? 미친 새끼."

"국가적 위기 앞에서 신경 쓸 게 어디 있겠습니까?"

"아, 그러셔? 이 기회에 영국으로 이민 갈까 알아봐야겠네. 퍽(Fuck)! 비켜, 깍두기 새끼들아."

그레이트 바실리스크 같은 거대 괴수를 상대로 마주 보며 레이드도 뛰는 마당에 고작 같은 인간이 무서울 게 어디 있는가?

깍두기 새끼들이 날 노려보며 압박을 주려 하지만 압박받을 리가 있나? 당장 이놈들 앞에 그레이트 바실리스크 한 마리 풀어 버리고 싶다. 얼마나 비참하게 울부짖으며 오줌을 질질 싸며 도망을 칠까?

"…헉!"

"어라? 순순히 비켜 주네. 고마워."

그런 생각을 하는 사이 내 앞을 막던 3명의 깍두기가 물러선다. 신기한 놈들일세. 왜 그런지 짐작은 안 되었지만 순순히 비켜 주니 감사해서 그대로 지나가려 하자, 뒤에 있던 그 공무원 놈이 소리 지른다.

"뭣들 하는 거야? 이 멍청이들아! 빨리 막지 못해?"

"아! 예! 죄, 죄송하지만 잠시만 기다려 주심이……."

"싫다는 사람 왜 붙들고 지랄이야? 국가적 위기? 나는 대재앙 때부터 적합자가 되어서 탱커로 이때까지 살아왔지. 엿 먹을 새끼들아. 그런 나에게 이제 와서 국가? 나라? 아쉬우니까 찾는 거 아냐? 그 이전엔 맘대로 써먹고 버리던 주제에! 그랜드 퀘스트의 보상에 눈이 멀어서 아쉬우니까 이제 와서 찾고 난리지."

난 지금 분명 화가 나 있었다. 가뜩이나 미현 누님과의 즐거운 시간, 중요한 시간을 방해한 놈들이 뻔뻔스럽게도 국가적 위기라는 말을 들이밀면서 나에게……! 나에게! 탱커인 나에게! 그런 개소리를 할 자격이 있다는 거냐? 그랜드 퀘스트가 뭐기에? 이 망할 새끼들이!

"하지만 당신은 엄연히 대한민국 국민……."

"…세금, 연금, 보험, 망할 국방의 의무는 3년간 그 지옥 같은 몬스터들이 있는 전장에서 구른 걸로 충분하겠지. 아니, 엿 같으니 이렇게 된 거 그냥 이민이나 갈까?"

"당신에게 애국심이라는 게 없습니까?"

"그럼 니들에겐 양심이라는 게 없습니까?"

내가 그대로 돌려주니까 할 말이 없는지 말을 잠시 멈추는 독사 놈이었다. 이 새끼, 이름이 뭐였지? 아니, 기억해 봐야 나만 불쾌해질 뿐이다. 독사면 충분하다. 씨발, 기업이랑 길드랑 손잡고 탱커들의 피와 땀을 빨면서 업계랑 사업 다 키워 놓고는 이젠 또 그랜드 퀘스트 때문에 필요해지니까 이 지랄이네. 사람이 한 번 속지 두 번 속냐?

"어쨌든 뭐든 간에 난 협조 안 해. 야, 니들이 내 입장 된다고 생각해 봐라. 니네랑 어울리고 싶겠냐?"

"아, 아니, 이야기만이라도 좀 듣고 정하셔도?"

"거절한다. 그럼 들어주는 데만 10억, 시간은 30분. 할인, 할부, 그런 거 일체 없음. 당장 통장에 입금 확인 들어오지 않으면 안 할래."

"시, 십억요? 그런 말도 안 되는 부탁을 들어드릴 리가?"

말도 안 되긴. 지금 깍두기들 데리고 날 처막고 있는 이건 말이 되냐? 씨발, 갑질도 적당히 해 대야지. 아니, 아쉬운 주제에 아직도 갑인 줄 아네? 아, 말을 말자. 말을 말어. 이렇게 된 이상 마지막 방법이다.

난 전화기를 열어서 크로니클에 전화를 건다. 대인전의 전문가이자 어느 국가의 전력보다도 강력한 크로니클의 헌터들을 호출하는 게 답이다.

"여기요. 그러니까~ 6번 구역에 있는 레스토랑인데… 저 납치당할 거 같거든요? 스캐빈저 같은데~ 일단 좀 빨리 와 주세요."

"아, 자, 잠깐만요. 강철 씨! 잠깐만요. 잠깐 이야기만이라도 좀 못 들어줍니까?"

나는 아랑곳하지 않고 위치를 전한다. 참고로 난 이전 드래고닉 레기온 입단 건 때문에 크로니클의 전산망에 VIP로 등록되어 있다. 저번 레이드에서 얻은 이익 중 돈뿐만 아니라 스킬 북도 일부 기부한 데다가 급격히 자산도 늘어나서 크로니클에서 요주 보호 인물로 등록한 상태다. 그러니 한 5분 정도면 오려나?

"하아~ 이 헌터 분들 귀찮게 하긴 싫었는데 말이지. 5분이면 올 건데? 왜? 짧게 들어줄게. 할 말 해 봐."

"정말 이러깁니까? 이런 식으로 나오면 곤란합니다, 강철 씨!"

"내가 댁한테 빚진 것도 아니고, 곤란하긴 뭐가 곤란해? 씨발, 이젠 그냥 막 대하는구만?"

이런 독사 같아 보이는 엘리트 놈이 가진 인내의 한계란 뻔할 뻔자지. 캬~ 여기서 내가 담배 한 대 피우면서 후~ 불어 줘야 분위기 나는데~ 물론 난 금연자다. 담뱃값 지금 한 갑에 국산으로 제일 싼 게 5,900원이다. 좆 같은 새끼들, 대재앙 이후 세제 마련을 위해서 담뱃값을 올렸다는데 복구 다해 놓고도 아직도 안 내리고 있다.

'아, 씨발, 그냥 내 차를 살까? 아니지. 저런 깍두기 새끼들이 들면 말짱 꽝이잖아.'

"아니, 말 한마디 들어주는 게 그리 어렵습니까?"

"네가 탱커면 씨발 정부 이름 달고 오는 새끼 말 듣고 싶겠냐? 지난 3년간 니들이 우리한테 무슨 짓을 했는지 알고 교섭하러 온 거냐? 죄다 속이고 거짓말만 처 해 대고, 항의하면 딜러 고용해서 때려 대고, 씨발 아주 잘나셨어요. 잘

나셨어!"

"그, 그 점들은 저, 저도 아쉽게 생각하고 있습니다. 하, 하지만 이곳은 강철 씨의 국가이고, 국가가 없으면 사회도……."

"아, 예~! 마스터 지크프리트~ 저 영국 이민 가고 싶은데요. 국적만 거기로 옮기고, 여기 출장 비자로 끊어도 될까요?"

난 휴대폰을 귀에 대고 전화하는 척 큰 소리로 놈이 들으라는 듯 말한다. 족 같은 새끼, 내가 더러워서 국적을 갈아치운다, 치워. 라는 식이다. 이러니 더 약 오르겠지. 씨발, 외국인이 되겠다는데 왜? 이제 뭘로 지랄할 거냐?

"…정부에 불만이 많으신 거 같군요."

"지금까지 맥락에서 그거밖에 이해 못했냐? 너 낙하산이지?"

"그래도 이런 식은 곤란합니다. 절대로 강철 씨에게 손해되는 이야기는 아닐 테니 이야기만 좀……."

와, 찰거머리 같은 새끼. 진짜 독사다. 씨발, 이 이야기 안 하면 진짜 죽을 표정이구만. 그래 봐야 내 눈에는 여전히 독사가 날 잡아먹으려고 입을 벌리는 꼴이지만 말이다. 진짜 추잡하고, 더러운 새끼들이었다. 참내, 실컷 피와 땀을 빨아먹으며 소모품처럼 써먹을 때는 언제고……. 하지만 이럴 때일수록 더욱 냉정해져야 한다. 이야기를 듣는 순간 함정에 걸리는 거나 마찬가지였다.

'그러고 보면 아버지에게 아부하던 놈들도 저런 눈이었는데…….'

저 간사한 눈, 이죽거리는 미소! 예전부터 많이 봐 왔던 눈이다. 이 더러운 자식의 말은 더 들을 가치가 없다. 그런데 떠나고 싶어도 이 망할 깍두기들이 물리력으로 막고 있고, 미쳐 버릴 노릇이다. 어차피 곧 있으면 헌터들이 올 테니 시간만 끌면 나에게 이득이지만…….

"엄연히 강철 씨도 한국인으로서의 피가 흐르고 있지 않습니까? 되도록이면 한국에서 계속 사시는 게 편하실 거고, 그리 나쁜 제안은 아닙……."

[키미와 다레토 키스오 스루노~ 와따시 소레토~]

어라? 이거 내 벨소리였나? 세연이는 언제 이걸로 바꿔 놓은 거야? 그러고 보니 이 노래, 남자 주인공이 여자 2명이랑 양다리 걸치는 내용이었나? 그 애니메이션 제목일 텐데. 알고 바꿔 놓은 거면 소름 돋는 부분이군, 이라고 느끼던 찰나에 휴대폰에 뜬 이름은 '우리 마누라'였다. 야! 이세연! 너 진짜!

"여보세요. 야, 너무하잖아. 내 휴대폰 멋대로 만졌냐?"

(그것보다 지금 어디세요? 크로니클의 개인 용무 아직도 안 끝난 건가요? 아니면 식사? 평소 페이스라면 식사는 이미 끝났을 텐데요? 설마 미현 언니랑…….)

그러고 보니, 평소 내 식사 패턴은 크로니클 근처의 편의점에서 대충 때우는 것이기에 지금쯤이면 이미 점심은 진작 다 먹고, 다시 일을 하거나 잠시 쉬고 있을 시간이었다. 여자란 무섭구나. 그나저나 나 왜 떠는 거야? 이러면 진짜 세연이가 내 마누라 같잖아!

"아, 아니, 그러니까 여보, 그게… 가 아니라! 나도 모르게 여보라 해 버렸네. 젠장할!"

(아저씨, 지금 거 다시 한 번만 녹음하게. 아니다, 이제 곧 자연스럽게 할 말이니 상관없구나.)

"안 할 거야! 너랑만 이야기하면 이상해지네."

(그건 서로 사랑한다는 증거.)

"하아~ 어쨌든 좀 곤란해져서 말이야. 정부 사람이 끈덕지게 들러붙어서 지금 묶여 있거든? 그래서 늦는 거야. 그래서 내 비서인 세연아, 뭔 일로 전화한 거야?"

비서와의 통화라는 걸 강조하니 독사 놈은 일단 가만히 있었다. 엄연히 드래고닉 레기온의 업무상 통화였으니 말이다. 그런데 세연이의 어조가 갑자기 바뀌기 시작했다. 물론 같은 어조이지만 나도 어느새 뉘앙스로 알아듣고 있었다.

(정부 사람? 그런 연락 없었는데? 그 사람이 막무가내로 찾아간 거야?)

"어, 대충 그런데?"

(잠깐만 기다려. 곧 다시 전화 줄게.)

"어? 어어?"

뚜… 뚜…….

애는 왜 갑자기 끊지? 어쨌든 뭔가 화가 난 듯한 어조였는데? 나 때문은 아닌 거 같고, 저 독사 때문이지? 역시. 어쨌든 전화가 끊기자 다시 이야기를 시작하는 독사였는데…….

"아, 어디까지 이야기했지요? 절대 나쁜 제안은 아닙니다. 그리고 이제 정부에서도 탱커들에 대한 제도를 개편하기 시작했으니 이때까지와는 다를 것을 약속드리기로……."

"어? 다시 왔네."

[키미와 다레토 키스오 스루노~ 와따시 소레토~]

다시 울리는 내 휴대폰 소리. 이름은 여전히 '우리 마누라'였다. 세연이 이 녀석은 뭐하는 건지? 흐음~ 어쨌든 이 녀석은 엄연히 우리 드래고닉 레기온 한국 지부의 지부장 직할 비서였다. 나는 다시 받는다. 이거는 일과 관련된 통화였고, 내가 저 독사 놈 무시하려고 일부러 건 것도 아니니까.

"어? 세연아, 왜?"

(그 정부 사람 바꿔.)

"…어? 너 어떻게 하려고?"

(영국 대사관이랑 연결해 놨어. 아저씨 엄연히 영국 산하의 드래고닉 레기온의 지부장이에요. 즉, 국적은 한국인이지만 영국 길드와 대사관에서도 신경 쓸 만큼 엄청난 자리라는 거예요. 제발 자기 위치 좀 깨달아요. 그 있잖아요. 그

런 인간 붙으면 '너 내가 누군지 알아?' 하면서 엄포 같은 거 할 수 있는 지위라니까요. 일단 빨리 그 사람 바꿔요.)

그, 그런 거였냐? 나 그렇게 대단한 사람이었어? 이제 일주일밖에 되지 않아서 말이야. 어쨌든 난 세연이의 지시대로 휴대폰을 그 독사에게 갖다 준다. 그는 의아하다는 눈으로 날 바라보는데, 어쨌든 내가 주니까 받아서 전화를 받는다.

"예. 받았습니다. 그러니까 누구신지? 아, 예. 드래고닉 레기온 지부장 비서님이시군요. 예? 예? 영국 대사관요? 자, 잠시만! Ah… Hello? me? I'm a……."

'우와, 완전 저자세군. 설마 주한 영국 대사를 연결시킨 건 아니겠지?'

진짜 영국 대사를 호출한 거면 이거 외교 문제 레벨로 상승하게 된다. 과연, 정부는 다른 정부로 대응한다는 건가? 하긴 아무리 개인이 울고불고 난리쳐 봐야 거대한 조직과 인원으로 구성된 나라를 이길 순 없으리라. 생각해 보면 영국과 EU의 구세주인 마스터 지크프리트가 직접 뽑고 절찬한 인물이니 그 영향력이 대단하겠구나…….

'근데 그게 나라는 게 와 닿지 않는 거지. 그나저나 저 독사 놈은 완전히 기가 죽어서는 머리가 땅에 닿을 것같이 수구리며 전화하는구먼. 영어라서 못 알아듣겠지만…….'

대충 쏘리쏘리 하면서 엄청 비굴하게 대처하는걸 보아.

어쨌든 이걸로 더 이상 나와 관련되면 안 된다는 말을 들은 거 같기도 하고. 와, 내가 암만 엄포를 주고 지랄해도 안 되던 게 전화 한 통으로 해결되니 뭔가 기분이 묘했다. 씨발 놈이 난 무시하고, 더 위의 놈은 무섭다 이거지?

"…여기, 전화 받으시랍니다. 정말 죄송했습니다. 저희는 이만 물러나겠습니다."

녀석들은 허리를 숙이며 그대로 순식간에 사라진다. 엄청 빨라? 도대체 무슨 이야기를 한 거기에? 어쨌든 깍두기 놈들도 그를 따라서 사라지자 나는 전화를 받는다.

"어, 어, 여보세요?"

(응. 아저씨, 영국 대사 캔트 씨가 이제 걱정하지 말래. 그리고 이후 비슷한 일이 있을 수 있다고, 본국에서 특수부대원 보내서 비밀리에 호위해 준다고 했어.)

"에?"

도대체 그 캔터키 씨는 무슨 이야기를 했기에 저 독사 놈이 저리 질려서 도망 가냐? 게다가 무슨 특수부대원까지 보낸대? 나는 깜짝 놀라는 반응을 보였지만 세연은 당연하다는 듯 나에게 차분차분 설명하기 시작했다.

(아저씨가 생각하는 거보다 아저씨의 가치는 지금 대단해요. 그리고 보아하니 아저씨, 또 막 도발이랑 욕으로만 그 정부 사람들에게 대응했죠?)

"어, 응."

개인과 국가 • 115

[그러면 안 돼요. 아저씨도 이제 21살이잖아요. 비아냥거리고 사람 심기 긁어서 좋을 게 어디 있어요. 그런 상식적인 통로를 거치지 않고 하는 대화는 어울릴 필요가 없고, 억지로 강요하면 엄연히 우리 뒤를 봐주는 드래고닉 레기온 상층부, 혹은 영국 정부에 연결하면 충분해요.]

"아, 예. 알겠습니다, 이세연 선생님."

(그러니 어서 세연에게 사랑을 주러 오세요. 강철늄이 부족해서 세연이는 곧 죽을 거 같아요.)

"아저씨, 오늘 오후 업무랑 저녁 약속 있으니까 퇴근하면 알아서 먹으렴."

넌 꼭 잘나가다가 마무리가 그 모양이냐? 어쨌든 이걸로 오후 일정은 끝났네. 이제 저녁까지 뭐한다? 미래랑 만날 때도 지금 이 복장이면 충분하겠지. 피시방이라도 가서 적합자 갤러리나 순회할까? 아니면 적합자 사이트에 가서 딜러 조합이나 구상해 봐야겠다. 생각을 끝낸 난 스마트폰으로 피시방 위치를 알아낸 다음 적당히 들어가서 자리를 잡는다.

"자, 최적의 파티 조합 구성법을 뒤져 보자."

적합자 사이트에 들어가서 웹서핑을 시작하자, 다른 유명 길드의 적합자들에 대한 내용도 많이 나온다. 비단 3대 길드가 아니더라도 각 지역과 지방에도 길드가 있어서 각지의 주목받는 유명 인사들의 정보가 나오니 나로서는 고마울 따름이지만, 내가 찾고 싶은 건 이런 게 아니라고! 조합! 조합을 짜자! 지부장들이나 던전 리더를 자칭하는 사람들을 위한 게시판을 뒤지기 시작하는 나였다.

〈☆인증☆공략글 당신이 리더라면! 조합을 어떻게 짜야 하나? 글쓴이 : 한명이라도죽으면전멸

안녕하시예. 저는 부산에서 활동하는 '부산자갈치' 길드 마스터 어신(漁神)입니다.

레벨 53짜리 전격&물 마법을 주로 사용하는 엘리멘탈 마스터 클래스입니다.

부산 쪽엔 주로 어류와 해양 던전이 자주 나타나서 그쪽 방면으로 경험을 오래 쌓았고, 길드원도 지금 100명이 막 넘은 상태입니다.

지금도 던전을 순회하기 위해 자신만의 밴드를 꾸리려는 분이나 길드를 창설하는 분들을 위해서 이 공략을 남깁니다.〉

〈파티 구성의 기본 조건

1. 물리 공격 & 마법 공격은 반드시 섞어라

가장 기본입니다. 물리 공격 어태커가 있으면 마법 공격 어태커를 꼭 같은 파티에 두세요. 기왕이면 마법 공격은 2속성을 가지는 경우가 가장 좋습니다. 특수 방어에 자기가

가진 속성에 맞는 방어가 걸리면 아무 짓도 못하니, 무조건 마법 공격 클래스는 2속성을 영입하세요.〉

 음… 이성 면역 같은 이상한 특수 방어도 있는데 그것도 대비해야 하려나? 우리는 세연이가 여성이라 상관없고, 딜러도 남녀로 하나씩 받을까? 그것보다도 마법사 계열은 꼭 한 명은 있어야 한다는 거군.

 〈2. 던전의 1파티 안에 겹치는 무기 종류를 쓰는 클래스를 두지 마라
 이거 중요합니다. 예를 들어 탱커가 한 손 검&방패를 쓰면 절대로 딜러에 한 손 검×2를 드는 듀얼 블레이더를 두면 안 되고, 힐러를 프리스트로 두면 같은 지팡이를 공유하는 위저드, 엘리멘탈 마스터를 두면 안 됩니다. 그래서 제가 직접 다니는 던전 파티의 경우엔 힐러를 어렵게 구한 공학계 메디컬라이저나 무투가에서 전직한 힐러를 쓰고 있습니다. 무기가 겹치면 이게 드롭이 되면 분배 문제 때문에 엄청 골치를 썩거나 감정이 상해서 난리가 납니다. 재수 없으면 프랜들리 파이어까지 이어집니다.〉

 일단 우리 탱커들 무기부터 살펴봐야겠네. 확실히 이건 어떤 온라인 게임을 봐도 당연히 통용되는 이야기라 이해

하기 쉬웠다. 그러면 보자. 다크 나이트와 데스 나이트는 양손 무기 사용자고, 나와 아머드 나이트는 방패를 드는 타입이다. 이건 뭐 나와 세연, 진서 형님과 상연이를 페어로 짜면 딱이군.

〈3. 근접과 원거리 딜러의 밸런스를 맞추세요
1-3-2 / 2-3-1 / 2-4-2. 일반적인 탱, 딜, 힐의 밸런스입니다. 힐러는 귀한 만큼 2명을 구하는 것도 쉽지 않지요. 제 파티의 경우도 2-3-1로 운영하고 있습니다. 그리고 딜러의 경우 시너지도 중요하지만 역시 원거리 딜러가 안정적으로 딜을 할 수 있지요. 하지만 근접 딜러의 경우 유틸성이 충분하기 때문에 1~2명은 필수입니다. 야만 전사의 경우 외침 버프, 도적 계열은 함정, 방어 감소, 독 등등이 있기에 원거리 딜러만 데려가는 것과 근거리 딜러만 데려가는 것은 비추천합니다.〉

우린 양손 무기, 한 손 무기 다 탱커 둘이서 겹치니까 근접 딜러는 무조건 무투가, 도적 계열로 받아야 한다. 더구나 방어구도 넷 중 셋이 판금이고 한 명만 공학계니까… 음, 공학계가 일반 갑주랑 제작되는지 알아봐야지.

〈4. 가능한 버프가 겹치지 않게 주의하세요

전문 버퍼인 인챈터나 크루세이더, 이단 심문관을 두면 다르지만 각 직업당 그래도 한 가지는 버프를 가지는 경우가 대부분입니다. 그러니 잘 알아보시고 겹치지 않게 하세요.〉

하긴 이건 나도 방어구 감소 패시브를 가지고 있으니 잘 알아봐야겠지.

〈5. 성형은 되도록 같은 직업군끼리

D&D RPG 룰과 비슷하게 각 적합자는 클래스별로 성향 같은 게 존재합니다. 물론 마법사계는 선택하는 주문에 따라서 갈리긴 하지만, 되도록 너무 어긋난 직업군끼리 뭉치지 않는 걸 추천합니다. 예를 들어 마법사 -〉 흑마법사 -〉 데몬 테이머와 프리스트 같은 클래스를 같이 놔두면 서로의 주문에 서로가 맞고 디메리트를 주는 경우가 생깁니다. 이 부분은 거의 악과 선 / 질서와 혼돈 이런 식으로 갈리는데, 서로의 스펠과 패시브 스킬을 잘 체크하세요. 참고로 저는 전격&물 속성이라서 중립 속성입니다.〉

이건 몰랐네. 그러니까 예를 들어 세연이(데스 나이트)랑 현마(크루세이더)를 붙여 두면 절대 안 좋다는 거군. 성기사와 죽음의 기사. 성향이 극과 극이다. 어차피 그럴 일도 없지만.

그나저나 그럼 저거노트는 어느 성향이지? 일단 선이나 질서랑은 죽어도 안 맞겠군. 결국 말하자면 혼돈, 악이려나? 세연이는 무조건 악 성향에 심지어 언데드 판정이다. 나는 괴수 판정이고. 이거도 조심해야겠네.

〈6. 조합을 짜기 전 갈 던전의 정보를 알고 조합을 정하는 게 좋습니다

가령 저 같은 경우 전격 마법을 쓰기 때문에 되도록 물이 없는 곳이 좋습니다. 재수 없으면 아군 피탄이 나거든요. 그래서 물을 조절하거나 치우기 위해서 물 마법을 병행해서 단점을 없애려고 합니다. 이런 식으로 각 클래스가 어떤 지형, 상황, 환경에 좋고 안 좋고를 따져서 고르는 게 좋습니다. 그래서 많은 길드들이 패스파인더와 레인저를 이용해서 던전의 정보를 먼저 얻으려고 난리인 겁니다.〉

일단 정규직 패스파인더랑 레인저가 필수군. 수첩에 메모하자. 그럼 보자. 고용해야 하는 인원이 던전 2팀이니까 패스파인더와 레인저 2명씩 4명, 딜러 6명, 힐러 1명인데… 아! 맞다. 마스터 지크프리트에게 힐러 한 명 더 보내 달라는 거 깜빡했다! 으아니챠! 에휴, 그냥 신규 힐러는 직접 상연이 녀석에게 구하라고 해야겠다. 걔도 경험 많은 탱커이

니 자기에게 맞는 힐러를 구하는 게 편하니까 말이지.

"음… 이렇게 보니 내가 하던 게임이랑 그렇게 다른 게 없잖아."

금지 리스트도 정할 필요 없고, 내가 원하는 조합을 짤 수 있다. 그러면 당연히 다른 쪽 팀은 그쪽 팀장이 짜게 하는 게 맞겠지? 난 지부장이니까 내가 고용하는 대로다. 그러면 보자. 전화해야지. 전화, 전화.

(뭐죠? 지금 일하는 중입니다만?)

"너 내가 누군지 알면서 그러냐?"

(아, 드래고닉 레기온 한국 지부장님 아니십니까?)

"그 있잖아. 우리 지부에 네가 들어오는 문제는 해결했다고 알리고, 네가 들어오면 레어 클래스 다크 나이트를 하나 네 밑에 붙여서 하나의 팀으로 운용할까 생각해서 말이야."

(오오? 즉, 2팀장이라는 건가요?)

하여간 이 새끼는 존댓말을 해도 싸가지가 없어 보여서 짜증난다니까. 하지만 그만큼 실력도 충분하고 경험도 많다. 더구나 정상연은 엄연히 'H프라이멀'이라는 대길드를 후원하는 대기업의 자제여서 분명 제왕학이나 리더십 같은 걸 배워 놨을 것이다.

"그래, 2팀장. 네 주 업무는 보자. 새로운 탱커의 교육과 더불어 던전팀 육성이야. 조합은 2/3/1을 하든 2/4/2를 하든 네 뜻대로 맡길 테니 기획서 하나 만들어 줘. 기왕이면 원하는 클래스 조합도 부탁해. 견적 짜서 영국에 보내야 하니까 말이야."

(과연! 저만의 던전 팀이라~ 그거 마음에 드네요! 역시 통이 큰 외국계 기업입니다. H프라이멀은 오로지 전문가와 프로 게이머 출신들의 말을 너무 맹목적으로 믿어서 현장의 감각을 고려하지 않는데… 저만의 팀! 그건! 받아 드리겠습니다. 아, 그리고 팀명 같은 거 제 뜻대로 해도 되나요?)

"어, 마음대로 해. 기획서 언제까지 되겠냐?"

(음, 내일 아침까지 보내 드리겠습니다. 모든 일을 제치고! 할 만한 일이 생겼군요! 나만의 부대! 나만의 팀! 하하하하하하!)

…이 새끼, 미쳤나? 진짜로 이 녀석에게 맡겨도 좋을까? 순간 의심했지만 그래도 이렇게 의욕을 가져 주니 고마울 따름이다.

그럼 남은 건 이제 우리 팀의 조합이군. 힐러는 한 명 보내 준댔으니까 됐고, 그러면 남은 건 딜러 3명. 여기 데이터에 따르면 우리가 구해야 할 선호 조합은…

무투가or도적 계열 근접 딜러 한 명, 거너or아처 원거리 딜러 한 명, 마법사 계열 한 명.

음, 도적 계열이 좋으려나? 그런데 도적 계열은 스캐빈저 새끼들이 많아서 만나긴 왠지 꺼림칙하다. 하지만 우리 성향을 보면 무투가들보다는 도적 계열이 더 구하기가 쉬울 거 같다. 나도 세연이도 악 성향에 가까웠기 때문이니…

'로그, 어쌔신, 윈드워커. 이 셋 정도인가? 근딜 후보는 보자, 클래스 최소 레벨은 얼마지?'

셋 다 도적에서 파생되는 클래스. 교육소의 신입은 10레벨 도적이 되어서 나올 테니, 장래성을 보고 구해야겠군. 그래도 무투가 클래스에서 좋은 녀석이 있을 테니 염두에 두자.

'거너or아처. 거너의 경우 사용하는 무기 종류가 중요한데… 보자, DPS가 가장 좋은 게? 역시 스나이퍼고, 아처의 경우는 명불허전 닥치고 호크아이가 최고군. 마법사는 뭐 그냥 2속성 되는 위자드, 엘리멘탈 마스터를 구해야지.'

위자드와 엘리멘탈 마스터의 구분이라면 6대 속성 중 선택해서 쓰는 엘리멘탈 마스터와 속성 마법을 한정되는 대신 각종 유틸 마법의 사용이 더욱 능숙한 위자드라고 적합자계에서는 차이를 두고 있다. 아니, 그 망할 오벨리스크가 이렇게 구별해 둔 거겠지만 말이다. 그러면 대충 조합은 짰고, 오는 힐러가 어떤 분이 오느냐가 중요하군?

"아, 벌써 시간이 이렇게 되었나? 진짜 그냥 조합만 짜는 건데 시간 더럽게 잘 가네. 미래한테 전화해야지."

어느덧 오후 4시를 넘어서 5시를 향해 가고 있었다. 미래가 일하는 구역 근처까지 갈 생각하면 미리미리 출발해야 했기에 나는 메모한 수첩을 가슴에 집어넣고 피시방 비를 계산한 뒤 그곳을 떠난다. 어쨌든 오늘 할 일은 끝났고, 남은 건 미래와 저녁 식사를 하면서 그간의 일을 설명하는 것뿐이리라.

"어? 미래야, 난데. 어디쯤으로 갈까? 너 일하는 근처로 가? 나 지금 일 끝났거든."

(그러면 4번 구역으로 빨리 와. 나 오늘 드래고닉 레기온 지부장 만난다고 하고 5시 30분쯤에 퇴근할 거야. 후후훗.)

"마귀 같은 년. 친구의 직위를 팔아먹냐? 나도 안 팔아먹었는데?"

(이 사랑스러운 누님을 빨리 만날 수 있는 걸 감사히 여겨라.)

"저, 그냥 안 보면 안 되나요?"

(너 죽는다? 아, 그리고 현마도 부를 건데 괜찮지?)

쿠궁…….

아, 그러고 보니 그 녀석도 있었다.

보아하니 현마 녀석은 미래에게 '그레이트 바실리스크 레이드 사건'에 대해서 세세하게 이야기를 안 해 준 거 같았다. 일단 같이 레이드를 가서 내가 눈에 띄었다는 정도만 알고 있겠지. 하긴 미래는 우리 셋의 징검다리 역할 같은 거였으니까. 아마 현마가 내가 죽을 장소에 가려는 걸

말리고, 나는 그 죽으려는 자리를 스스로 갔지만 운 좋게 빠져나왔지.

'녀석은 날 살리려고 재워 버리려고 했었고, 나는 가려고 억지로 그 녀석의 호의를 거절한 셈이니까 뭐, 어색하진 않겠군. 레이드 끝난 뒤에 전화는 바빠서 무시했긴 했지만 어쨌든 쓰리 스타즈 얼라이언스를 비롯한 한국 3대 길드의 정보를 얻으러 부르자고 해야겠다.'

"어, 불러. 근데 그놈 시간이나 있더냐? 소송 때문에 바쁠 텐데?"

(너 온다고 하면 개도 나올 수 있을 거야. 후후훗, 드래고닉 레기온 신입 지부장인데!)

그럼 나온다는 건 확실하군. 저녁 시간이 기대가 되는걸?

그나저나 뭘 먹자고 해야 할까? 저번 때처럼 치킨을 먹자고 해야 하나? 음… 난 고민하면서 미래의 회사 쪽으로 가기 위해서 지하철역으로 향한다.

지하철. 아직 퇴근 러시가 시작되지 않아서 앉을 자리도 많아서 좋았다. 역을 하나씩 지날 때마다 대략 감을 잡아 보니, 20분 정도면 미래의 회사 근처 역에 도착할 거 같아 난 미리 메신저를 통해서 시간을 알려 둔다.

"하, 오랜만에 혼자 다니니 느긋하군. 아, TV 광고네."

한국 길드들의 소송 파동으로 뉴스는 오직 그 이야기뿐이었다. 특히 3대 길드들이 지금 모두 업무 정지된 상태라 서울에 거의 100개가 넘는 던전 팀들 역시 업무 정지나 다름없는 상태였다. 그것은 서울 외각과 시내에 생기는 던전들의 처리에 비상이 걸린 일이었지만…

[현재, 서울시는 이 같은 거대 길드의 업무 정지 사태에 대응하기 위해 주변 지역의 도움과 서울 내 중소 길드에 지원을 하기로 약속했습니다. 하나, 한 시사방송으로 인한 탱커들의 파업 사태로 사태 해결에는 난항을 겪을 거라 예상됩니다. 우선 시내 내부에 새로이 등장하는 던전들에 대한 경계를 강화하기 위해서 서울시는 탱커들의 처우 개선과 안전 보장을 과제로 각 관계자를 모아 회의를 열어 사태 해결을 위해 노력을…….]

음, 어쨌든 신 서울은 완전 난리도 아니라는 거네. 나 때문에 불이 붙었는지 대부분의 뉴스에서 탱커들이 처우 개선을 이유로 시위라던가 항의를 계속하고 있었다.
결국 탱커들 없이 딜러와 힐러들만으로 레벨로 던전을 밀어 버리고 있긴 하지만, 그 효율은 최저나 다름이 없었다.
'그야 근딜러들 억지로 탱 시켜 봐야 힐러는 힐러대로 마나 포션 써야 하고, 딜러는 딜러들대로 체력 포션을 아주 물처럼 콸콸콸콸 들이켜야 할 테니 던전 행보 자체가 수지가

안 맞는 장사가 되어 버린다. 그래서 탱커는 꼭 필요하지.'

특히 탱커들이 가장 요구하는 건 바로 재생 치료비 문제다. 적어도 던전을 다니는 탱커에 한해서는 재생 치료비를 싸게 해 달라는 이야기였으나 그렇게 되면 의료업계와 힐러들이 엄청난 이익을 보고 있던 그 사업을 접으라는 소리이기도 하고, 또 일반 사람들은 그대로 비싸게 이용해야 했기에 형평성 문제와 전부 가격을 낮춰 버리면 일반 공장 및 노동시장에서 인명 경시 사상이 일어날 수 있을 거 같다는 종합적인 문제였다.

'햐~ 더럽게 꼬였네. 이거 하루 이틀 만에 해결될 일이 아니네.'

누가 이득을 보든 누군가는 손해를 보게 되어 있는 문제다. 탱커를 챙기면 일반인들이 손해고, 일반인들을 챙기면 탱커가 손해를 본다. 아니면 힐러와 업계가 손해를 보게 되는데, 정부로서도 엄청난 골치를 썩는 문제이리라.

가장 현실적인 방안은 치료비의 가격을 싸게 하면서 탱커들의 임금을 올리거나 아니면 치료비를 그대로 두고서 탱커들의 임금에 재생 치료비를 상시 포함시키거나 하는 수밖엔 없다.

'하지만 이러면 일반 길드들이 피 보네. 스폰서 가진 길드들이나 재생 치료비 다 내주고도 이익 보는데……. 와, 존나 어려운 난제다, 난제야. 이걸 어떻게 해야 하나? 죄다 탱

커들의 희생에 익숙해져서 이제 와서 무르자니 물러 줄 인간들이 아니지.'

이어서 탱커들이 노동 조합을 결성하려는 움직임이 있다는 기사까지 이어진다. 각 계층에서는 이런 탱커들의 움직임을 국가보안법에 반하거나 매국적이라는 듯한 뉘앙스로 비난한다. 이미 탱커들은 정부 정책에 반하는 구도를 간다는 의미였다. 이렇게 뭉치게 되면 정부와 기업은 어쨌든 자신들의 세금과 수익을 배분해서 그들을 달래야만 했다.

[우리는! 부품이 아닙니다! 아니! 일반 노동자들도 일할 권리와 안전을 보장받는데! 시사매거진에서도 보셨다시피! 강철 씨가 말하셨던 것처럼 우리는 부품이 아닙니다. 우리도 인간입니다. 그렇기에 우리는 전국에 있는 모든 탱커들의 의지를 모아서 사람답게 살기 위해서 노력할 것입니다.]

시작은 나 때문이지만 이거 생각 이상으로 크게 움직이고 있었다. 정부가 상식적이라면 이들과 교섭하면서 시장의 변화에 순응해야 했지만, 지금 정부의 움직임이라면 아무래도 무력을 사용해서 진압할 것이리라. 왜냐면 대재앙 이후 3년간 실컷 탱커들을 노예처럼 부려먹던 그 정부의 인간들이 아직 그대로 있기 때문이다. 아마도 이번에도 길드의 딜러들과 스캐빈저들을 동원하겠지만…….

'지금은 그때랑 상황이 다르지.'

적합자 시장은 지난 3년간 쭉쭉 오르는 딜러들과 힐러들의 레벨과 다르게 탱커들은 죽거나 다치거나 관두는 경우가 많아서 엄청나게 정체되어 있었다. 그래서 저레벨 탱커들 엄청 다수를 사용해서 던전을 도는 기형적인 파티 구성. 던전은 2/3/1 같은 한 자릿수 비율인데 이게 고위 던전으로 가면 10/3/2 가 되고, 레이드의 경우 탱/딜/힐 비율이 300/30/10이라는 미친 구조가 된다.

'더구나 정보의 발달로 이제 교육소에 있는 애들도 탱커가 안 되는 방법을 알 수 있지.'

당장 지금 내가 휴대폰으로 보는 홈페이지만 봐도 이렇다. 공략 같은 건 아주 쉽게 구할 수 있다.

〈★인증 공략★ 파이터 클래스, 최저 레벨로 딜러가 되자〉
〈☆인증 공략☆ 견습 기사 클래스, 빠르게 딜러 되기〉
〈★인증 공략★ 무투가님들! 힐, 딜 하세요!〉
〈☆인증 공략☆ 엔지니어님들, 낚시용 탱커 트리에 속지 말고, 이거 보셔서 힐, 딜 하시면 됩니다.〉

그렇다. 이젠 교육소에 나오는 10레벨 파이터, 무투가, 견습 기사들이 탱커 기피를 해 버려서 20레벨쯤이면 다들 딜러가 되어 있다. 정보의 발달 때문에 새로운 탱커도 생기지 않는, 진짜 3D 직업이 되어 버린 것이다. 던전이라면 반드시 필요한 게 탱커인데! 그러면 이제 한국의 적합자계는 성장 동력을 잃어버린다.

정부 : 야, 빨리 우리도 그랜드 퀘스트 해야지?
대형 길드 : 레이드할 탱커가 없는데요?
정부 : 뭐? 교육소에서 신입들 계속 나가잖아.
대형 길드 : 요즘 애새끼들, 다 20레벨쯤만 되면 귀신같이 딜러로 갈아타거든요.
정부 : 헐? 그럼 어쩌지? 그럼 이 사업 성장이 안 되는데? 그만둘까?
대형 길드 : 그럼 백두산 천지에 그랜드 퀘스트 레이드 던전 뺏기는 거죠. 보상으로 유전 같은 거 중국이 가져가겠네요. 수고요.
정부 : …그건 안 되는데.

영국도 그렇고, 대부분의 선진국들은 이런 현실에 직면하고 빠르게 정신 차려서 중견급 탱커들(나를 포함)에게 막대한 지위로 다른 탱커들과 새로이 적합자가 되는 이들에게 이 직업에 희망이 있다는 것을 알려 주고, 그동안 탱커들에게 불리했던 조항과 대우들을 개선해 주었지만 왠지

이 녀석들은…….

 정부 : 그럼 탱커를 수입하면 되지 않냐? 저기, 중국이나 동남아, 남미 같은 데서 말이야.
 대형 길드 : 적합자의 국외 유출은 엄금요. 엄연히 중요 자원 취급이라서 전쟁 나요. 물론 그 국가에서 버린 취급이면 갈 만하긴 한데…….
 정부 : 아, 그럼 어떡해? 아, 몰랑. 다 니들 때문이야. 니들이 진작 탱커들에게 잘해 주지.
 기업 : 아, 몰랑. 빨리 그랜드 퀘스트 해 달란 말이야. 탱커 만들어 오란 말이야~
 대형 길드 : 답이 없네요.

 내 생각이 비약이었으면 좋으련만 왠지 이 시나리오대로 흐를 거 같아서 무섭다. 어쨌든 지금 다시 뭉쳐서 권리를 요구하는 탱커들의 조합을 탄압할지 아니면 요구를 들어줄지부터가 문제인데, 만약 저들을 탄압하거나 재기 불능으로 만들면 한국은 그랜드 퀘스트는 이제 꿈도 못 꿀 텐데…….
 '에이, 그래도 상위 길드 놈들이 그걸 놔두겠어? 〈백두의 주인-천지호(天地虎)〉 그랜드 퀘스트를 하려면 탱커들을 살리고 키워야 하는데 말이야.'
 그랜드 퀘스트 던전은 한번 입장하면 클리어할 때까지

나오질 못한다. 귀환 불능, 추가 지원 불능, 심지어 정보 탐사 스킬을 지닌 레인저나 패스파인더도 정보를 알아낼 수가 없다. 그리고 가장 중요한 건 입장 인원 제한이 있다는 점이다. 이때까지 레이드처럼 탱커를 200명, 300명을 데려갈 순 없는 것이다.

어쨌든 국가 간의 밸런스를 바꿀 수 있는 이 그랜드 퀘스트의 클리어야말로 정부와 길드 최대의 목적이나 다름이 없으니 잘 생각하겠지, 뭐. 더 이상 걱정해서야 변할 게 없으니……

[다음 소식입니다. 이번 미국 최대의 길드 '캡틴포스'가 시도한 〈뇌신조(雷神鳥)-썬더 버드〉 그랜드 퀘스트가 실패했다는 소식입니다. 영국의 그랜드 퀘스트 소식에 미흡한 준비라는 지적이 있었음에도 이들은 평균 레벨 57의 탱커 15명, 평균 레벨 78의 딜러 45명, 평균 레벨 68의 힐러 10명을 데리고 퀘스트에 임했습니다. 그리고 〈뇌신조(雷神鳥)-썬더 버드〉는 레이드를 시도했던 길드원의 시체를 모두 던전 밖에 던진 후 사념파를 미국 전역에 외쳤습니다. 이것은 인터넷상에 올라온 썬더 버드의 목소리입니다. 분명 동영상으로 녹화했음에도 불구하고, 자막 없이 어느 나라 사람이 들어도 의미를 이해할 수가 있어 각국의 어학계에서 충격을 먹고 있습니다.]

[Lv 95 썬더 버드]

[어리석은 침략자들아! 내 땅과 내 백성들에게 손을 대고 무사할 줄 알았느냐? 까하하하하하! 기다리거라, 침략자들아! 내가 이곳에서 나가는 순간! 내 백성들의 원한을 풀겠노라! 까하하하하하! 기다려라! 침략자들아! 까하하하하!]

꺄꺄가가가가가가가가! 우르르르르릉!

쇠를 긁는 거 같은 여자의 목소리였다. 원한과 증오에 찬 그 소리에 나도 모르게 소름이 돋고, 공포를 느낀다. 그리고 그 뒤에는 천둥이 우는 소리가 들린다. 이것이 그랜드 퀘스트의 보스인가? 그레이트 바실리스크나 메두사 퀸과는 차원이 다르다. 나뿐만 아니라 다른 모든 승객들까지 그 영상과 목소리에 빠져들어 조용해져 있었다.

[결국 미국 대통령은 오늘 국익을 위해 싸우다 장렬히 전사한 '캡틴포스'의 일원들에 대한 장례를 정중히 치르고, 유족들에겐 연금을 지급할 것을 선언했습니다. 그리고 이들의 죽음이 헛되지 않게 하기 위해 다시 연구하고, 준비해서 반드시 뇌신조-썬더 버드를 쓰러뜨리겠다고 공식적으로 발표했습니다.]

결국 미국은 실패했나? 중, 고레벨의 적합자 70명이 죽었다. 뭐, 수십 명씩 죽는 거야 탱커인 나로서는 익숙한 일이었지만, 미국이 실패하다니. 거기는 우리나라보다 사정이 나았으면 나았지, 모자를 게 없었다. 세상에 지크프리트 씨는 도대체 어떻게 잡은 거지? 그럼 이제 그랜드 퀘스트를 하러 떠난 곳은 중국만 남은 거 같다.

페이즈 5-4

그랜드 퀘스트

[이번 역은 신강북역입니다. 내리실 곳은 오른쪽……]

아, 도착했군. 슬슬 일어나자. 후우~ 미국의 실패 때문에 여전히 영국이 가장 앞서 있겠군. 그쪽은 인구에 비례해서 적합자들이 어떤지 모르겠지만, 고레벨의 적합자들이 그렇게 모두 죽어서 오게 되면 다음 그랜드 퀘스트 레이드팀을 짜는 데 지장이 생기겠군.

'그나저나 나 엄청나게 워커홀릭이네. 저녁 약속에 가는 길인데 일 생각에만 빠져 있다니. 크윽! 한국인의 본능이라는 건가? 어쨌든 이제 다 왔으니 미래에게 전화해야겠군.'

"아~ 여기야! 멍청아."

"어? 미래냐? 그리고……."

"오랜만이군."

그래, 오랜만이다. 이 망할 놈.

미래 녀석 어떻게 현마를 부른 건지 모르지만 지금 내 눈앞에는 놈이 와 있었다. 정장 차림에 지적으로 보이는 안경을 쓴 무뚝뚝한 얼굴. 그때 레이드 이후 처음이군. 놈이야 무사했겠지만 말이지.

사정을 모르는 미래는 먼저 차에 타고는 우리에게 외치며 재촉한다.

"뭐해? 둘 다! 빨리 타! 밥 먹으러 가야지."

"일단 가지."

"그래, 가자."

짧은 대답을 주고받은 우리는 미래의 차에 탄다. 나는 미래의 옆 좌석, 현마는 미래 쪽 바로 뒤였다. 실제 거리가 우리 마음의 거리를 나타내는 거 같았다.

서로 조용한 가운데 유일하게 말하는 건 미래뿐이었다.

"그나저나 놀랬다니까~ 철이가 그 드래고닉 레기온에 영입도 모자라서 바로 지부장이라니. 사람 변하는 거 한순간이라니까~"

"그리 놀랄 일은 아니다. 메타가 점점 탱커 쪽으로 변하고 있다는 건 내가 늘 말하고 있었던 거 아니냐. 그래서 내가 늘 정규 탱커로 입단시키려 한 걸 거절하고 거기 들어간 이유는? 대우가 좋다곤 해도 탱커 일을 시키는 건 같지 않느냐?"

이 자식, 그렇게 돌려서 말하기냐?

녀석의 말도 맞긴 하군. 요점은 이거다. 어차피 다른 길드에 가서도 탱커 일 하는 건 똑같은데 왜 친구인 내가 있는 우리 길드에 들어오라는 거 안 왔냐? 라는 거다. 이 병신이 정말 몰라서 이딴 질문하는 건지 아니면 미래보고 들으라고 저 말을 한 건지 의도는 모르겠지만, 도발에는 도발로 돌려주는 게 탱커지.

"뭐, 일하는 거야 탱커 일이지. 하지만 사람답게 일할 수 있는 데라서 말이야. 한국 길드들은 가차 없잖아. 여차하면 스캐빈저 일까지 시킬 기세일 정도로 '본전 뽑자' 정신 때문에 너무 힘들지~ 안 그러냐? 그에 비하면 뭐, 드래고닉 레기온은 던전의 레벨 업만 신경 쓰라고 하는 조건이 너무 좋더라고……."

"결국 더 좋은 대우를 쫓아간 거군."

"그게 나쁘냐? 사람답게 일할 직장 찾아간 게. 너 오늘 나랑 만났던 정부 녀석 같은 소리 한다?"

비아냥과 함께 오늘 있었던 일까지 얹어서 말하는 나였다.

그 망할 독사 새끼! 개소리만 해 대고. 다시 생각하니까 짜증나네. 미래는 우리가 이렇게 티격대는 건 일상이라고 생각했는지 한숨을 쉬면서 이야기하는데…….

"하아~ 너네는 다 커서도 그렇게 싸우니? 현마 너는 자기 길드 안 들어왔다고 해서 그렇게 삐쳐서야 되겠니? 친구가 잘됐으면 축하해 주지 못할망정. 그나저나 강철 너 오늘 정부 사람까지 만났어?"

"어. 개소리하던 놈이었는데 떼어 놓느라 귀찮아 죽는 줄 알았어. 목적은 안 봐도 선하지. 그랜드 퀘스트 정보를 얻어낼 허브로 쓰려거나? 아니면 탱커들의 반발을 달랠 허수아비 광고탑으로 쓰려는 거겠지."

후자는 전철에 있는 뉴스를 보면서 예측한 사실이다. 즉, 나를 정부에서 탱커들의 대표자 같은 걸로 임명해서 탱커들을 분열시키거나 반발을 약화시키려는 거다. 그런 허수아비나 광대가 될까 보냐? 어쨌든 영국 대사를 통해서 엄포를 놨으니 거기는 당분간 움직이지 않을 거고, 진짜로 그런 녀석들 상대할 바에야 던전을 가는 게 훨씬 속 편할 정도다.

"너도 어느새 그런 자리에 올랐구나~ 그래, 맞아. 정부 녀석들 참 귀찮다니까~ 어처구니없이 이거 내놔라 저거 내놔라 하면서 엄포만 놓고, 지원은 제대로 안 해 주면서 결과물만 원한다니까~ 등가교환이라는 단어를 머릿속에 처박아 버리고 싶어."

"크! 미래느님, 일침! 맞아. 그놈들은 언제나 결과만 원하면서 그 안에 이루어지는 과정들은 그냥 무시하지! 크! 어이, 현마 너도 한마디 해라."

"그 말엔 나도 동의할 수밖에 없군. 나도 짜증 날 정도야. 역량이 안 된다고 늘 말하는데도 놈들은……."

미래의 말 덕인지 우리 셋은 다시 의기투합돼서 즐겁게 이야기하고 있었다.

우리가 간 식당은 전에 갔던 그 호프집이었다. 아, 현마 자식이 날 붙잡으려고 골든벨 울렸던 거기군. 난 입장하자마자 그 골든벨을 바라본다. 음~ 나도 한 번 울려 볼까? 하는 욕심도 들었지만, 아직 나의 구두쇠 근성이 그것을 막는다.

"메뉴는?"

"양념 반 후라이드 반 순살이랑 이 신제품? 허니버터인가? 그것도 한 마리! 그리고 무 많이!"

"맥주 3천 둘! 그리고 잔 3개! 아, 현마 너는 콜라였지? 콜라도 한 병요!"

자리를 잡은 우리는 호흡이 척척 맞게 주문을 한다. 하루 이틀 이렇게 주문하는 게 아닌 솜씨. 대재앙 때 진짜 빡세게 셋이서 살아남고, 반년 만에 먹은 치킨에 눈물 흘렸던 적이 있던 만큼 우리에게 있어 치킨은 신의 음식이었다. 뭐, 원래 신의 음식이었지만 말이다.

술도 들어가고, 분위기가 풀어지자 나와 미래는 늘 하던 대로 이야기하기 시작했다.

"그러니까 그 자식, 엄청 짜증 났다니까. 어디서 불러온지도 모르는 깍두기들까지 불러와서는~"

"너도 고생 참 많네. 어떻게 드래고닉 레기온이 되자마자 그렇게 되냐?"

"국정원에서까지 나설 줄이야. 강철, 이젠 슬슬 알려 줘도 될 때 아닌가? 네 클래스. 예전엔 부끄럽다느니, 신세가 어쩌느니 하면서 핑계 댔지만 이젠 아니지 않은가? 이미 길드에는 알렸을 터. 지금 우리에게는 말해 줄 수 있겠지?"

아, 내 클래스? 확실히 드래고닉 레기온이라는 자리에 들어온 이상 이제 알려 주지 못할 것도 없지. 보자. 인터페이스가~ 아, 술 좀 먹었더니 눈앞이 살짝 팽팽 도네. 사실 난 알콜에 약해서 맥주만으로도 잘 취하는 체질이다. 난 살짝 비틀거리며 드래그를 해서 인터페이스를 띄운 다음 현마에게 던져 줬다.

"'저거노트'라고?"

"어, 그게 내 클래스. 스킬 설명도 개판이라서, 봐봐~ 이거 보라고오~ 짜잔~ 〈액티브-티아메트의 본능. 설명 : 아! 섹스하고 싶다! 섹스하고 싶다!〉 미친 거 아니냐? 하하하."

"이 저질아~ 무슨 스킬을 들고 다니는 거야?"

난 취해서인지 스킬까지 드래그해서 보여 줄 정도로 기분이 풀어져 있었다. 술의 힘이기도 했고, 이제는 어떻게든 조직에 들어갔으니 친구였던, 그리고 내 스킬의 설명을 봐도 뭔지 모를 테니 그냥 던져 준 셈이다. 봐도 괴수의 언어가 아닌 이상에야 이걸 해석할 리가 없지. 현마 녀석은 내 인터페이스와 스킬을 보면서 어이없어할 뿐이다.

"세상에 이런 적합자가 있다니, 게다가 어떻게 이런 말도 안 되는 스킬 설명이? 이런 상태로 넌 어떻게 탱커 업계에서 살아남은 거냐?"

"뭐긴, 어떻게든 살았지. 그걸 말로 다하려면 전권 300권짜리 소설책이 나와야 하는 판국이야."

"하아~ 졌다, 졌어. 넌 정말로 천부적이라고 할 수밖에 없군. 정말 아깝다, 아까워. 그럼 나도 하나 선물을 줘야겠군. 자, 이거 봐라. 이미 한국의 주요 길드들이 소송에 휘말려서 힘을 못 쓰는 판에 더는 의미 없겠지."

뭐야? 헌마 녀석은 자신의 인터페이스를 열어서 나에게 무언가를 던져 준다? 뭐지? 이건 보자. 그러니까…….

〈그랜드 퀘스트 : 하늘을 열다 (추천 레벨 80)〉
조건 : 백두의 주인-천지호(天地虎) 토벌
개인별 보상 : 참여자 전원 레전드리 등급 스킬 1개 습득시킨다. (크루세이더는 부활(Resurrection)을 받게 되며, 받은 스킬은 자동으로 마스터 레벨로 습득됩니다)
레전드리 액티브-부활(Resurrection). 설명 : 대상자 1인을 죽음에서 되돌려 원상태로 부활시킵니다. 전투 중 사용 가능. 단, 죽은 이는 죽은 시각으로부터 하루 이상

> 지나선 안 됩니다. 쿨다운 1시간. 대가는 사용자의 전체 체력과 전체 마력의 50%.
> 토벌 팀 보상 : 천지호(天地虎)의 가호 패시브 스킬을 공통으로 받는다.
> 패시브-천지호(天地虎)의 가호 : '홍익인간으로 되돌아온 것을 환영한다.' 주 능력치 2랭크 증가
> 인원 제한 : 한국인 20인〉

 리저렉션? 부활이라고? 죽은 사람을 살리는 스킬이라고? 와? 시발 뭐지? 이거 술이 확 깨네? 이런 스킬이 있으면 세상에 다른 모든 레이드의 부담이 확 줄어들게 된다. 진짜 현실이 게임처럼 되어 버리는 거다. 하! 아니, 그게 아니더라도 죽음이 더 이상 인류의 적이 아니게 된다. 이거라면 납득이 간다. 현마 녀석이 눈에 불을 켜고서 노리는 게 말이다. 추가해 주는 패시브도 장난이 아니네. 주 능력치 2랭크 증가라니?

 "와, 이, 이거 진짜야?"

 "그래. 더불어 난 그 공략법과 능력치 정보까지 알아냈지."

 "세상에… 어떻게? 귀환 불가 지역의 레이드 보스를?"

 "그건 비밀로 해 두지. 어쨌든 그랜드 퀘스트는 말 그대

로 위대한 임무다. 이건 우리에게 위대한 내용이 아니야. 어비스 랜드 보스들은 단순한 레이드 보스가 아니다. 그들은 각기 확연히 위대한 목적이 있어서 이 땅을 향해서 오는 자들이다."

세상에… 그런 이야기는 나도 처음 듣는다. 이건 마스터 지크프리트도 모르는 사실 아냐? 이런 걸 현마 놈은 어떻게 알고 있는 거지? 녀석은 단순히 힐과 버프를 엄청나게 잘하는 크루세이더라고만 생각했는데…….

"영국에서 잡은 그건 변종 메카닉 히드라라고 했나? 놈의 원래 이름은 그게 아니야. 놈의 정식 명칭은 '묵시의 상징-아포칼립스 드래곤(Apocalypse Dragon)'이다. 거기에 미래형 그랜드 퀘스트가 괜히 열린 게 아닐 게다. 성서에 나온 대로 놈이 나와서 영국 및 유럽을 불바다로 만들려고 했지. 하지만 다행히 드래고닉 레기온이라는 우수한 길드가 있어서 던전 내에서 막아 낼 수 있게 되었다."

와아… 도대체 이 녀석은 어떻게 이걸 아는 거야? 단순히 쓰리 스타즈 얼라이언스 길드에서 힐만 하며 지내는 건 아니라지만, 어떻게 이런 정보력을 가지고 있는 거지? 잠깐, 그러면 천지호(天地虎)라는 놈도 목적이 있으니까 백두산에서 나와서 깽판 친다는 거잖아?

"그건 걱정 마라. 퀘스트를 받을 때 만나서 이야기해 봤는데, 천지호(天地虎)는 그나마 다른 어비스 랜드의 보스보다 온화한 편이다. 그의 목적은 '시험'이다. 그러니까 '웅녀의 자손인 너희가 지금까지 세상을 어떻게 만들었나? 홍익인간이라는 걸 이루었느냐? 만약 이루었으면 나 정도는 이기겠지?'라는 게 놈의 설정이다."

"아주 대놓고 설정이라고 하네."

"근데 반대로 '시험에 통과 못하면 한반도를 선사시대로 되돌려 버려서 문명을 다시 시작하게 할 거야.'라고 하더군."

"…그거 엄청 무서운 소리인데? 기간 제한 같은 거라도 있냐?"

"그게 어이없는 게 '무한도전 완결 날 때까지?'라더군. 뭐, 진심은 아닌 거 같지만 정확한 기간 제한은 나도 잘 모른다."

…혹시 모르니 유X석 님이 오래오래 사시길 빌어야겠군. 개인 자금으로 보약 좀 보내 드려야 하나? 고민이 되는 순간이었다.

어쨌든 현마 녀석이 대단한 걸 절실히 깨닫는다. 다른 나라는 알지도 못하는 그랜드 퀘스트의 보스 정보를 알아내다니. 그렇군. 이 녀석은 그 던전의 모든 공략과 정보를 가지고 있지만 멤버를 구할 수가 없는 거였다. 얼마나 갑갑할까?

"너 그… 괜찮냐?"

"하나도 안 괜찮아. 암 걸릴 거 같아. 이번 소송도 기업이랑 길드 의사 총결이 다 나지만 않았어도 어떻게든 막아 보려고 했는데, 진짜 암 걸린다. 그렇다고 길드 마스터님을 배신하고 떠날 수도 없는 노릇이고."

나는 녀석의 그 말을 들었을 때, 천재라는 인종들이 세상을 왜 빨리 뜨는지 이해할 거 같은 기분이었다. 현마 이 녀석은 모든 구상과 방법을 이미 다 알고 있는데… 길드라던가 세상 사람들이 망쳐 놓으니 말이다. 더불어 이 녀석은 거기서 날 매즈하고 재워서 구하려고 시도까지는 했지. 내가 거부했지만 말이야.

"기왕 이런 거 길드 옮기는 건? 너도 능력 개 쩔어서 외국계 길드로 갈 수 있잖아."

"천지호에는 특수 방어 패턴이 붙어 있어. 이 그랜드 퀘스트의 임무 자체가 '시험'이라서 한국인이 '부모의 혈통 모두가 한국인이고 국적을 한국으로 가질 경우' 아닌 자가 천지호의 던전에 들어가는 순간 천지호는 자동 광폭화가 걸린다."

…그런가? 확실히 웅녀의 후예들을 시험하겠다는 게 천지호 그랜드 퀘스트의 설정이니까. 그러면 다른 나라에 뺏길 염려는 없겠군. 다만 우리가 깨지 않으면 언젠가 한국의 문명이 선사시대로 퇴화해 버릴 것이라는 건 무서운 일이었다. 어쨌든 이거 큰일이네. 한국 난리 나겠구만?

"그거 너만 아는 거냐?"

"음, 적어도 천지호 퀘스트는 나 말고도 아는 사람이 좀 있을 텐데……. 다들 돈 버는 데만 정신 팔려 있더군. 그리고 외국의 부동산을 미친 듯이 사고 있고 말이야."

"그 자식들, 외국으로 튈 생각이군. 쓰레기 같으니……."

진짜 답이 안 나오는 놈들이다. 아니, 그런 조건에 보상도 빵빵해서 깨라고 만든 그랜드 퀘스트를 왜 안 하려는 건데? 얼티메이트 스킬이랑 주 스탯 2랭크 증가! 거기에 분명 보스급이니까 아이템 드롭할 거고! 외국 놈들은 하지도 못하는 한국인 전용 퀘스트를 대체 왜?

"목숨 걸기 싫다는 거지. 들어가면 죽거나 깨거나 둘 중 하나. 그리고 반대로 선사시대 레벨로 한국만 회귀하면 중국이나 일본이 먹으러 오려고 전쟁을 벌이던가? 아니면 반씩 나눠서 각각 중국과 일본이 되어 버린 대로 재산만 가지고 돌아와서 다시 떵떵거리며 살면 그만이고 말이야. 오히려 문명이 떨어진 만큼 더욱 예전보다 더 큰 권력을 가질 수 있겠지. 그 외에는 알고도 나처럼 현실에 절망해서 포기한 놈들뿐이지."

"하! 이런 좆같은 새끼들!"

"세상에나……."

미래도 어이가 없다는 듯 한숨을 내쉰다. 이런 걸 알고 있는 녀석은 얼마나 갑갑했을까? 그래, 녀석은 이미 포기한 것이었다. 자신이 아무리 대단한 힐러면 뭐하는가? 길드 내에 입지가 있어도 다른 적합자들을 설득하고 자시고 이전에 이미 대한민국은 탱커의 육성조차 제대로 서포트하지 못하는 게 현실인 것을.

"이대론 미래가 없어. 아, 아니, 미래야, 너 말하는 건 아니고……."

"나도 알아, 이 멍청아."

"휴, 그래서 나도 우리 길드가 그 멍청한 짓을 벌이는 걸 얌전히 따랐던 거다. 거기서 반대해 봐야 다른 녀석들은 외국 갈 궁리만 하고 있는 현실에 미래가 없었거든. 휴우~ 아, 이거 미래 널 말하는 건 아니다."

"아니, 강철은 원래 바보니까 그렇다 쳐도, 현마 너까지 그러면 어떡하니?"

이 새키, 1절만 할 줄 모르네. 그나저나 추천이 80레벨 던전이면 못해도 탱커들은 70레벨은 넘어야 하고, 딜러와 힐러들은 75레벨은 되어야겠군. 그래도 마스터 지크프리트 씨가 하던 그랜드 퀘스트보다는 조건이 훨씬 쉬웠다.

그러면 보자. 내가 못해도 25레벨, 저거노트의 포텐셜까지 치면 65레벨 정도는 되어야 하고, 세연이 레벨이 문제인데……. 음, 힐러도 신뢰할 사람으로 하나 더 구해 내년 초까지 빡세게 달려서 레벨을 올리면 아이템은 본국에 요청을 하거나 이번 년 매출 수입으로 사는 형식을 취하면 어떻게든 스펙을 맞추고, 싸울 수 있을 거 같다.

"강철 네가 그런 눈을 하는 거 보면 생각에 잠겨 있다는 건데… 너 설마 그 그랜드 퀘스트에 도전할 생각이냐?"

"도전하지 말라는 법은 없잖아. 나, 엄연히 드래고닉 레기온 한국 지부장이니까 말이야. 예전의 나였다면 아마 절망하면서 한숨과 함께 술 한 잔 더 했겠지."

"너, 너 제정신이야?"

그럼 이대로 두고 볼 수는 없잖아. 그리고 어차피 드래고닉 레기온에 들어온 거 자체가 그랜드 퀘스트를 클리어하기 위한 거고 말이지. 어쨌든 그 던전은 한국인 전용 던전이니까 우리 지부 1, 2팀에서 12명… 20인 제한이니까 8명을 어디서 구해서 육성을 한다? 던전팀을 하나 늘려야 하나 생각하니 나도 모르게 현마를 바라보게 되는데… 녀석은 나와 눈을 마주치더니 피식 웃는다.

"훗, 어제의 적은 오늘의 동지인가?"

"별로 적은 아니었지만 말이지. 서로 자기 꼴리는 대로 갈 길을 간 건데 말이야. 넌 날 말리려고 했지만 난 거기에 함정이 있는 줄 알고도 갔으니 피장파장이지."

"너희 둘 무슨 이야기하는 거야? 나만 놔두고 둘이서만 수상하게시리. 그러니까~ 철이는 지부장이니까 그랜드 퀘스트를 할 원정팀을 만든다는 거고, 현마는……."

미래는 고개를 갸우뚱하면서도 우리의 대화에서 맥락을

맞춘다. 그렇다. 현마에게 맡기고 싶은 건 추가 인원의 영입. 내가 우리 지부 2팀으로 구성된 멤버 12명, 거기에 더 필요한 8명을 현마 녀석이 찾아서 영입한다. 딜러와 힐러는 충분히 레벨 업이 되어 있는 사람들이 많으니까 현마 녀석의 인맥과 능력으로 영입하면 되는 거다.

"우리 지부는 2팀 체제로 운영할 거야. 원래부터가 내 레벨 업을 위해서 만든 지부이니만큼 2팀이 한계야. 구성은 2탱, 3딜, 1힐로 갈 거고, 두 팀 다 똑같으니 탱커는 총 4명이니까 추가로 탱커를 영입할 필요는 없어."

"뭐, 탱커에 대해서는 너만큼 잘 아는 녀석이 없을 거고, 4탱커면 11딜러에 6힐러가 적당하겠군. 그러면 너희 길드에서 6딜러에 2힐러를 쓸 테니, 내가 영입해야 하는 건 딜러 다섯과 힐러 둘이군."

"하나는? 한 명 모자라는데?"

"설마 날 빼고 갈 셈이었냐? 나 SSS+급 힐러 크루세이더 차현마다."

확실히 이 녀석이 힐을 봐주면 엄청 든든한데. 지난번 레이드 때도 그레이트 바실리스크에게 1시간을 버티던 데미지 리포트를 보면 힐량 1등은 저놈 차현마였다. 그것도 2등 약사여래의 힐량보다 1.8배나 되는 괴수 같은 힐량이었으니, 마스터 지크프리트도 '역시 명불허전!'이라고 칭찬할 정도였다. 그런고로 이놈 면접은 합격이다.

"좋아. 나도 아직 멤버를 다 못 뽑았으니까 너도 그렇게 알아둬. 일단 구상만 가지고 갈 거고, 제대로 된 이야기는 던전을 다니면서 하는 게 좋을 거 같다."

"음… 동감한다."

"너 소송 땜에 바쁠 거고… 어쨌든 잘해 보자."

"그럼 난 너희 멤버가 정해져서 던전 작업을 시작하는 대로 그 주변에 해가 될 만한 스캐빈저라든가 움직임을 조사하거나 그놈들에게 훼방을 놓지."

일전의 레이드에선 각기 다른 길을 걸었던 우리가 이번엔 같은 길을 걷게 되었다. 어쨌든 이젠 '천지호(天地虎)-그랜드 퀘스트'라는 공동의 목적을 가졌다. 딱히 난 애국심이니 뭐니 그런 거에 움직이는 사람은 아니지만, 그랜드 퀘스트를 하지 않고 천지호에 의해 이 나라의 문명이 리셋되어 버리면 결국 또 수많은 사람들이 이 리셋된 나라를 차지하기 위해서 다투고 경쟁하고 수많은 희생이 발생하리라. 즉, '제2의 대재앙이 발생한다는 거다. 그거는 용납할 수 없어.'

내가 결의를 다지는 동안 미래와 현마는 무어라 이야기를 나누고 있었다. 한창 집중 중이라서 들리진 않았는데… 뭐, 어때. 지금은 그랜드 퀘스트가 먼저다.

"뭐, 뭔지는 모르지만 철이 얼굴 지금 엄청 멋있어……?"

"빨리 고백하는 게 좋을 텐데? 동거하는 여자애도 대시가

장난이 아니라던데. 매일 밤 정열적인 밤을 보낸다고 벌써 소문이 파다하던데?"

"아, 나도 알아! 그 애! 중학생 정도밖에 안 되는 애가 엄청 적극적이던데. 요즘 애들 다 그런 거야?"

"네가 머뭇거리는 거다만. 학교 다닐 적부터 가운데서 바라보는 내가 답답할 정도인데, 고백 정도는 확 해버리지그래?"

"그, 그건 내가 알아서 할 거야!"

"꼭 그렇게 말하는 여자애들이 나중에 다른 여자랑 팔장 끼고 있는 짝사랑의 축가를 울면서 불러주… 우웁우부우 우우부부부부부!"

"마셔! 마셔! 닥치고 마셔! 불길한 소리 할 바에 마셔! 이 멍충아!"

소란스럽네. 왜 또 난리야? 뭔 일이 있었는지는 모르지만 미래는 콜라 병을 현마의 입에 물려서 강제로 주입시키고 있었다. 뭐야? 뭐여? 현마 이 녀석, 뭔지는 모르지만 미래를 화나게 했구만~ 난 그렇게 생각하며 나온 치킨을 마저 뜯는다. 음~ 맛있군. 냠냠… 쩝쩝…….

"저, 저기, 철아."

엉? 뭐지? 갑자기 미래가 나에게 말을 건다. 이 녀석, 술이 과했나? 얼굴이 빨갛구만. 여자애가 적당히 먹을 것이지. 도대체 무슨 주사를 부리려고? 생각하며 그녀에게 고개를 돌린다.

"이 녀석, 진짜 상태 안 좋네."

"으, 아니야. 나 갠찮나. 그보다……."

"괜찮긴, 혀가 다 꼬였구만. 오늘은 이만하자. 너 내일도 일 가잖아."

"으냐. 더 주요한 게… 끄우."

"예이~ 일 끝나면 들어줄 테니까 어여 가자."

하여간 적당히 먹을 것이지, 결국 이렇게 뻗어 버렸군. 봐봐. 현마도 한심스럽게 바라보잖아. 에구, 이거 빨리 집에 보내야겠군. 한데, 오늘 현마 녀석 차 가져왔던가? 셋이 왔는데 대리운전을 불러야 할 텐데 말이지.

"현마야, 미안한데 이거 좀 데려다줘라."

"하아~ 너나 미래나 보는 내가 갑갑할 정도군. 잠시 기다려라. 택시 부를 테니……."

"어, 그럼 기다릴게."

그러고는 미래의 어깨를 부축하고는 사라지는 현마였다.

자, 그럼 난 제2의 직장에 출근 준비를 해야 하나? 난 별도로 택시를 잡아서 집으로 향한다. 시차 때문에 이거 두 번 출근해야 하네, 라고 불평하던 차였지만 오늘만큼은 꼭 가야 해서 어쩔 수 없다. 저거노트 클래스의 비밀을 알리는 연구를 위해서이니까 말이다.

"어서 와, 아저씨. 치킨 냄새로 봐서 밥은 먹은 거 같으니, 목욕부터 할래? 아니면 세연이랑 할래?"

"뭘 한다는 거냐? 곧 영국 출근이야. 아마 내일 아침 들어올 거다."

"히잉, 그럼 1일 1 포옹은?"

"예이. 자~"

고개를 갸우뚱하면서 일전의 약속을 상기시키는 세연. 무표정에 무감정한 어조지만 확실히 애정 표현을 하고 있었다.

어쨌든 내 입으로 약속한 사실이니 팔을 벌려 주자 세연이는 강아지인 양 훌쩍 뛰어올라 안긴다. 키 차이가 있어서 내 가슴에 얼굴을 기대며 부비적대는 세연이의 모습은 뭐, 귀엽긴 했다.

"근데 아저씨, 킁킁… 음, 여자 만났어? 향수 냄새나."

"미래랑 만났다만? 치킨 냄새 사이에서 용케 그걸 찾아내냐?"

"미래 언니는 향수 안 쓰는데?"

"엑?"

세, 세상에, 이 녀석, 귀신이냐? 아니지, 데스 나이트이니까? 그런데 죽은 애가 무슨 냄새를 알지? 내가 기겁한 순간 녀석의 눈빛이 빛난다.

"도둑이 제 발 저리다고 하지."

아뿔사! 그제야 내가 속았다는 사실을 깨달았다. 설사 맡을 수 있다고 해도 오전에 잠깐 만난 미현 누님의 냄새를 치킨과 술 냄새가 진동하는 호프집에 다녀왔는데 맡을 수 있을 리가!

'제기랄, 내가 이런 실수를?'

"아저씨, 누굴 만나든 좋은데 비밀로 하는 건 나쁘지 않아?"

"…아, 아니, 그저 사생활이라는 게 있잖니? 세연아. 하하하!"

무서워. 세연이는 데스 나이트라서 그런지 진짜 무서운 표정(무표정이지만)을 짓고 쳐다보면 진짜 무섭다. 본능을 자극하는 오라를 뿜는다고 해야 하나? 근데 잠깐만, 나 별로 이 녀석이랑 결혼한 것도 아닌데 왜 쫄고 있는 걸까? 잠깐만, 그 전에 세연이 이 녀석……

'엄청 시원하네.'

"아저씨, 갑자기 왜? 아, 이런 걸로 무마할 생각하면……"

꼬옥…….

뭐랄까? 습기 없는 냉기팩이라고 해야 하나? 그야 기본적으로 데스 나이트라서 온기는 없지만, 반대로 엄청 차가운 데 옷을 걸치고 있으니까 엄청 시원해? 술까지 먹고, 지금 6월인지라 서서히 더워지기 시작하는 판국에 너무 기분 좋아서 나도 모르게 세연이를 껴안는 데 힘주고 말았다. 하지만 곧 정신 차릴 수밖에 없었는데…….

"아저씨, 하려면 침대로 가는 게?"

"헛? 미안. 나도 모르게 그만."

"아냐. 아저씨에게도 수컷의 본능이 있다는 걸 알았으니 괜찮아."

'…시원해서 그랬다는 걸 알면 분명 나 찔리겠구만?'

그렇게 기분이 좋아졌는지 순순히 풀어 주는 세연이었다.

나는 속으로 안도하면서 옷장으로 가 셔츠를 걸치고 드래고닉 레기온 제복 상의로 갈아입는다. 뭐, 치킨 냄새가 좀 남아 있긴 하지만 딱히 향수 같은 건 가지고 있지 않을뿐더러 치킨 냄새와 섞이면 더 지독한 냄새가 될 테니 그냥 이대로 가는 게 낫겠다고 판단한다.

"자, 그럼 갔다 올게."

"너무 늦지 마요."

"먼저 자고 있으라고 말하고 싶지만, 못 자는 너에게 말해 봐야 소용없군."

마지막 말을 뒤로하고, 나는 집을 나선 뒤 맨션 밖으로 나가 휴대폰을 들어서 영국에 전화를 건다. 으으, 국제전화가 비싸지만 그래도 사전에 통화를 하고 소환을 받아들여야 하니 어쩔 수 없는 일이다. 약간의 통화음이 들리고 난 뒤 세르베루아 님이 전화를 받는다.

(어머, 강철 님, 준비되셨어요?)

"예. 이제 호출 가능합니다."

(그럼 시전하면 승낙을 해 주세요. 그러고 보니, 사념 통화 스킬이 있는데 왜 굳이 전화로?)

"그거 거리 제한 있어요. 한국에서 영국은 무리입니다."

(아, 그렇군요. 그럼 시전할 테니 전화 끊을게요.)

달칵…….

전화가 끊어진다.

세르베루아 님은 지난 그레이트 바실리스크, 메두사 퀸 레이드에서 위기를 벗어나기 위해 괴수 및 드래곤 판정을 받은 나와 맹약을 맺은 적이 있다. '로드 오브 드래곤'은 원래 용과 맹약을 맺고 그것을 지원하며 싸우는 클래스여서 궁합이 좋아 시너지도 엄청 잘 나왔다. 그래서 능력치가 압도적으로 상승해서 메두사 퀸과 싸우고 쓰러뜨린 것까지는 좋았지만 그 과정의 문제 때문에 지금…….

[용의 부름이 발동되었습니다. 허락하시겠습니까? 거부하시겠습니다.]

"허락."

[예. 용의 부름이 승인되었습니다. 호출자인 강철 님을 영국으로 소환합니다.]

후웅~ 샤아아아!

내 몸이 붕 뜨는가 싶었더니 빛에 휩싸인다.

잠시 동안 그렇게 어딘가 떠 있는 듯한 부유감을 느끼다가 떨어져서 바닥에 발을 딛고 서게 되자, 빛이 사라지면서 주위의 풍경이 바뀐다. 내가 원래 있던 맨션 주변의 살풍경한 모습이 아니라…

"와아! 이거 뭐야? 왕실? 궁전?"

"하다못해 성이라고 해 주십시오. 어서 오세요. 드래고닉 레기온의 기지, 드래고니아성입니다."

"어서 오세요, 한국지부장."

성이라고? 높은 천장, 화려한 문양과 장식들이 가득한 풍경. 마치 중세에서나 나올 법한 성의 내부 그 자체였다.

난 놀라서 입을 벌린 채 주변의 모습을 계속 둘러본다. 그러고 보니 나 이게 첫 외국 여행이네. 비행기도 아니고, 소환으로 오게 되다니 여권이고 비자도 하나 없는데 말이지. 그리고 내 눈앞에는 지크프리트 씨와 세르베루아 님이 각자 드래고닉 레기온 제복과 녹금색의 로브를 입고 날 맞이해 준다.

"헤에, 다른 사람들은 없고요? 저 어디서 연구해야 하죠?"

"아, 여기는 소환을 하기 위해 별도로 마련된 방입니다. 본격적으로 연구를 하기 위한 시설은 지하에 있습니다."

"역시 비밀 기지는 지하에 있어야지."

그리고 나는 지크프리트 씨와 세르베루아 양을 따라서 방을 나간다. 밖에는 길을 지나다니는 드래고닉 레기온 단원들과 내부 청소 및 정리를 하는 메이드, 정원에는 정원사까지 있었다. 우와… 난 신선한 풍경을 바라볼 새도 없이 끌려 다니다가 성 한곳에 마련된 엘리베이터를 타고 내려간다. 으아, 좀 더 외국 온 기분을 내게 해 줘.

"할 일 많고 바쁘니까 그럴 새 없습니다, 한국지부장님."

"에휴, 뭐 그렇죠. 그나저나 저녁때 왔다가 갑자기 한낮이 되니 기분 이상하네요."

"시차 때문이죠. 몸엔 안 좋을 테니 내일은 푹 쉬시지요."

"내일은 신 멤버 뽑으러 크로니클 교육소에 가야 하는데. 진짜 미친듯이 일하는군요. 그리고 보니 이거 출장 수당 나오죠?"

"하하하, 소환인데 출장으로 쳐줘야 할지는 모르겠지만 야간 근무로는 쳐 드리지요."

음, 역시 소환으로 한 번에 올 수 있는데 출장 수당까진 무리인가?

엘리베이터가 다 내려오는 소리와 함께 밖으로 나가자 바깥의 풍경과는 완전히 갭이 다른 연구소의 모습이 드러난다. 위에는 유럽풍 성이면서 지하에는 도시스러움이라.

우리가 연구소에 들어오자 하얀 가운을 입은 딱 보기에도 '연구원입니다.'라고 주장하는 듯한 남자가 다가와서 인사한다.

"자, 미스터 아이언, 인사하시지요. 이쪽은 미스터 월터입니다. 우리 연구소의 적합자 담당이지요. 주로 하는 업무는 적합자들의 생체 패턴과 메카니즘을 파악하는 겁니다."

"안뇽하세요? 강남스타일 조아해요~!"

"아, 예. 안녕하세요."

이 사람은 완벽한 한국어를 하는 지크프리트 씨와 달리 어눌하게 말하고 있었다. 익힌 지 얼마 안 되었다나?

어쨌든 두 사람이 영어로 뭐라 뭐라 하는 사이에 난 웬 새하얀 방으로 들어갔고, 그곳에서 세르베루아 님이 내 몸에 이상한 전자 기기 같은 걸 붙여 주었다. 의학 드라마나 그런 데서 나오는 심전도 같은 걸 측정하는 기계 같았는데. 음… 뭐지? 선 같은 건 어차피 연결되어 있지 않았다. 동그란 밴드 같은 것인데, 안에 전자 기기가 있는지 몸에 닿으니 차가웠다.

"당신의 상태를 측정하기 위한 무선 장치예요."

"아, 예."

드디어 본격적으로 저거노트에 대한 해석을 시작하는 것이었다.

옆을 보니 투명한 유리창 밖에서 컴퓨터 같은 기기를 조작하는 연구진과 마이크를 들고 있는 지크프리트 씨가 보였다. 이거 무슨 실험동물 같은 기분이지만 어쩔 수 없군.

[자, 그럼 미스터 아이언, 실험을 시작하겠습니다. 인터페이스를 동기화하게 열어 주세요.]

"아, 예."

난 지크프리트 씨의 말에 맞추어 팔에 있는 인터페이스 문신을 건드려서 창을 연다. 아마 동기화한다고 했으니 그들에게도 지금 내 인터페이스가 전부 나타났으리라.

> 강철　코드 네임 : 쇠돌이
> 레벨 : 45　클래스 : 저거노트
> 근력 : C+(31.5)
> 민첩 : A+(45)
> 마력 : 없음(0)
> 지력 : B+(36)
> 체력 : 58,454

 이게 현재 무 장비+방패로 패시브들을 발동하지 못하게 한 내 상태였다. 작은 아대라든가 팔찌 같은 걸로 방패 취급만 받게 하면 모든 패시브가 억제가 되는 걸 아는 난 이후부터는 직접 방패를 안 껴도 되게 손목 아대를 찬 상태였다.
 일단은 지시가 나오기까지 기다린다. 안에서는 연구소 직원들과 지크프리트 씨가 뭐라 뭐라 떠드는데… 영어라서 하나도 모르겠다. 어쨌든 잠시 있자, 다시 지시를 하는 지크프리트 씨였다.

[미스터 아이언, 이번엔 방패를 해제하세요.]

"예!"

두근!

지시대로 팔에 있는 아대를 풀자 방패가 없어진 걸로 판별한 내 몸에 있던 모든 패시브들이 폭발적으로 적용되는 게 느껴진다. 더불어 전투 상태도 만들기 위해서 전신에 힘을 주고 싸운다는 생각으로 마음가짐을 먹는다.

강철 코드 네임 : 쇠돌이

레벨 : 45 클래스 : 저거노트

근력 : SSS+(450)

민첩 : SS-(165)

마력 : 없음(0)

지력 : B+(36)

체력 : 58,454

후우~ 진짜 맹렬하게 오른 능력치다. 근력이 단숨에 450, 민첩 110. 체력 추가 상승량이 없는 이유는 아마도 상승하는 패시브들 중에서 추가 체력을 제공하는 녀석이 없었기 때문이겠지. 하지만 이것만 해도 엄청나게 강해져 있는 것

이고, 내 디폴트 상태라는 거다. 음, 지금까진 별 이상 없군.

[이제 사룡의 저주 아이템을 착용해 보십시오.]

"아, 예이!"

인벤토리를 열고서, 이제 아이템을 착용한다. 쿠궁! 하는 소리와 함께 내 전신은 죽은 용을 모티브로 한 흉흉한 갑주가 입혀진다. 원래는 마이너스 능력치 천지이지만 용족이 '근처'에 있을 때라는 조건부로 엄청난 능력치가 증가하는 아이템이지만 나는 방어 판정을 '괴수'로 받고 있기에 아마 드래곤과 유사하게 쳐서 이 조건부를 상시 패시브처럼 발동시킬 수 있다.

강철   코드 네임 : 쇠돌이

레벨 : 45   클래스 : 저거노트

근력 : SSSS-(650)

민첩 : SSS-(230)

마력 : 없음(0)

지력 : B+(36)

체력 : 96,720

체력은 순수히 아이템에 붙은 능력치만큼과 세트 옵션 증가로 오른 예전의 모습 그대로지만, 다른 능력치들은 역시

모든 스킬 레벨 +1이라고 붙은 '사룡의 증오' 버프에 의해서 다른 패시브가 전부 1레벨씩 더 오르는 바람에 효율은 더욱 압도적으로 증가해 버린다. 근력 200이나 올려 주는 아이템이 이 레벨대에 있을 리 없으니 말이다.

[미스터 아이언, 지금은 괜찮습니까?]

"아, 예. 괜찮습니다."

조금 고양감이 있는 거 빼고는 괜찮은 상태다.

과연, 천천히 하나씩 내 능력치와 조건을 확인해 보면서 저번에 있었던 것 같은 폭주의 조건에 대해서 알아보고 있는 중이었다. 더불어 작은 변화도 놓치지 않게 PC까지 연결해서 기록을 해 둠으로써 나중에 분석을 할 수 있게 하려는 것이었고……. 그러면 이제 남은 건 버프뿐인가?

[흠, 일단 혼자 상태에서는 풀 전개를 해도 이상이 없군요. 세르베루아 님의 버프가 하나씩 갈 겁니다. 몸 상태가 이상해지면 즉시 말해 주세요.]

"아, 예."

[그리고 여차할 경우를 대비해서 아대를 낄 준비를 하세요. 버프는 한 개씩 3분 간격으로 쏠 테니 능력치 변화를 확인하세요. 우선 민첩과 체력 증가인 '비상하라, 창룡이여.'부터 갑니다.]

"예이~ 예스 오케."

내가 할 말이라고는 '긍정'의 표현이군. 하긴 난 뭘 모르니 그들의 뜻대로 따르는 게 좋은 거 같다. 그리고 가만히 있으니 내 밑에 마법진이 나타나고 빛이 날 휘감는다. 버프, 올라왔군. 보자. 뭐가 올랐지?

> 강철 코드 네임 : 쇠돌이
> 레벨 : 45 클래스 : 저거노트
> 근력 : SSSS-(650)
> 민첩 : SSS-(280)
> 마력 : 없음(0)
> 지력 : B+(36)
> 체력 : 125,498

우선은 체력과 민첩 증가인가? 아직까지는 변화가 없이 유지 상태다. 그렇게 하나씩 빛이 들어오고, 지크프리트 씨와 말을 주고받고, 다시 버프가 올라오고 말을 주고받고, 내 상태를 살피기 위해 중간 텀을 5분씩 두던 게 세 번째에 드디어 변화가 온다.

> 강철 코드 네임 : 쇠돌이

> 레벨 : 45 클래스 : 저거노트
> 근력 : SSSS+(720)*
> 민첩 : SSS-(300)
> 마력 : 없음(0)
> 지력 : B+ (36)
> 체력 : 125,498

"어? 지크프리트 씨, 지금… 지금! 어……."

[미스터 아이언?]

하아… 이 기분이다. 머리가 살짝 지끈해지면서 고양되는 기분. 기분이 급격히 좋아진다. 뭐가 변해서였지? 아, 근력인가? 근력이 700 넘어서니까 당연히 기분이 좋잖아. 강해지는 건 최고지. 그래…….

[미스터! 아이언, 빨리 방패를 차십시오.]

"왜 갑자기 명령입니까? 뜬금없이. 이 방 답답하지 않아요? 어디 몬스터나 던전 없나? 갑자기 심심해지는……."

[그 전에 거울이나 보고 이야기하십시오.]

거울. 거울이라? 뭐지? 뭐야? 난 고개를 돌려서 방 안에 있는 거울을 찾아 내 모습을 바라본다. 갑옷 차림새는 같았지만 그 안에는 없던 황금빛이 눈에서 나오고 있었다. 이게 나야? 난 급히 투구를 올려서 내 얼굴을 바라본다. 오, 이런…….

"너 누구야?"

뱀같이 찢어진 금안을 한 내 눈. 순간 나는 거울 속의 나를 못 알아보고 있었다. 아니, 엄밀히 말하자면 이건 '내'가 아니다. 외모는 똑같았지만 지금의 '이건' 내가 아니다. 아… 더는 못 참겠어. 날뛰고 싶다. 지칠 때까지 날뛰고 싶다. 점점 정신이 못 버티는 그 순간…

〈액티브-무력의 저주!〉

"…으윽? 어라라?"

[무력의 저주가 3분간 쇠돌이 님의 총 근력의 10%(72)를 감소시킵니다.]

> 강철   코드 네임 : 쇠돌이
> 레벨 : 45   클래스 : 저거노트
> 근력 - SSSS-(648)*
> 민첩 - SSS-(300)
> 마력 - 없음(0)
> 지력 - B+(36)
> 체력 - 125,498

이상하게 정신이 돌아왔다. 그리고 나는 어떻게 된 건지 모르지만 지크프리트 씨의 조언에 따라 다시 방패를 차고서, 그 방을 나와 데이터 정리를 기다린다.

약 15분 뒤, 모든 정리가 끝나자 지크프리트 씨는 컴퓨터 화면의 자료를 보여 주면서 이야기한다.

"미스터 아이언의 저거노트 클래스엔 리미터 같은 게 걸려 있는 거 같습니다."

"예. 여기 인터페이스를 저장한 걸 보시면 미스터 아이언의 근력이 700을 넘긴 순간부터 '제어 불가된 마수'라는 디버프가 생겼습니다. 다행히 완전 발동 전에 저희 길드에서 미리 준비한 흑마법사의 저주 덕에 다시 조건을 낮춰서 안정화된 거지요."

"젠장, 그런 게 있으면 설명을… 이라고 하고 싶지만 내 스킬 옵션은 안 보이지. 제길……."

어쩐지 레어 클래스답게 너무 강하다 싶더라. 짐작하는 나였다. 즉, 이 레어 클래스는 나라는 인간이 제어 가능한 한계치를 설정해 두고 있고, 그것을 넘어선 순간 바로 폭주한다는 이야기였다. 그야말로 '괴수를 몸에 담은 인간'이라는 설정답게 제한선도 있다는 거군.

"빌어먹을! …뭐야, 이게! 이런 제기랄!"

"좀 더 연구를 해 봐야 알겠습니다만, 이 제한선을 증가시키거나 없애려면 어떻게 해야 하는지를 알아내는 게 앞으로 미스터 아이언의 포텐셜을 증명할 수 있는 일일 겁니다."

 정말 귀찮은 게 몸에 붙어 있군. 어쨌든 이로써 나는 버프라도 신경을 써서 걸어야 한다는 소리다. 물론 능력치 자체로는 충분히 인간의 한계를 넘을 수 있는 클래스를 가지고 있는 셈이었지만, 그 한계를 넘기 위한 조건을 알아낼 방도가 없었다. 결국 남은 건 레벨 업을 해서 '몬스트러스 크리처' 계열의 스킬을 모두 개방시킨 다음 내 클래스의 정보를 알 수 있게 되면 밝혀지겠지만, 그게 언제일지 알 수 없다.
"어쩌지?"
 하아~ 귀찮은 게 한둘이 아니군. 능력치에 한계치라는 게 존재한다니. 물론 못 올리는 건 아니지만, 일정 이상 올라가면 저절로 광폭화한다는 제한선은 짜증이 난다. 빌어처먹을!
 어쨌든 나도 더 강해질 수 있는 방법을 찾아야만 한다. 앞으로 그랜드 퀘스트 천지호를 토벌하기 위해서는 말이다.

페이즈 6-1

사람은 선택하고, 노예는 복종한다

크로니클 교육소.

세계 각 지역별로 새로이 나타나는 적합자들을 교육시키기 위한 곳이다. 세계에 수많은 던전이 계속해서 나타나는 만큼 적합자들도 계속해서 등장했고, 레벨도 낮은 이들에게 최소한의 지식, 레벨 업을 보장해 주자는 게 이 교육소의 목표였다. 그래 봐야 10레벨까지지만.

교육은 대부분 1년 정도의 시간을 소요하지만 개중에는 빠르게 교육을 받아서 나가는 경우나 대형 길드에서 미리 그 클래스의 자질이나 개개인의 재능을 보고서 뽑아 가는 경우도 있기에 천차만별이다.

'뭐, 나는 이미 여기 왔을 때가 10레벨 후반 대였지. 진짜

오랜만에 와 보네. 그때는 내가 누군가를 영입하려고 올 줄 상상도 못했는데 말이야.'

 나와 현마, 미래. 셋은 대재앙 초기부터 이미 적합자 생활로 싸우고 있었던 멤버들로, 이 크로니클의 교육소가 완성되고 기초 교육을 받을 때는 이미 10레벨 후반대였다. 그리고 원래라면 나와 아머드 나이트인 정상연이 같이 와서 서로의 멤버를 아예 교육소 신입으로 새로 뽑을 계획이었지만, 온 건 나 혼자였다.

 영국에서의 내 클래스에 대한 실험 이후 다음 날 기획서를 보면서 전화를 했더니, 이 녀석은 자신의 멤버를 직접 공고 내서 뽑겠다고 했다.

 "야, 네가 보낸 거 읽어 봤는데? 힐러는 메디컬라이저, 딜러는 거너, 플라즈마 런처, 블레이드라이저 맞냐? 무슨 공학계 풀 파티냐? 이거 사람 구하기도 쉽지 않을 텐데? 괜찮겠어? 어중이떠중이는 사양이란 말이야!"

 엄연히 거너는 공학계가 아니지만 태클을 걸어 둔다.

 플라즈마 런처는 말 그대로 거너와 유사하지만, 공학계 클래스에서 파생되는 원거리 공격계 클래스고, 블레이드라이저는 빔 무기를 사용하는 공학계 근접 클래스다. 빔 샤벨을 사용하는 방어 무시 공격에 기반을 둔 무난한 딜러이지만 단점도 만만치 않은 클래스인데, 그것보다 공학계라는 건 다 기업 연구직으로 거의 가 버리는데 말이야.

(공학계끼리는 시너지도 좋아서 말이지요.)

"그렇다곤 해도 너무 일편적이지 않냐? 던전 내부의 함정이라든가 제거 같은 건 어떻게 살피려고? 그래도 도적 계열 하나 넣는 게 안 낫냐? 마법형 트랩도 있잖아."

꼭 이런 녀석들이 있다. 자신들의 강함만 계산하고, 던전엔 별별 함정들도 다 있는데 말이지. 물론 저 녀석의 조합이 나쁘다는 건 아니다. 저 녀석 말대로 공학계끼리는 시너지도 있고, 무엇보다 최고의 장점은 던전 내에서 나오는 아이템의 유무를 안 탄다는 것이다. 모조리 분해해서 공평하게 나누면 끝. 공학계는 오직 소재로 직접 제조하는 방식이니 서로 조합법도 공유하면 좋긴 하지만, 저러면 마법 함정 같은 거엔 속수무책 아닌가?

(레인저와 패스파인더를 고레벨로 영입하실 거 아니었습니까?)

"으음~ 역시 그건 돈이. 함정 해제까지 맡기려면 레인저랑 패스파인더 고레벨로 고용해야 하는데, 못해도 40레벨 이상은 되어야겠군. 에휴, 그래, 한번 구해 볼게."

(감사합니다. 그런데 지부장님.)

"아 참, 구할 때, 우리 장래에 그랜드 퀘스트가 목표라고 꼭 말해 둬라. 이 지부 자체가 내 그랜드 퀘스트도 있지만, 여차하면 본부에 인원 보충을 위해서이기도 하니까 말이야."

물론 완전한 목표는 천지호(天地虎) 퀘스트이지만 일단 거기까지 언급은 하지 않는다. 그래도 여지는 만들어 둔다. 나중에 실컷 레벨 업을 시켜 두었더니만 나간다던가, 무섭다고 참여하지 않는 그런 불상사는 방지해야 했으니 말이다. 그런 면에서만 보면 세연이는 최고의 멤버였다.

　"그럼 결국은 내 멤버만 구성하면 된다는 거군. 흠흠……."

　그래서 나는 통화를 마치고 홀로 교육소를 오게 되었다. 오늘도 트레일러 차량에는 세연이와 진서 형님 둘만 있겠군. 문 앞에 있는 경비에게 신분증을 보여 주고, 수속을 마치고 들어오자 캠퍼스 같은 큰 건물이 날 반겨 주었다. 그리고 건물 입구에서부터 웬 정장을 입은 아줌마가 날 반기러 나와 있었다.

　"아이고~ 어서 오십시오, 드래고닉 레기온의 지부장님. 오실 거면 미리 말씀해 주셨으면 크게 맞이했을 텐데~ 아, 내 정신 좀 봐. 전 이 교육소 소장인 이원선입니다."

　"아, 아뇨. 그럴 거까진 없는데… 그저 한국 지부에 고용할 새 딜러들이 필요해서 온 거뿐이라."

　"새 멤버요? 아니, 드래고닉 레기온 정도면 충분히 고레벨의 딜러들도 너끈히 고용하실 텐데……."

　한국 지부의 존재 목적은 탱커인 나와 세연의 레벨 업을 위한 곳인 만큼 딜러진과 힐러진을 고용하기 위한 예산이 많이 책정되어 있다. 어쨌든 당장이라도 고레벨 딜러들을 영입할 역량이 충분한데 10레벨도 안 되는 신입들을 고용하다니, 이해가 안 되는 것이 당연하리라. 하지만 내 목적은 엄연히 '천지호(天地虎)'이니만큼 내 지휘를 따를 수 있는 인재를 직접 뽑아서 기르고 싶은 것이었다.

'더불어 고레벨이면 날 탱커라고 업신여기고, 허수아비로 만드려 할 테니 저레벨부터 착실히 기르고 신뢰를 쌓아가는 게 좋지. 그래야만이 그랜드 퀘스트를 하는 데 호흡도 맞을 테니 말이야.'

"뭐, 어쨌든 알겠습니다. 지부장님께서도 생각이 있으실 테니. 일단 안으로 들어오시지요. 그, 미리 말하셨으면 리스트라던가 준비했을 텐데… 너무 갑자기 오셔서."

"아, 그건 됐습니다. 직접 견학해서 뽑을 생각이었기 때문에… 대신 교육소 제복이나 하나 주십시오."

내가 원하는 건 그런 데이터가 아니다. 직접 이야기해 보고 느끼는 인성이었다. 일단 탱커 지망생인 척 다니면서 살펴봐야지. 이미 방송에 얼굴 폈는데, 라고 생각할지 모르지만 내 나이가 21세. 방송용 메이크업은 상당히 나이 들어 보이게 해 놓은 데다가 설마 드래고닉 레기온의 지부장급이나 되는 인간이 적합자 교육생 코스프레를 하리라고는 상상도 못하리라.

"저, 정말 직접 살피시려구요?"

"아, 예. 직접 살펴보고 리스트를 드릴 테니 그때 수속 밟야 주세요. 그럼 가 보겠습니다."

"예, 알겠습니다. 그 교사진에게는……?"

"당연히 알리지 마세요. 하하."

그렇게 말하고는 난 소장실과 본관을 빠져나와서 거닐기 시작했다. 어디 보자. 어디부터 가 볼까? 크로니클의 교육소는 크게 이론 교육동과 실전 교육동 두 가지로 나뉜다. 그 외 건물이라면 자습을 할 도서실과 체육관, 기숙사 정도이다. 지금 한창 오전이니 수업을 하고 있을 거다.

'그럼 역시 실전 훈련을 봐야겠지? 움직임이나 몸놀림을 보면 금세 실력이 판단될 테니까… 어라?'

갈 곳을 결정하고 실전 교육동으로 향하는데, 도서실 옆을 지나다 보니 우연히 안에서 책을 산더미처럼 쌓아 두고 공부하는 녀석이 있었다. 작은 체구를 보아하니 여자아이 같은데? 어라? 공부라니, 고등학교를 다니다가 대재앙 때문에 중퇴를 한 이후 완전 공부하고는 담을 쌓았는데 말이지.

'음, 저리 열심히 공부할 만한 클래스면? 공학계나 마법사 계열인가?'

물론 두 종류의 클래스는 딱히 자신의 스킬 내용에 대한 공부는 안 해도 된다. 스킬을 찍은 즉시 지식이 들어오니까 기초 기술들은 모두 스킬 포인트만 주면 마스터가 가능하다.

다만 마법사와 공학계의 상위 스킬들은 대부분 스킬 북을 통해서 익혀야 하는 게 단점이자 돈만 있으면 익히기 쉬운 게 장점이다.

'아니, 잠깐! 이론 교육동에도 가지 않고, 왜 저리 혼자서 공부를 하고 있지?'

실전 연습동을 가지 않고, 나는 다시 본관으로 들어와 도서실로 향한다. 그리고 조심스럽게 문을 열고서 그 공부하는 아이 쪽으로 천천히 걸어가자, 무언가 불평을 하는 듯한 여자아이의 미성이 들려온다.

"으아앙! 왜 내 클래스는 이 모양인 거야! 스킬 설명이 엉망이여 가지고……. 레어 클래스 업적이 떴다고 해서 좋았는데 완전 망했어!"

'레어 클래스?'

혼자서 울상을 지으며 불평을 하는 소녀. 나이는 세연이보다 약간 어린 정도? 중학교 1학년 정도 되어 보이는 소녀가 인터페이스창을 띄워 두고 열심히 책을 보면서 문제 풀이를 하고 있었다.

남의 인터페이스창을 보는 건 예의가 아니었지만, 그녀의 말에서 '레어 클래스'라는 단어가 나왔을 때 깜짝 놀라서 다가가서 바라본다.

"아틸러라이저(Artillerraiser)?"

"…에? 꺄아!"

"에?"

철컥! 타아앙! 파사삭!

내가 스킬을 읽자 반응할 새도 없이 소녀의 손에 핸드캐넌이 생기더니 내 머리를 조준하고 날려 버린다. 난 설마 공격할 줄은 몰랐다는 생각에 그 공격을 직격으로 맞는다.

으아아! 이게 무슨 짓이야? 불에 덴 거 같은 따끔함을 느낀 나는 연기를 내뿜으며 열로 인해 타 버리고, 꼬아 버린 머리카락을 정돈하며 화를 낸다.

[쇠돌이 님이 '유성아'님의 일반 공격으로 총 1,236의 데미지(평타824+헤드샷 추가 데미지 412)를 입으셨습니다.]

"뭐하는 짓이야? 갑자기 남의 머리에 헤드샷이라니, 미쳤냐?"

"아, 아아, 아아아안 죽었어? 말도 안 돼. 교육생은 모두 레벨이 10이고, 탱커 특성이라고 해도 내 공격엔 약 2,000의 데미지가 나와서 즉사해야 정상인데······."

안 죽어서 미안하네. 무슨 정신머리를 가진 녀석이냐? 보기엔 세연이보다 훨씬 어린애인데 벌써부터 사람이 죽네 마네라는 소리를 하다니. 잘못했다간 마법사인 줄 알았던 애한테 죽을 뻔했네.

이 녀석, 공학계였나? 손에 끼워져 있는 핸드 캐논. 거너 클래스는 저런 무장을 쓰지 않는다. 더구나 핸드 캐논의 탄이 에너지탄이었으므로 자동으로 공학계라는 뜻이 된다.

"아고오! 그래서, 헤드샷 로리걸, 클래스에 대해서 알아낸 건 미안한데··· 왜 사람을 죽이려 했는지 설명을······."

"에잇!"

"아! 진짜!"

철컥! 파삭!

또다시 내 정수리에 한 방. 아무리 죽지 않고 체력이 별로 안 닳아도 아픈 건 아픈 거다. 이 씨발 꼬맹이가 미쳤냐? 설명은 해 주고 쏴야 할 거 아니야?

화가 난 나는 헤드샷 로리걸 꼬맹이의 뒷덜미를 잡고 들어 올린 다음 입을 막아서 우선 제압을 한 뒤 내 의사를 전한다.

"으읍! 읍읍!"

"뭐, 클래스를 들킨 시점에서 자신의 몸이 위험한 건 나도 알기 때문에 죽이려는 마음까지는 이해하겠는데… 일단 아무리 악하고 나쁜 놈이라고 해도 사정은 알려 주고 죽여야 할 거 아니야. 아니, 그 전에 아직 머리에 피도 안 마른 꼬맹이가 벌써부터 살인이라니, 세상 참 잘 돌아간다."

"우으… 으으… 흐으윽."

내, 내가 너무 심했나? 나도 모르게 성질내 버렸네.

사실 잘못을 따지자면 내가 이 아이의 클래스를 훔쳐본 게 죄다. 특히 레어 클래스는 자신의 가치를 남에게 밝혀선 안 되며, 적합자 개개인의 생존 수단이다. 그러니 이 아이의 행동은 엄연히 자신을 지키기 위한 정당방위이기도 했기에 일단 내가 먼저 사과해야 하는 게 맞다.

"그러니까 정말 미안해. 멋대로 볼 생각은 없었는데 레어 클래스라는 말에 깜짝 놀라서 그만… 몰래 봐 버렸어. 대신 내 것도 보여 줄 테니까… 일단 이야기를 하자. 헤드샷 로리걸."

"…푸하, 변태, 로리콘, 납치범. 당장 보여 줘요. 신고해 버리게."

"아니, 신고라니… 서로 보여 주는 걸로 쌤쌤이 아니야?"

하아~ 어쨌든 오자마자 들켜 버리는 건가? 나는 한숨을 쉬면서 인터페이스창을 열고, 내 코드 네임과 클래스 부분만 드래그해서 던져 준다.

'코드 네임 : 쇠돌이, 클래스 : 저거노트'라는 문자를 본 소녀는 놀라워하는 얼굴이었다.

"저거노트? 이, 이거 무슨 클래스예요?"

"탱커, 레어 클래스. 완전 극한의 퓨어 탱커야. 그래서 네 공격을 맞아도 안 죽은 거고……."

아니지. 애초에 저거노트 클래스는 10레벨에 업적 때문에 되는 게 불가능하니 무의미한 가정이지만, 대충 그렇게 둘러댄다. 아마 이 아이는 나도 같은 10레벨로 생각하고 있었기에 죽을 견적이라고 생각한 거겠지만 말이다. 레벨 차이 때문에 보정받는 데미지량이 너무 커서 실제 난 벌레에 물린 거 정도밖에 데미지를 입지 않았지만, 고통의 양은 다르다.

"어쨌든 그럼 이제 역으로 묻자. 네 클래스는 뭐기에 그렇게 필사적으로 감춘 거야? 뭐, 나 같은 경우는 퓨어 탱커라서 스캐빈저에게 사냥당하기 싫어서 감추고 다니는 거니까 너도 이유가 있겠지."

"저는 제 레어 클래스가 너무 무서워서 감추는 거예요. 흑… 이때까지 잘 감췄고, 다 엔지니어인 줄 아는데 이런 이상한 아저씨에게 들키다니… 흐에에엥!"

"무서워? 야, 야, 울지 말고, 일단 진정하고 천천히 말해 봐."

"흐끅… 흐끅……."

으아, 애들이란 참 힘들구만. 나는 어찌할 줄 몰라서 일단 조용히 한 채 이 소녀가 진정하기를 기다린다. 그러자 그 소녀는 자신의 인터페이스를 열어서 나에게 보여 주면서 설명해 나간다.

"…흐끅, 원래 인류의 재래식 병기는… 흐끅, 몬스터들에게 데미지가… 흐끅, 거의 들어가지 않아요. 하지만 예외가 되는 게 있는데… 흐끅, 공학계의 무구와 던전에서 드롭한 거너의 총기류예요. 이들의 클래스가 사용하는 무기는 결국 개인화기 레벨의 화력이라는 한계가… 흐끅, 있어요."

울먹이면서도 상당히 똑똑하게 설명하네.

공학계 무기와 거너의 총기류. 일반 무기와 다른 점은 역시나 적합자들만 사용할 수 있는 지식과 무기라는 것이고, 결국 해 봐야 개인화기 레벨이라서 정부에서는 이들에 대한 신고 및 관리를 철저히 한다고 하지만 말뿐이다. 스캐빈저 새끼들 중엔 거너류 천지다. 어쨌든 이 아틸러라이저

(Artillerraiser)라는 소녀는 계속해서 이야기한다.

"아틸러리(Artillery)와 사육자 또는 모으는 자라는 뜻의 라이저(Raiser)의 합성어로, 원래는 없는 용어이지만 공학계의 레어 클래스로 만들어진 명칭이에요. 그 이유는……."

유성아 코드 네임 : 미정

레벨 : 10 아틸러라이저(Artillerraiser)

근력 : A+(10)

민첩 : C+(8)

마력 : C+(8)

지력 : SS+(40)

체력 : 783

마력 : 80

클래스 고유 스킬

〈트랜스 폼 : 아틸러리 아머(Artillery Armor)〉

설명 : 포격 전용 메카닉 갑주를 소환하여 장착합니다.

〈셀프 팩토리 시스템(Self Factory System)〉

설명: 기계화 무장을 제작 가능합니다.

〈사이버네틱스 암즈 시스템

〈Cybernetics Arms System〉〉

설명 : 모든 무장을 기계화합니다.

〈보유 스킬 포인트 : 9개〉

〈보유한 스킬〉

〈패시브-광자력 연구〉

설명 : 일반 공격이 에너지 공격으로 변하며 탄을 사용하지 않습니다. [1/3]

〈습득 가능한 스킬〉

〈액티브-포탄 제조〉

설명 : 니체의 철학에서 초인(Overman)의 정의란? 1레벨 마스터입니다.

〈패시브-고폭탄 연마〉

설명 : 아인슈타인의 생애를 간단히 요약하시오. *선행 스킬 포탄 제조가 없습니다.

〈패시브-연막탄 연마〉

설명 : 세키가하라 전투에서 나온 총기의 활약을 서술하라. *선행 스킬 포탄 제조가 없습니다.

〈패시브-백린탄 연마〉

설명 : 간디의 비폭력주의에 대해 서술하시오. *선행 스킬 포탄 제조가 없습니다.

〈패시브-포신강도 증가〉

설명 : 난징 대학살에 대해 적으시오.

〈패시브-2연장 포신 개장〉

설명 : 갑오개혁의 전개 과정을 적으시오.

〈액티브-포톤 레이저 샷〉

설명 : 전방을 관통하는 빛을 발사한다. 쿨다운 5초. 사용 마력 5

말 그대로 포격 클래스. 물론 사정거리라던가 어느 정도 위력인지는 알 수 없지만, 스킬들의 이름만 보아도 이 클래스도 미친 거 같았다. 다만 스킬 설명이 왜 죄다 역사와 철학 문제인가? 싶었는데, 그 이유는 바로 소녀의 책상에 답이 나와 있었다. 과연 직접 공부해서 풀어야 하는 건가?

"이 설명들에 나온 문제를 사용자가 직접 적어야 설명이 해금이 돼요."

"과연……."

"처음엔 레어 클래스라고 좋아했었는데 문제를 풀 때마다 저 자신이 가진 힘이 너무 무서워서, 아무에게도 알리지 않게 되었어요."

아틸러라이저(Artillerraiser). 내가 봐도 이건 공학계 최정상 클래스였다.

같은 공학계인 정상연의 아머드 나이트와 같은 방식으로, 메카닉 갑주를 입고 싸운다는 콘셉트는 같았지만 이건 포격전 전문 기체로 혼자서 광역 딜과 극강의 원거리 딜을 할 수 있는 클래스였다. 더구나 저 미친 탄종 봐라. 씨발, 이 아이가 겁내는 것도 무리가 아니다. 사람들에게 알려지거나 하면 당장 국방부에서 납치를 해서라도 데려가려고 할 것이다.

"그리고 아저씨를 죽이려 한 건, 사람들이 제 클래스를 알면 어떻게 악용할지 몰랐기 때문이에요!"

"흐음… 납득이 가네. 인류사를 보면 과학의 발전은 전쟁과 연결되어 있으니까 말이야. 아틸러라이저 같은 이때까지 없었던 초화력 포격 클래스가 등장해 버리면 난감하기 짝이 없지."

더구나 인간형 메카닉에서 사용하는 만큼 지역 제한도 없을 거고, 그 화력이 얼마나 되는지는 모르지만 클래스의 성장력을 감안하면 못해도 움직이는 자주포 1대 정도의 효율. 아니지, 소재만 있으면 포탄도 스스로 만들 수 있잖아? 이런 모자란 나도 머릿속에서 온갖 악용법이 떠오르는 판국에 그 잘나신 나라님들 손에 들어가면 얼마나 다양한 수단으로 악용될지 상상도 안 되었다.

"어쨌든 서로 약점을 교환했으니 날 죽일 이유는 이제 없겠지? 나 퓨어 탱커라는 거 알려지면 바로 스캐빈저에게 장기 뜯긴단 말이야."

"예. 일단은 그렇게 되네요."

"그런데 잠깐만, 그럼 지금까지 계속 문제를 풀던 이유는 뭐야?"

"아, 이거요? 그냥 풀어만 놓은 거예요. 이 문제의 역사와 전쟁사, 여기서 얻는 교훈이 얼마나 대단한데요!"

그래, 인류의 어리석음에 대한 교훈이지. 어찌 보면 이 클래스를 제대로 사용할 조건은 바로 도덕성과 인격의 겸비인 거 같다.

어쨌든 결론이 이렇게 되니 허무해진다. 확실히 나 같은 경우나 진서 형님에 비하면 쉬운 조건이고, 명확하게 방법을 제시하고 있었기에 맘먹고 해금하려면 다 해금할 수 있는 것이다. 그렇다는 건 그냥 개인적인 공부? 어라? 이 교육소의 학생이면 엄연히 지금 이론이나 실전 교육하고 있어야 하지 않나?

"아, 전 이미 교육소 과정을 졸업한 적합자예요. 근데 지금 유예기간 때문에 남아 있는 거예요. 저도 대재앙 이후 고아가 돼서……. 돌아갈 집도 없는 몸이지요."

"…뭐, 그건 이제 나도 마찬가지니까……. 근데 너 몇 살이지?"

"14세요."

세연이랑 2살 차이인가? …물론 그 녀석은 이미 죽어서 더 이상 나이를 먹진 않지만, 그래도 올해에 죽은 건 죽은 거니까. 아, 이러니까 왠지 세연이가 사라져서 없어진 거 같잖아. 오늘도 돌아가면 아저씨, 아저씨라고 무표정한 얼굴로 이리저리 유혹을 해댈 테니. 아니, 나 왜 이렇게 개 생각을 깊이 하는 거야? 이러니 무슨 애인 같잖아. 제기랄…….

"일단은 엔지니어라는 클래스로 등록이 되어 있어서 기업이나 중대형 길드로 갈 게 뻔한데… 걱정이에요. 제 클래스를 들킬까 봐요."

"알려지면 아마 국방부나 국정원에서 데려가려고 난리 나겠지? 그리고 통조림 같은 데 갇혀서 평생 적합자 및 각종 병기 제작에 공밀레 되겠지."

"공밀레가 뭐예요?"

"어원은 신라의 에밀레종. 종에다가 아기를 넣어서 만들었다는 이야기인데 공학계+에밀레. 즉, 너 같은 공학계를 녹여서 결과물을 만든다는 단어이지."

"휴우, 그러면 역시 던전 딜러를 해야 하는데… 그러려면 돈이 너무 많이 필요해서 실질적인 활동은 못할 거고……."

공학계의 총체적인 단점. 기초 장비를 만드는 데 소재가 필요하다. 크로니클에서 지원하는 공학계의 장비는 수준이 너무 낮아서 성능도 안 좋고, 레벨을 올려도 바로 강해지는 것이 아니라 제조 스킬을 찍어서 장비를 만든 다음에 업그레이드해야 하는 형태이기 때문이다. 그리고 그 소재는 당연히 모두 돈이다. 이 소녀가 아머드 나이트의 경우처럼 집안에 돈이 많지 않은 이상에야 기업 쪽에 가는 건 정해진 길이나 다름없다.

'그리고 들키면 곧장 아까 말했듯이 공밀레 루트. 애도 참 기구한 운명이군. 잠깐, 그러면······.'

"휴우, 그래도 누군가에게 말하니 답답하던 게 조금은 나아졌네요. 고마워요, 아저씨."

"저, 저기 말이야. 그러면 네 스폰서가 되어 줄 길드가 있다면 어쩔 거야?"

"예?"

"그러니까 계약 조건에서부터 너를 딜러와 장비 분해 업무에만 고정시켜 두고, 기밀 조건까지 싹 달아 두고, 네가 몇 레벨이 되든 간에 소재 지원을 풍부하게 해 줄 수 있는 길드가 있다면 어쩔 거냐고?"

스스로가 생각해도 말도 안 되지만 그래도 만약이라는 전제를 걸고, 나는 혹시나 모를 떡밥을 던진다. 스킬 설명의 문제들 덕이었지만 이 정도로 상냥한 심성을 가지고, 힘의 무게와 책임을 알고 있으며, 전쟁의 무서움을 확실하게 배운 인격에 강력한 딜러의 포텐셜. 인재로서는 매우 적합하다고 볼 수 있다. 모자란 건 이제 그랜드 퀘스트에서도 싸울 수 있는 용기였지만, 세상의 평화를 위해서 스스로 억제하고, 남을 죽일 각오를 한다는 것도 쉽지 않았기에 결단력도 역으로 합격점을 줄 만한 부분이었다.

'나이가 어린 게 흠이지만… 인격, 성장 가능성, 결단력. 이 셋을 겸비한 인재는 흔하지 않으니까! 그랜드 퀘스트는 급하니까 말이지.'

"말도 안 되는 소리 하지 마세요, 아저씨. 그런 데가 어디에 있어요? 당장 던전에서 할당량이라던가 성과를 얻어 와야 하는 게 적합자 인생이고, 그걸로 경쟁하는 세상인데 그런 말도 안 되는 호구 같은 길드가 어디에 있냐구요."

"만약 있다면 어쩔 거야? 다만 성장 정도에 따라서 그랜드 퀘스트 정도에 지원할 수 있는 자격이 주어질 거고, 네가 신경 쓸 건 네 데미지 리포트와 그날그날 습득하는 잡템 분해 목록, 그리고 마지막으로 다음 날 필요한 소재의 양 같은 것뿐이면 어떡할 거야? 더불어 너 자신의 의사는 무조건 존중. 어때?"

"그, 그런 좋은 곳이 있다면야 안 갈 이유는 없죠. 하지만 그런 말도 안 되……."

좋았어. 물었다. 나는 그 즉시 태세 전환을 해서 인터페이스를 열고서 내 상단 정보를 싹 드래그해서 던져 준 다음 명함과 함께 다시 소개한다. 낚았다. 낚았어! 이건 월척이야!

"아저씨, 인터페이스를 왜 또다시이이이이이? 사, 사사사사사십오 레벨? 더구나 길드명 드래고닉 레기온? 어라? 어라라라? 마, 말도 안 돼! 게, 게다가 체력이 5만 8천? 세상에……."

신뢰를 위해서 공개한 나에 대한 정보. 밴드명, 길드명, 레벨 및 스킬, 그리고 이제 정식으로 드래고닉 레기온의 사람이라는 걸 밝힌다.

"자아~ 그럼 다시 소개드리겠습니다. 제 이름은 강철. 드래고닉 레기온 한국 지부의 지부장을 맡고 있는 몸입니다. 짜잔~! 방금 제가 말한 계약 조건으로 당신을 드래고닉 레기온 한국 지부 멤버로 받아들이고 싶습니다만?"

"세, 세상에, 말도 안 돼."

그래, 내가 생각해도 말도 안 된다. 이런 데서 대박을 건지다니. 이런 게 운명이라는 걸까?

그녀는 잠시 고민을 하더니 연봉까지 잘 챙겨 주고, 클래스 비밀 보장까지 모두 걸자 결국 함락되었다.

어차피 같은 건물인 본관이니 절차를 밟는 건 일사천리였다. 그리고 보니 계약서를 쓸 때가 되어서야 이름을 알게 되다니, 이거 상당히 민폐군. 나는 소장에게 양해를 받아 2인실에서 계약에 대해서 이야기를 나누기 시작했다.

"보자. 이름이 유성아고, 코드 네임은 뭐로 할래? 졸업 때 정하지 않았냐?"

"아, 아직 미정이에요."

"그러면 화끈한 화력을 보여 주길 빌며… '멸망의 천사(Angel of ruin)'는 어때? 아마 너 나중에 네이팜 같은 스킬 배우지 않으려나?"

"너, 너무 거창한 게 아닐까요? 그리고 그런 스킬 안 배울 거예요!"

"에이, 우리 멤버들 코드 네임 볼래? 드래고닉 레기온 길드원이니 이 정도는 해 줘야 하지 않겠어?"

"그, 그런가요?"

아싸! 속였다. 코드 네임은 사실 자기 마음대로다. 내가 왜 굳이 이러냐면 절대로 내 정수리에 헤드샷을 갈겨서 그런 게 아니다. 진짜 아니다.

어쨌든 이걸로 한 명 오케이인가? 나는 남은 계약서의 사항에 대해서 이야기해 주었고, 모든 전달이 끝난 뒤 계약서를 팩스로 세연이에게 보낸다. 마지막으로 남은 건 이제 차후 어디로 와야 하느냐?

"아마 한 달쯤 뒤에 우리 지부 건물이 완성될 거야. 그때부를 테니 남은 기간 동안 정리할 거 있으면 하고, 스킬 설명 해독해 두려면 해독해 둬."

"아, 예. 알겠습니다."

"아직 딜러 2명 더 구해야 하니까 난 좀 더 둘러보러 갈 테니 뭔 일 있으면 내 휴대폰에 연락… 아, 맞다. 너 혹시 추천할 녀석 있냐?"

"아, 아뇨. 공학계는 일반 계열이랑 잘 안 어울려서……."

흠, 이 교육소 안에도 파벌이나 클래스 간의 차이가 있다는 거군. 어쨌든 한 명을 구했으니 이제 남은 2명. 원거리 딜러를 구했으니까 구해야 할 것은 근접 딜러와 마법사였다.

일단 뭐든 간에 움직여야 알 수 있을 테니 나서 볼까? 하는 순간, 창밖에서 묘한 기척이 지나가는 게 느껴진다. 뭐야?

"방금 뭔가 샤삭 하고 창문으로 지나가지 않았나?"

"아마… 그거 드루이드 클래스의 은랑(銀狼)일 거예요."

"드루이드?"

보통 힐러로 유명한데… 난 고개를 갸우뚱하면서 성아에게 대답을 요구한다. 이 교육소에 기묘한 녀석이 있다는 거군. 그나저나 드루이드라? 왠지 재미있어 보이는데?

그렇게 생각하며 창문을 열고 밖을 보는데, 내 뒤에 서 있는 성아는 대답을 해 준다.

"그러니까 은랑은 늑대가 되려고 하는 애예요. 인간을 버리고 늑대가 되겠다면서 이미 좋은 기본 클래스인 성직자에서 6레벨에 드루이드 기본 조건인 '패시브-자연의 감응'을 찍고, '액티브-늑대 변신'을 익힌 애인데……."

오호? 늑대가 되려 한다라? 쉽게 말하자면 정글북의 모글리 같은 느낌인가? 이미 재미있을 거 같은 느낌을 받기 전에 나는 본관의 문을 열고 뛰어나가서 놈을 쫓기 시작했다.

우선은 아직 녀석의 모습도 제대로 모른다. 난 소장에게서 녀석에 대한 정보부터 받았다.

녀석은 이름부터가 은랑(銀狼)이었다. 보자, 백은랑. 나이 19세. 뭐야? 19세면 적합자 교육소 나가야 하는 나이이지 않나?

"그게, 그 아이는 이 교육소에 온 지 반년밖에 안 되어서……."

"아, 늦게 온 거네. 그런 경우도 있지. 보자. 이 녀석은 자기 클래스나 기록을 감출 생각을 안 하는군."

클래스부터 인터페이스까지 문서랑 데이터베이스에 다 등록하게 두네. 성아랑은 완전 반대다. 한쪽은 자신의 클래스에 대해 숨기고 감추려는 아이였는데, 얘는 그냥 자유롭구만. 뭐야? 얘 벌써 10레벨이네. 어디…

백은랑 코드 네임 : 은랑

레벨 : 10 클래스 : 드루이드〈울프〉

액티브 : 울프 폼 기준 스탯

근력 : S+(20)

민첩 : SS-(35)

지력 : B+(9)

마력 : C+(8)

체력 : 8,732

성이 백씨라서 이름이 참 멋있네. 만약 김씨나 박씨였으면 김은랑, 박은랑이 되었을 테니 말이야.

이상한 소리는 그만하고, 그나저나 능력치 되게 좋네. 이 정도면 힐러만이 아니라 드루이드를 딜러로 쓰는 것도 연구해 볼 만하지 않나? 싶을 정도였다. 음······.

"정말 그 아이를 데려가시려구요?"

"뭔가 문제라도?"

"아이고, 그놈은 짐승입니다. 자신을 늑대라고 하면서 온갖 민폐를 저지르고 다녀서 행여나 드래고닉 레기온에 폐라도 되면······."

"걱정 마세요. 적합자란 결국 다 쓰기 나름입니다."

맘에 드는데? 다만 로그, 어쌔신 같은 이들이 할 수 있는 함정 해제, 무투가 계열이 할 수 있는 기척 감지, 하다못해 검성들이 걸어 주는 프로보크조차 없는 게 드루이드다. 야수로 변해서 좋은 딜을 넣을 수 있는 능력치는 있지만 보통 근딜러들이 해 줄 수 있는 유틸기가 없는 게 단점이다. 기껏해야 약간의 힐 정도. 그것도 변신 풀어서 써야 하니 그 동안은 딜을 못한다.

'흠, 그럼 마법사는 무조건 위자드로 구해야 하는군.'

다른 클래스들에 이변이 생기니 결국 마법사 라인을 무조건 각종 유틸기를 가진 위저드로 구해야 했다.

위저드. 흔히 컴퓨터에서 설치 도우미 같은 걸 인스톨 위저드라고 하는데, 바로 '도우미'라는 뜻이다. 오벨리스크는 그 점을 채택했는지 위저드로 하여금 다양한 유틸 마법들을 배울 수 있게 해 두었다. 장점은 함정 해제부터 자물쇠 해제까지 각종 유틸 마법들을 모두 지니고 있다는 점이지만, 단점은 마법사계에서 가장 딜이 꼴찌라는 거다.

'조합이 개망이라서 무조건 위저드가 필요하네. 안 구하면 개망하고 세연이에게 꾸중 듣겠지.'

조합도 중요하지만 무엇보다도 그랜드 퀘스트를 수행해야 할 인재이니 인격과 용맹, 그리고 능력까지 갖춰야 했다. 하나라도 빠지면 내년 초에 도전하는 건 무리나 다름이 없는 셈이었는데, 어쨌든 나는 그 늑대 놈을 찾으러 교육소 전체를 뒤지고 다니기 시작했다.

그리고 한 무리의 교육소 직원들이 건물 천장을 넘어 다니는 그림자를 향해 달려가며 외친다.

"저기다! 에이! 망할 은랑이 녀석! 오늘이야말로 잡아야 한다!"

"저기? 보통 저 정도로 민폐면 그냥 방출 안 시키나?"

"그게, 법 때문에 적합자는 무조건 1년 동안 교육소에 있어야 해서… 그리고 중도 탈퇴자가 생기면 그거대로 저희 교육소 평가가……."

아, 예. 더 안 들어도 되겠다. 고도의 법적인 장치와 자신들의 평가를 위해서 저런 놈이 날뛰도록 내버려 둔다는 거군.

그나저나 저거 힘도 좋아. 엄청 민첩하게 각 건물 천장을 넘어 다니면서 교묘하게 잡히지 않고 있었다. 흠… 저거 쫓아가려면, 보자…

'아대(방패) 빼고 쫓아야겠구만… 실드 해제. 놈을 쫓을 거니, 전투 판정으로!'

강철 코드 네임 : 쇠돌이

레벨 : 45 클래스 : 저거노트

근력 : SSS+(450)

민첩 : SS-(165)

마력 : 없음

지력 : E+(24) *맹약자와 거리가 너무 멉니다.

체력 : 58,454

스윽… 두근!두근!

이제 여러 번 하니까 익숙해지는군. 어쨌든 버프가 없는 상태에서는 절대 근력이 700이 넘어가지 않으니 말이야. 늘 전투에서만 벗었었는데 평상시에 벗는 건 처음이다.

"자, 그러면 쫓아 볼까?"

탓타타타…

와아! 나도 깜짝 놀랄 정도의 몸놀림이다. 그러고 보면 이 능력치로 제대로 움직여 보는 건 지금이 처음이네.

땅을 딛고 뛰니까! 엄청 몸이 가볍다. 으와아아! 주체하기가 힘들 정도였다. 발을 가볍게 디디니까 바닥에 깔린 보도블록이 깨지면서 난 거의 2미터가량 허공에 떠오르고 있었다.

'와, 생각해 보니까! 씨발, 고블린 때도 방패 빼고 막타만 치고 쓰러졌고, 메두사 퀸 때도 이성을 잃었고… 이, 이거 너무 몸이 가벼워지니까 적응이 안 되네.'

"……?"

"오우! 너구나! 은색 늑돌이!"

"너, 누구?"

쿠우웅!

녀석과 한 번 얼굴을 마주친 다음 일단 나는 착지한다. 오케이, 시선을 끌었어. 근데 떠올라서 바라본 녀석, 은랑이라는 놈, 엄청 잘생겼다. 놈은 이 7월의 계절에 은색의 털 장식에 바지 하나만 입고 신발도 없고 붕대를 감은 야만인 패션이었지만, 날렵해 보이는 몸매 라인에 진짜 잘생긴 외모 덕인지 거의 모델급이라고 해야 하나? 감탄이 나올 정도였다. 세상에, 동양인 피부로 은발이 어울리기 힘든데 말이지.

"너, 누구냐? 못 보던 자."

"오, 쫓아왔나?"

"무시무시한 기운. 너 강하다."

 슥…….

 녀석은 자세를 낮추고 양팔을 땅에 붙이고 날 노려본다. 마치 진짜 늑대처럼 구는데… 어? 그러고 보니 아직 변신을 안 했네. 근데 저 녀석, 왜 이렇게 말이 짧아? 어쨌든 녀석이 내려오자 교육소 인원들이 몰려와서 구속하려 하지만… 놈은 저항하기 시작한다.

"드, 드디어 잡았다. 이 녀석!"

"독방에 가두고 절대 꺼내지 말아야겠어!"

"저기, 죄송한데… 이 녀석, 저한테 좀 맡겨 주시겠습니까? 저 이런 사람이라서…….'

 지금 나온 인원 중에 가장 높아 보이는 녀석(40대 중반으로 보이는, 와이셔츠 하나에 양복바지 차림으로 뒤에서 뒷짐 지고 호령하는 놈)에게 가서 내 신분을 살짝 밝힌다. 드래고닉 레기온 한국 지부장이라니까 금세 굽실대면서 놈의 신변을 나에게 곧장 양도한다. 아직까지도 저항 중인 은랑은 팔과 다리를 잡는 교육소 직원들을 이리저리 패대기치면서 적합자의 완력을 이용하고 있었다.

"으갸아아악!"

"으아악! 아이고……!"

"이놈! 헌터를 불러야 하나?"

"자자, 그놈 제가 데려가서 잠깐 교육 시키고 올 테니, 이리 주세요."

탁……!

난 놈의 손을 잡았고, 녀석은 빠져나가려고 저항하지만 스테이터스상 근력 차이가 20 대 450, 즉 22배가 넘는 차이였다. 사실 이대로 잡고 주먹만 꽉 쥐어도 이 녀석의 손이든 뼈든 죄다 아작 낼 수 있지만… 아니, 딜러 구하러 온 거니까 그래선 안 되지, 안 돼.

"으, 윽! 놔, 놔줘. 늑대를! 구속할 순 없어!"

"…예, 예. 어디 둘이서 조용히 이야기할 수 있는 데로 가서 잠깐 이야기만 하면 되니까 얌전히 따라와라. 좀… 응?"

"으윽!"

스르르륵…….

녀석은 내 손에 잡혀서 질질 끌려오고 있었다. 이리저리 힘을 써 보지만 이길 리가 있냐? 레벨 차이만 35라고! 더구나 교육소에서만 구르던 놈이 수많은 실전을 뛰어넘은 적합자인 날 이길 리가 있겠어? 한 번 노려봐 주니까 녀석은 그제야 얌전해진다. 옳지~ 똥강아지. 그러고는 녀석은 날 노려보며 말한다.

"따라간다. 놔, 이거."

"말투 겁나 이상하네."

"인간 말, 많이, 잊었다. 난 될 거다, 늑대가."

말투는 진짜 기묘했지만 거짓말을 하면서까지 도망칠 놈

으로는 보이지 않았기에 일단 손을 풀어준다. 그리고 방패 대용인 팔의 아대는 아직 차지 않기로 한다. 행여나 도망갈지 몰랐기 때문이다.

 어쨌든 난 녀석을 데리고, 둘만 이야기할 수 있게 본관 5층의 옥상으로 간다. 그리고 문을 우그러뜨려서 아무도 들어오지 못하게 했다.

"휴, 이제야 이야기 좀 하겠네."

"넌, 누구?"

"옜다. 이거나 봐라."

 저놈이랑 말하기도 짜증이 나서 나는 인터페이스를 열어서 던져 준다. 누구긴 씨발, 적합자면 이걸로 대화를 해야지. 말도 개같이 하는 놈이랑 무슨 얼어 죽을 대화인 건지.

 하~! 세상에 외모는 멀쩡… 아니, 솔직히 옷 말끔히 입고 1, 2, 3번 구역에 거닐면 수많은 여고생 여대생들이 휴대폰 들고 와서 '호, 혹시 연예인이세요?', '꺄아! 사, 사진 한 번만 찍어 주시면 안 돼요?'라던가 아니면 연예계 사람들이 와서 스카우트해 갈 정도로 말쩡하게 생긴 놈이…….

"발로 귓등 긁지 마! 개 같은 놈아!"

"고맙다, 칭찬."

 그게 왜 칭찬인데? 아, 맞다. 이놈 자기가 늑대니 뭐니 하는 이상한 생각을 하고 있지. 그러니까 개 같다고 해 봐야 칭찬이 되는구나. 지금이라도 이놈 버리고 갈까? 하지만 방금 전 스테이터스를 보니 나중에 아이템 좀 챙겨 주면 최상급 딜러가 될 거 같아서 아깝긴 한데…….

"진짜 그 잘생긴 그 얼굴이 아깝다. 어쨌든 내가 누군지 알았지?"

"강철, 강한 짐승이다."

"내가 왜 짐승인데?"

"거짓말 없다. 늑대의 눈."

이 새끼, 또 개소리를 하네. 에휴, 어쨌든 이야기할 분위기가 된 거 같아 난 놈의 옆에 나란히 앉는다. 씨발, 이 녀석 옆에 있으니 난 그냥 오징어 꼴뚜기가 되는 기분이네. 와, 진짜 잘생겼네. 조각 같은 이목구비에, 보통 이런 녀석은 야생남 스타일이어야 하는데 이놈은 귀공자 같은 분위기다. 그러니까 어느 정도냐면, 하품을 해도 잘생겼어!

"…이게 사람인가? CG인가? 너 패시브에 '조각 미남'이라도 있는 거냐?"

"은랑, 없다. 그 패시브."

"알았다고. 자자, 그럼 천천히 이야기해 보자. 너 왜 늑대가 되려는 건데? 멀쩡히 성직자 클래스 받았으면 힐러, 아니지 뭐 드루이드도 힐러를 할 수 있잖아. 왜 편한 길 놔두고 울프 드루이드가 되려는 건데?"

"난 인간이 싫다."

드디어 진심이 나오는 거 같다. 인간이 싫어서, 그 정체성을 버리고 싶다는 건가? 중2병 말기인가? 하아~ 아니, 나랑 나이 차이도 2살밖에 안 나는 놈이 무슨 개소리를 하는 건가? 라고 받아쳐 주고 싶었지만 일단은 계속 들어준다. 일단 상담의 기본은 들어주는 거다. 무슨 개소리를 하던 말이지.

"그래서? 그냥 인간이 싫어서 늑대가 되려는 건 아니지?"

"인간은 나약하고 비겁하고, 비굴하다. 은랑은 강해지고 싶다. 그래서 늑대가 되려 한다."

"……."

진심으로 전국의 정신과 상담 의사님들 존경합니다. 이 무슨 개 같은 논리 구조인가? 아, 물론 감성으로는 대강 이해하겠다. 인간의 몸으로는 약하고 한계가 있으니까… 인간을 그만두겠다! WRYYYYYYYYYY 같은 생태라는 거잖아? 그래서 정한 게 늑대라는 거니까, 결국은 강해지고 싶다는 이야기군.

"야, 늑대라서 강한 게 아니야. 암만 네가 쫓아가 봐야 완전히 늑대도 안 될뿐더러 그럼 나는 뭔데? 너 아까 나한테 질질 끌려왔잖아? 그럼 넌 아직 강한 게 아니고, 지금까지 노력했던 거 다 말짱 헛짓거리라는 이야기네."

"아, 아니다! 은랑, 강해졌다."

"그럼 덤벼 봐, 개새끼야. 늑대인지 아닌지 알아봐 주지."

강함이 목적이라면 이야기는 빠르다. 더 강한 존재를 보여 주면 된다. '늑대'란 녀석이 원하는 강함의 이상형일 뿐이다. 고고하고, 날쌔고, 날카로운 이빨을 지닌 그 강함을 자기도 가지고 싶어서 힐러가 아닌 '울프 드루이드'를 택한 거다. 그러면 해결 방법은 하나다. 그 늑대라는 환상을 부숴 버리면 된다. 그러면 저 미친 개짓거리는 더 이상 안 하겠지.

난 일어서서 녀석에게 손을 까딱거리며 도발한다.

"크으윽!"

"흥……!"

"액티브-울프 폼!"

크르르르…….

와우, 진짜 늑대로 변하네.

내 도발에 넘어간 녀석이 스킬을 발동하자 은색의 갈기가 멋진 대형 늑대가 내 눈앞에 서 있었다. 몸길이 약 3미터, 어깨높이 1.7미터, 내 키랑 비슷할 정도군. 와우, 이 정도면 한 400킬로그램은 너끈하겠군. 이런 근접 딜러라니, 세상에! 드루이드도 다시 봐야겠는걸?

크르르르르! 컹컹!

"변하니 진짜 개소리만 해 대는구나! 사람 말은 할 줄 모르냐? 똥강아지."

-닥쳐라.

"잘만 하는구먼! 똥개! 덤벼!"

크어어어어엉!

늑대의 포효가 울려 퍼지며 녀석은 나에게 덮쳐든다. 물론 시각적인 위압감은 상당했지만 녀석의 턱을 한 손으로 잡아 그대로 위로 뻗어 올리자, 놈은 그 상태에서 움직이지도 못한 채 아등거린다. 앞발로 내 몸을 긁거나 때리기도 했지만 그래 봐야 레벨 보정 합쳐서 한 대당 400~500 정도밖에 딜이 안 들어왔으며, 내 자체 회복량 덕분에 상처도 금세 회복되는 수준이다. 지금 모든 패시브가 발동 중이라서 아까 전 밑에서 성아에게 에너지탄 맞을 때보다 훨씬 단단한 상태이니까 말이다.

크르르르! 컹컹! 컹컹!

"왜? 똥강아지. 고작 그거냐? 고작 턱 잡은 내 손도 못 빠져나가잖아. 똥개가!"

-크윽! 으으윽!

근력 스탯 차이만 22배, 민첩 스탯 차이 약 5배. 레벨 차이 35, 그리고 싸움 방식은 둘 다 순수한 물리 공격의 공방.

사실 성장력 차이를 보면 이 녀석도 나쁜 수준은 아니다. 근력 민첩이 둘다 S+가 넘는 클래스는 흔치 않으니까. 다만 드루이드의 변신이라는 특성 때문에 여러 가지 페널티가 붙긴 하지만… 자, 그럼 어디 테스트를 시작해 볼까?

"으라챠!"

-크어억!

쿠우우웅!

턱을 잡은 그대로 뒤로 넘겨서 놈을 쓰러뜨린다. 그리고 난 늑대의 목 부분을 밟고 강하게 압박한다. 크기 차이가 나서 숨을 막진 못하지만 고통은 엄청나리라. 인간의 몸으로 굳이 표현하자면 자신의 목 부분을 젓가락으로 찍어 누른다고 생각하면 된다.

-크아아아악!

"약해. 똥강아지. 늑대는 얼어 죽을? 형태만 되면 뭐하나? 강함이 없는데!"

겉으로는 이렇게 괴롭혀도 레벨 차이 35나 낮은 애한테 내가 이게 무슨 짓인지 속으로는 자괴감이 들고 있었다. 하지만 어쨌든 필요한 건 이 녀석의 자질이다. 과연 어디까지 버티나 볼까? 지금도 엄청 고통스러울 텐데, 녀석은 전혀 굴복하지 않고 있었다.

"죽기 싫으면 그 개 같은 변신 풀고 똑바로 '죄송합니다. 전 약하고 겁쟁이인 똥강아지였습니다.'라고 세 번 외치면 살려 줄게."

-크어어아아아아악!

뚜둑 뚜둑뚝!

목 부분의 뼈가 눌려서 비명을 지른다. 녀석은 괴로워하면서도 끝까지 울프 폼을 유지하고 있었다. 호오? 이 정도로 아픈데? 지금 아무리 사정을 봐주고는 있다지만 20배가 넘는 근력에 눌려서 압박을 넣는데, 녀석은 괴로워하면서도 참고 있었다. 천장에 늑대의 고통 소리가 울려 퍼진다. 하지만 녀석은 끝까지 변신을 풀지 않는… 오?

-액티브 우, 울프 폼… 해제!

빛과 함께 녀석이 변신을 해제한다. 그리고 목 부분에 멍든 자국이 남아 있는데, 그 자국이 섹시하게 보일 정도로 미남인 은랑이 등장한다. 와, 씨발, 상처 입어도 외모가 사기니까 답이 없네. 어쨌든 나는 녀석을 노려보며 압박을 넣는다.

"크큭, 그래. 자신의 분수를 깨닫는 거만큼 현명한 놈도 없는 법이지. 자, 이제 '죄송합니다. 전 약하고 겁쟁이인 똥강아지였습니다.'라고 세 번 외쳐. 그러면 나도 물러날게. 그 허무맹랑한 늑대니 하는 거 버리고, 이제 얌전하게 구는 거야."

"…죄, 죄송합니다… 저는!"

"그렇지. 봐. 말만 잘하는구만. 정말 말도 안 되는 콘셉트질을……."

-그래도 나는 늑대다! 울프 폼!

크르르렁!

내가 빈틈을 보인 순간 녀석은 다시 늑대로 변하면서 날 덮친다. 그리고 날 땅에 쓰러뜨리고 그대로 그 거대한 입으로 내 목 전체를 물어 버리지만, 녀석의 이빨은 내 기본 방어력과 패시브 스킬조차 못 뚫어서 피부만 긁고 있었다.

체력은 얼마 닳지 않은 건 당연한 일이다. 하지만 녀석은 그것을 알면서도 내 목을 무는 힘을 결코 풀지 않고, 끝까지 포기하지 않는다.

"흐음~ 콘셉트질이 좀 개 같긴 하지만 이 정도면 괜찮군."

크르르르?

"흐라챠! 야, 떨어져. 목에 침 묻어. 더럽게스리."

깨갱!

퍽! 쿠웅!

턱을 주먹 등 쪽으로 후려치자 그대로 튕겨 나가 버리는 은랑이었다.

다시 재차 강조하지만 겉모습과 다르게 내 근력 수치는 이놈의 22배가 넘는다. 물론 살짝 쳐서 간신히 딜 조절이 되는 거고, 애초에 난 탱커라서 공격 보조 패시브가 한 개도 없기 때문에 생각보다 딜이 나오질 않는다. 어쨌든 녀석은 변신을 풀고서 맞은 자리가 욱신거리는지 어루만지면서 날 올려다본다.

"왜? 네가 그렇게 가볍게 날아가는 게 이상하지?"

"크윽, 그건 네가 더 강하기 때문이다."

"근데 나보다 강한 애들도 천지야. 나 혼자 못 쓰러뜨리는 놈들이 이 세계에 얼마나 많은데~"

"더, 더 강한 이들도 있는가?"

그야 많지. 난 하늘을 올려다보면서 이야기한다. 원래 이럴 땐 내가 더 높은 곳을 올려다봐 줘야 하는 법. 크! 저놈 눈 봐라. 촉촉해진 거. 와, 진짜 내가 여자였으면 바로 뿅 갈 정도로 잘생… 아오! 쌍! 지금 이런 분위기로 가는 게 아닌데…….

"그래, 많아. 이 세상엔 강한 인간도 많고, 더 강한 존재도 많아. 딱히 인간이라서 약한 게 아니야. 늑대라서 강한 게 아니야."

"그럼 진짜 강함은 뭔가? 난 어떻게 해야 하는가? 강하다고 인정받고 싶다. 증명하고 싶다."

"어비스 랜드와 그랜드 퀘스트."

"어비스 랜드? 그랜드… 퀘스트?"

"지금 현존하는 세계 최강의 몬스터들이 있는 던전 어비스 랜드. 그리고 그중 하나가 한국에 있는 '백두의 주인-천지호(天地虎)'. 그 그랜드 퀘스트를 깨면 분명 강하다고 자부할 수가 있겠지! 비록 20명이 함께 싸운다고 해도 그 일원이 되는 것만으로도 강자의 증명!"

"오오!"

"나는 그 동료를 모으러 온 것이다. 네가 정 늑대로서 강해지고 싶으면 그것도 상관없지. 인간이든 늑대든 너처럼 긍지와 불굴의 투지를 잊지 않은 자를 난 찾으러 온 것이다."

"오오오오오오! 큰 늑대다! 큰 늑대시다!"

역시 단순한 놈이다. 저리 눈물을 빛내면서 황홀해하는 저 표정. 같은 남자가 봐도 넘어갈 것같이 멋지… 는! 이 아니라, 이미 녀석의 눈에는 세계 최강의 목표를 함께하자는 의식이 박혀 있을 것이다.

난 놈의 약함을 증명했다. 그러니 녀석은 그것을 부인하고 딛고 일어서고 싶어 하는 투지와 마지막까지 싸울 용맹이 있다. 음~ 한 며칠 걸릴 줄 알았더니만. 다소 성격상에 문제가 있지만, 그래도 벌써 원거리 딜러와 근딜러를 구하게 될 줄이야.

'하아~ 한 90년대 열혈 배틀 만화 같은 전개이지만 이런 단순한 놈에겐 이게 제일 잘 먹히지. 와, 시발, 내가 말하고도 내가 오글거리네. 성우들은 정말 대단한 거 같아. 이런 대사를 맨날 내뱉어야 한다니……. 뭐, 이걸로 딜러까지 구했으니 이제 위저드만 구하면 되겠군.'

"큰 늑대여! 당신을 따르겠습니다! 절 그 용맹의 길에 이끌어 주십시오!"

"…너 새끼, 이제 말 제대로 잘하네. 아오! 진짜!"

"으악!"

빠악!

마지막에 멀쩡하게 말하는 모습에 열 받아서 한 대 세게 때려 버렸다. 이 새끼, 진짜 늑대질 그거 콘셉트였네.

사람은 선택하고, 노예는 복종한다

어쨌든 이 망할 개자슥 갱생도 끝났겠다, 이제 구할 클래스는 위자드만 남았군. 얼른 소장실로 가서 이놈 넘겨 달라고 하고 위저드 지망인 마법사 계열 클래스를 알아봐야지, 라고 생각하던 차…

"허허허허! 재미있는 청년이로고!"

웬 노인네 목소리가 머리 위에서 울려서 난 고개를 들어 하늘을 바라본다. 새하얀 로브에 하얀 수염과 백발을 한 할아버지가 하늘에 떠 있었다. 난 무심결에 어디에선가 많이 보던 그 모습을 보고 한마디를 던진다. 저거 아무리 봐도 간X프 코스프레 같은데… 잠깐, 복장이야 코스프레라고 쳐도 어떻게 사람이 그냥 하늘에 떠 있지? 의문을 가지던 사이, 그 노친네는 하늘에서 서서히 내려와 내 앞에 선다.

"허허, 위에서 봤는데 재미있는 일을 하더만. 젊은이."

"예이, 예이~ 간달프 짭퉁 할아버지."

"짭퉁이라니! 그래도 꽤 신경 쓴 건데 말이야. 빈말이라도 간달프 님 해 주면 덧나나? 이 더운 날씨에 이렇게 입고 있는 것도 힘들단 말일세."

'콘셉트질 늑대 놈에 이어서, 이젠 코스프레 할아범이라니……. 하긴 원래 마법사 계열은 구하려 했는데? 한번 이야기나 해 줘야겠군.'

그나저나 저 로브 복장 엄청 더워 보인다. 나도 지금 제복 차림에 뛰어다녀서 땀투성이인데, 저 안은 얼마나 더울까? 잘못하다간 노인네가 탈진으로 쓰러지지나 않을까 걱정될 정도였다. 일단 둘이 이야기하는 데 방해되는 이 똥개부터 치우자.

"어쨌든 야, 너는 일단 가서 짐 싸고, 본관 소장실 앞에 있어라. 알았지?"

"예! 큰 늑대님의 뜻대로!"

결국 이 녀석의 내 호칭은 큰 늑대님인가? 못해도 우두머리라던가 대장 정도로 바꾸도록 나중에 정정시켜야겠다.

어쨌든 이걸로 단둘이 되었으니 이 수상한 노인네와 거침없이 이야기할 수 있게 되었군.

"홀홀홀, 드래고닉 레기온의 한국 지부장님이 이런 교육소엔 웬일인가 했더니 신파극에 취미가 있을 줄은 몰랐군. 석양을 보면서 어깨동무하며 march… 라도 하지 그러나?"

"그래서, 당신은 누굽니까?"

"허허허, 나? 지나가던 마법사지."

"아뇨. 정확한 클래스가 뭡니까?"

"에잉, 그러니까 그게 마법사라니까~ 허허, 이 친구, 못 믿나 보군. 자, 받게나~ 허이쨔~"

설마 아직도 마법사 클래스에서만 머물고 있는 건가? 그럴 리가?

적합자들은 성장하면서 각자 개성적인 스킬과 트리를 타는 순간 클래스의 호칭이 바뀌고, 그 상위 스킬들이 갈라지게 된다. 마법사는 엄연히 이 계열의 기초 클래스. 속성 마법과 마스터리를 찍는 순간 엘리멘탈 유저, 암흑 마법에 손을 대면 흑마법사 등등… 방금 이 사람은 하늘을 날았었는데, 비행 마법은 못해도 30레벨 이상부터가 '영웅 등급 : 레비테이션 스킬 북'을 통해서 배워야 쓸 수 있다.

서경학   코드 네임 : 간달프

레벨 : 35   클래스 : 마법사

근력 : D+(17.5)

민첩 : B+(31.5)

마력 : A+(35)

지력 : A+(35)

체력 : 18,302

마력 : 3,500

남은 스킬 포인트 : 32

〈액티브-레비테이션〉

설명 : 비행을 하게 되며, 비행 시간당 일정량의 마나를 소모합니다.

진짜 마법사네? 세상에, 이 노친네는 뭐하는 양반이래?

아니, 비행 스킬만 찍고 어떻게 레벨 업을 한 거지?

궁금한 표정으로 바라보는데, 노인이 품에서 명함 하나를 꺼낸다. 그것을 본 순간 난 깜짝 놀란다. 그 명함엔 이렇게 나와 있었다.

〈국립과학수사연구소 대재앙, 적합자 연구소장 서경학〉

"에에엑?"

"허허, 놀라울 따름이지. 나도 놀랐으니 말이야. 과학자인 내가 적합자에서 마법사라는 해괴망측한 클래스가 걸릴지 누가 알았겠나? 아, 물론 지금은 만족하고 있네만. 허허허."

"저기, 레벨은 어떻게 올린 겁니까?"

"레벨은 뭐, 나도 올리고 싶어서 올린 게 아니라 연구소장으로서 초기 대재앙 때, 탐사팀에 들어가서 던전을 다니다 보니 오른 걸세. 내가 연구소장이니 당연히 비전투요원이라. 허허허."

즉, 적합자임에도 이 할배는 연구요원이라서 던전에 같이 들어가서 경험치를 먹어서 레벨 업했다는 거군. 충분히 가능할 법한 이유였다. 근데 진짜 아이러니하군. 한국 과학 시설의 정점인 국과수의 소장이 클래스 마법사라니, 완전 개그군.

"세상에, 과학자가 마법사라니······."

"허허, 나는 평생 과학을 연구하던 사람이었네. 마법이란 그저 영화나 공상의 산물 정도로만 생각했지."

"…아뇨. 지금 할배 모습 보면 완전히 마법에 심취한 마법사도 모자라서 오버하는 레벨인데요?"

"그냥 보통 마법사들은 이런 모습을 하지 않은가?"

아니, 요즘은 그냥 평상복 입고 그냥 마법만 쓰지 누가 이런 지팡이에 로브를 싹 갖추고 대놓고 표시하고 다녀? 물론 옵션이 좋으면 로브든 뭐든 입긴 하지만, 어쨌든 대놓고 이런 차림새는 안 한다는 거다. 보기만 해도 더워 보이는군.

"혹시 할배, 영화 반지의 제왕 하나만 보고 마법사에 대한 편견을 세운 거 아니죠? 그러니까……."

"흐음?"

"이런 거라든가!"

나는 휴대폰을 조작해서 이런저런 이미지를 보여 준다. 우선 페X트라든지, 마법소녀 리리칼 나X하라든가! 어쨌든 현대에는 마법이라는 공상을 저런 중세 판타지적 의미에만 국한하지 않고 넓게 사용하고 있다는 의미를 알리기 위해서였다.

"허, 허허, 세상에, 세계에 이렇게 다양한 스타일의 마법사들이 있단 말인가?"

"마법이 중요한 게 아니라! 패션도 진화한다구요! 봐요. 여기 이 빨간 양복에 수염을 입은 중년 마법사 보이죠? 화염 마법 쓰는 거?"

"그런 게 뭐가 멋진 겐가? 고작해야 서커스지. 이거 보라고! 발록과 맞서 싸우는 간X프 님이라던가 탑을 무너뜨리는 모습! 이런 게 진짜 마법사 아닌가?"

"그래 봐야 그 양반, 공격 마법이고 뭔가 마법 잘 안 쓰고 칼만 휘두르잖아!"

각자 휴대폰에서 서로 영상을 보여 주면서 마법사에 대한 걸로 설전을 벌이는 나와 짭퉁 간달프 노친네였다. 뭐지? 신입 멤버를 영입하러 오다가 나 이상한 걸로 싸우고 있는 거 같은데?

"에잉! 본디 마법이란 그런 시시한 장난 같은 게 아니라 커다란 의미로 이룰 수 없는 것을 이루는 경지이지. 마법에 대한 몰이해가 지나쳐! 단순히 불이니 얼음이니 같은 거 던지는 쇼가 마법이라는 거냐?"

"그렇게 바뀌어 버린 거잖아. 그리고 그렇게 바꿔 버리면 기적이라는 단어는 더 이상 할 일이 없어지겠네! 아, 이런 시간이 벌써… 그래그래, 마법사 할배. 당신 말 다 옳으니까 짧게 가자. 그래서 왜 스킬도 안 찍었고, 레비테이션은 어떻게 배우고, 날 미행한 이유가 뭐야?"

"좋은 요점 요약이군. 앞에 것부터 이야기하자면 우선 나는 그런 서커스 같은 마법은 배우기가 싫어서 스킬을 안 찍었다는 것. 레비테이션은 엄연히 내가 경매장에서 돈 주고 사서 배웠지. 제한이 마법사 계열 전체에 레벨만 찍으면 배

사람은 선택하고, 노예는 복종한다

올 수 있었거든. 마지막으로 딱히 난 네 녀석을 미행하지 않았다. 그저 난 이곳 교육소에 근무하고 있는 사람인데 레비테이션으로 산보하다가 널 본 거뿐이야."

"에? 하지만 이 명함에는……."

"그거야 옛날일이지. 허허허, 지금은 소장에서 물러나 이곳 교육소의 연구원으로 얌전히 죽을 날을 기다리는 처지이지."

과연, 나이도 많고, 또 적합자 연구가 어느 정도 진척이 되고 끝나니 가장 공이 컸던 그를 내보냈던 건가? 아니면 지금 적합자인 그가 이 분야를 독차지해서 자신들을 통제할 수 없게 될까 봐 겁을 먹은 사람들의 소행일까? 난 여러 가지 예상을 머리로 굴려 보지만 돌아온 대답은 크게 달랐다.

"그러니까, 이제 과학자로서의 삶은 다 해 봤으니 적합자로서 모험 한번 해 보려고 말이야. 허허허."

"하아?"

"자식들도 이미 다 커서 가정을 꾸렸고, 과학자로서도 최선을 다했지. 남은 시간 모험을 해 보자고 생각은 했는데 말이야. 허허, 그런데 막상 적합자 세계도 조사해 보니까 별로 일반 사회랑 다를 게 없다만. 그래서 실망하고 있던 차에 자네가 보였지."

"아, 그러신가요?"

즉, 노년에 할 거 없어서 마법사로서 모험이나 해 보자고, 적합자계에 발 디디려 보니까 이 잔혹한 현실이 보여서 겁이 났다 이거군. 겁쟁이 할배, 나나 우리는 씨발, 적합자가 되어서 선택지조차 없이 살았는데 말이야.

"그랜드 퀘스트. 클리어한 건 오직 드래고닉 레기온 길드뿐. 그리고 이번에 입단하고, 한국에 지부를 만들게 된 탱커 강철. 자네가 방금 한 이야기에 따르면 자네는 '그랜드 퀘스트'를 깰 생각을 하고 있던 거 같은데… 그거 사실인가?"

"들어 버렸으니 부인은 안 하지요. 예, 사실임다. 할배."

"그랜드 퀘스트라. 나도 대충 소문을 들어서 알고 있네만, 왜 굳이 그런 모험을 하려는 겐가? 그랜드 퀘스트의 보상이 대단한 건 알지만 적합자 일로도 벌 수 있는 돈은 충분하지 않은가? 보통 사람들 일하는 정도보다는 많을 텐데… 목숨을 걸고 그걸 클리어할 이유라도 있는 겐가?"

"안 깨면 좆됩니다. 제한 시간이 언제까지인지는 모르지만… 어비스 랜드의 보스들은 모두 명확한 목적을 지니고 있습니다. 지금은 이렇게 멍하니 있을지 모르겠지만, 언젠가는 던전에서 갑자기 튀어나와 이 나라의 문명을 초기화시켜 버리려고 한답니다."

어차피 스킬도 없는 노친네, 경계할 필요도 없다 생각한 나는 일단 아는 사실을 말해 준다. 아까 전 이상한 늑대 콘셉트의 남자 녀석과 다르게 이 노인네는 엄연히 적합자 세계에 대해 연구하던 과학자. 어설프게 말 돌리는 거보다는 직구가 최고로 효과가 좋으리라.

"흠… 그렇군. 그러면 그냥 정부라던가 상위 길드에 연합 토벌을 제의하는 건 어떤가?"

"그 새끼들 알고 보니까 해외에 토지 구입해서 토낄 준비만 하던데요? 자식새끼들은 다 미국 국적자로 다 보내 버렸구요. 개애새애끼들……!"

"허허허! 그래서 자네가 하려는 건가?"

"할 수 있는 가능성이 있는 사람이 해야죠."

"도대체 무엇을 위해서?"

뭐 이렇게 묻는 게 많아? 마치 내가 이 할배한테 시험당하는 거 같네. 이유야 뻔하지. 씨발, 나한테 영웅심이나 그런 게 있을 리 없고, 그냥 우연히 그럴 능력과 지위를 가지고 있을 뿐이었다. 그냥 당연한 거였다. 탱커로 살아온 3년간 깨달은 일.

"씨발, 이유가 어디에 있어요. 할 수 있는 사람이 해 봐야죠. 그리고 씨발, 싸울 수 있는데도 무섭다고, 목숨이 아깝다고 굴복하고, 도망치는 건 스타일이 아니라서요. 난 그래서 싸울 거라 선택한 겁니다."

"홀홀홀! 딱이군! 딱이야! 과학자로서는 운명이라는 단어는 믿고 싶지 않지만! 자네를 만난 건 말 그대로 운명이라고 하고 싶군! 허허허!"

"하아? 할배, 치매 왔어요?"

"그 모험에 이 노인도 끼워 주겠나? 마침 위저드가 모자라다고 말하던데, 스킬 포인트를 거의 쓰지 않은 싱싱한 마법사 하나는 어떤가? 위자드 스킬 트리가… 보자, 검색하면 되나? 허허허."

"싱싱하기는커녕 이미 무덤 갈 준비하셔야 하지만요. 뭐, 위저드가 필요한 건 사실이니 스킬 트리를 저희에게 맡겨 주시면 허락할게요."

"즉, 필요한 스킬을 요청한다는 거군. 상관은 없네. 도움이 되는 방향대로 이 늙은이를 써 주게나."

그렇게 위저드 짭퉁 간달프까지 갖추어졌다. 흠, 늙은 마법사에 우리가 필요한 대로 스킬을 찍어 준다고 하니, 유틸성도 만족스럽고, 게다가 과학자 출신이라서 아틸러라이저 및 공학계팀에게 조언도 가능할 테니 충분히 좋은 인재였다. 아니, 사실 인재라기엔 나이가 너무 많은 게 단점이었지만 어차피 천지호 퀘스트를 하기 위한 시간은 그리 멀지 않았다.

어쨌든 드디어 완성되었다. 나의 팀…….

〈드래고닉 레기온 한국 지부 1팀 멤버〉
탱커 및 파티장 - 저거노트
탱커 - 데스 나이트
근접 딜러 - 울프 드루이드

사람은 선택하고, 노예는 복종한다 • 223

> 원거리 딜러 – 아틸러라이저
> 유틸 및 마법 딜러 – 마법사 (위저드 예정)
> 힐러 – ???

 아, 맞다. 한 명 아직 없네. 힐러는 뭐… 영국 본부에서 온다고 했으니까 세연이의 서류를 받으면 되겠지.

 그나저나 정말 다양하고, 각기 이유가 천차만별인 사람들이군. 어쨌든 내가 마음에 들어서 뽑은 나의 팀이다. 이제 진짜 최선을 다해야겠지. 난 그 생각을 뒤로하며 망할 짭달프 노친네를 이끌고 소장실로 향했다.

페이즈 6-2

영국에서 온 손님

교육소에서 나온 뒤 오후 4시. 드래고닉 레기온 한국 지부 트레일러.

교육소에서 모든 딜러들을 구한 나는 트레일러로 먼저 돌아와서 보고서 작성을 시작한다. 지부가 건설되지는 않았지만, 그렇다고 던전을 못 가는 건 아니니 하루라도 빨리 신입들의 영입을 끝내고, 파티를 맞춰서 레벨 업을 하고 싶어서였다.

끄응…

"아저씨, 일 열심히 하네. 자, 커피."

"어? 땡큐. 휴우… 넌 일 다 끝났냐?"

"응. 그래서 지금 아저씨한테 결제 받으러 왔어."

세연이는 커피와 함께 나에게 결재를 받아야 하는 서류를 내민다. 보자, 우선 진서 형님을 위한 40레벨 영웅 등급 아이템 세팅 보고서군. 그러니까 보자, 영국 본부에 마침 다크 나이트 전용 세트 아이템 혼돈의 폭풍 세트가 있다는 거군.

나는 커피를 마시면서 세연이에게 이 부분을 묻는다.

"세연아, 여기 혼돈의 폭풍 아이템 옵션이 뭐냐? 일단 진서 형님은 탱킹해야 하니까 방어 세트여야 하는데? 이름은 흉흉한데? 딜링 세트 아니지?"

"탱킹 세트 맞아. 다크 나이트의 탱킹 형태, 카오스 나이트의 능력을 강화한 세트 아이템이야."

"음, 그러면 요청해야지. 그리고 무기도 영웅 등급, 흑색 창기병의 거창으로 요청했군. 이 형님, 창 쏜대?"

"딱히 마스터리는 안 가리지만, 무조건 창으로 해 달라는 게 본인의 희망이래."

음… 딱히 무기의 성능이라던가 그게 문제가 아니라 창작물 같은 데서 창을 든 캐릭터는 쉽게 죽거나 좋은 꼴을 보지 못해서인지 나도 이상한 편견이 생긴 거 같았다.

그나저나 세연이 이 녀석, 갑자기 안경 썼네. 뭐, 원래 무표정에 쿨한 미소녀라는 인상이라서 안 어울리는 건 아니지만, 데스 나이트라서 딱히 생체적으로 눈이 나빠질 일이 없는 애인데 말이지.

"너무 어린 얼굴이라서 비서 일 하는데 힘들어서 썼어."

"과연. 조금이라도 늙어 보이려고 쓴 거냐?"

"성숙하다는 단어가 있는데 아저씨, 정말 무신경의 극치야."

"예, 예. 우리 세연이 세상에서 제일 이뻐, 귀여워, 아, 마누라 삼고 싶다. 이거면 됐냐? 다음 보고서는? 보자……."

드디어 영국에서 한국 지부로 보낼 힐러가 정해졌나 보다. 아, 그러고 보니까 이 사람 와도 그랜드 퀘스트는 같이 못할 텐데……. 어쨌든 돌려보내야 하나 고민하던 차에 힐러에 대한 서류를 바라본다.

Eloise Russel   Code Name : Eloise

Level : 72   Class : Crusader

엘로이스인가? 레벨도 72. 엄청난 고레벨 힐러군. 와, 지크프리트 씨, 진짜 통이 크구나 싶었지만 마지막 클래스 부분에서 나의 인상이 찌푸려진다. 이 아저씨가 돌았나? 크루세이더를 보냈네? 내가 분명히 세연이 데스 나이트라고 말해 놨는데 이거 뭐여?

"크루세이더라니? 미쳤나, 이 아저씨?"

"아, 그거 뒷장 넘겨서 특이 사항 보면 돼요."

"특이 사항이 뭔데? 보자. 쉬 헤브… 히어로릭 웨펀. Sword of mediation. 이거 뜻 뭐냐?"

"중재의 검이라는 뜻이에요. 아이템 설명은 번역본으로 여기 철해 놓은 거 보면 돼요."

보자보자, 중재의 검. 영웅 등급 무기군. 그것도 레벨 제한이 65짜리네? 물론 지크프리트 씨가 쓰고 있는 것들만은 못해도 이 무기도 수십억은 하겠구만… 진짜 꽉꽉 밀어 주는 건가?

중재의 검(영웅 등급)

분류 : 한 손 검

공격력 : +1,850

공격 속도 : 느림

옵션 1 : 사용자의 모든 스킬을 무(無)속성으로 바꾼다.

옵션 2 : 마법력 대폭 증가

옵션 3 : 지능 대폭 증가

옵션 4 : 주문 치명타 확률 대폭 증가

레벨 제한 : 65 이상

"여기 중에서 '옵션 1 : 사용자의 모든 스킬을 무속성으로

바꾼다.'라서 이게 있으면 나에게 힐을 줄 수 있다고 했어."

"캬… 옵션의 의미는 딱 '스킬을 무속성으로 바꿔서 이점을 가져가는 대신 능력치 증가를 많이 해 줄게.'라는 방식의 아이템이군. 하지만 이 무기의 단점으로 준 무속성을 장점으로 바꿔 버렸군."

용케도 이런 아이템을 구했네. 확실히 무속성이 되면 자유롭게 힐을 줄 수 있으니 지크프리트 씨도 많이 생각해 준 것이리라. 그나저나 이분은 이러면 그랜드 퀘스트를 못할 텐데 어떻게 해야 하지?

'힐러 하나 더 받도록 결정해야겠네.'

여차하면 한국 지부의 주재 힐러 요원 육성이라는 이름으로 하나 더 받도록 협상해 봐야지. 보자, 한국의 힐러라면 역시 현마에게 말해서 구해 봐야 하나? 아니면 교육소를 다시 가야 하나? 근데 교육소에 힐러라면 성직자 계열밖에 없어서 세연이랑 애초에 궁합이 안 맞다(레벨이 낮아서 다른 클래스로 변경을 못한 상태니까). 메디컬라이저를 하자니 아틸러라이저인 성아라는 공학계가 있어서 꺼림칙하고, 드루이드를 영입하자니 이미 근접 딜러로 드루이드가 있으니까 겹쳐서 곤란하고, 남은 힐러 타입 적합자의 클래스는…

'의술가, 주술사, 정령사, 이단 심문관 정도뿐이네.'

이 네 가지를 빼면 희귀할 정도로 귀한 레어 클래스 '약사여래' 같은 힐러뿐. 뭐, 한국 지부엔 나를 포함해서 이미 레어 클래스가 4명이나 되니까 배부른 소리가 아닐까 하지만, 지금 우리 팀의 조합에 넣을 수 있는 힐러 클래스 폭이 너무 좁으니, 그만큼 힐러 여유 인원을 구하기가 힘들다는 거다.

'지원 온 힐러가 있는데 왜 새로 고용하냐면 할 말이 없어지니까······.'

천지호의 그랜드 퀘스트 조건, 한국 출생에 국적이 한국인 20인. 그게 달성이 안 되면 애초부터 퀘스트를 할 수가 없었다. 아악! 골치 아파. 그냥 19인으로 레이드 뛰어 버릴 수도 없고! 딜러 하나 더 육성해 놓을까? 하지만 어떤 공략인지도 모르는데 내 마음대로 초기 구성으로 토의해 두었던 힐러와 딜러의 비율을 깨뜨리는 것도 곤란했다.

"아저씨, 뭐가 그렇게 심각해?"

"네 어조로 말하니까 다크 나이트의 조커 같다, 야."

"실례네요. 사람이 기껏 걱정해 줬는데."

"아, 그건 미안. 하지만 좀 떨어져 주지 않을래? 나 아직 일이 남았거든?"

이 녀석 은근슬쩍 내 손 위에 손을 올리면서 등 뒤로 밀착한다. 체온은 없지만 뭔가 여자아이다운 기분 좋은 냄새라던가 매끈한 감촉이 좋아서, 나도 모르게 반응해 버린다. 이거 남자의 본능이잖아. 그러고 보니 그때 호텔 이후 자가 위로(?)도 하지 않았고, 일 때문에 바빠서 요즘 미연시 게임도 별로 못했는데…….

'지부 만들어지면 지부장실 꼭 만들어서 남는 시간에 야겜해야지. 아, 맞다. 맞아. 보고서 마저 써야지. 제기랄…….'

"직장에서 야겜 같은 거 하면 안 돼요. 아, 물론 세연이와 하는 '침대 위의 게임'이라면 허락합니다."

"넌 나 몰래 〈스킬 북-독심술〉이라도 사서 읽었냐? 하아~ 그나저나 큰일이네. 힐러 한 명을 구하는 것도 문제지만 보고서도 써야 하는 것도 문제인데? 야, 누가 왔나 보다."

쿵쿵!

트레일러의 문을 두드리는 소리에 반응하자 세연이가 고개를 끄덕이며 나간다. 나는 계속해서 보고서를 쓰는 것을 진행한다. 어차피 퇴근 시간대가 다 되어 가는 이 시각에 올 사람이라고 해 봐야 잡상인이나 이상한 종교에서 나온 거겠지. 그런 것들은 그냥 세연이가 노려보는 것만으로도 지려서 도망갈 테니 걱정할 게 없다 생각했는데…….

"진서! 진서 여기 있지?"

"시끄럽습니다. 돌아가세요."

'뭐야. 시끄럽게스리? 누가 진서 형님을 찾는 거야?'

참고로 진서 형님은 연습이 끝난 이후 다른 칸에서 애니메이션을 보는 중이다. 젠장, 원래 내가 바라는 게 저런 인생인데 부럽군. 혹시 몰라서 나는 진서 형님을 그대로 있게 놔두고 직접 나간다. 도대체 누구야? 라고 생각하면서 가는 순간 익숙한 얼굴이 보인다. 눈을 감은 상태에 가사를 입고 있는 장발의 남자. 그레이트 바실리스크 레이드에서 만났던 사람이다.

"그러니까 당신은 로직 게인의 약사여래인 설사 대사였나?"

"설현 대사입니다. 어쨌든 당신이 드래고닉 레기온 한국 지부장이군요."

"그래서? 진서 형님을 찾는 이유는 뭐지? 소송 때문에 바쁘신 몸들 아니었어?"

"바빠도 올 일이 있어서 온 거지요. 그래서 진서는 어디 있습니까?"

"아니, 제멋대로 버리고 간 인간을 왜 찾아?"

난 트레일러 뒤로 가는 길을 막아서고, 약사여래 놈을 노려본다. 이놈도 결국 레이드에서 드래고닉 레기온에게 스캐빈저 짓을 하려고 수작 털던 녀석이었다. 그렇지 않고서야 귀신같이 함께 귀환하지는 않았겠지만, 녀석은 여전히 눈을 감은 상태라서 전혀 감정을 읽을 수 없었다.

"버려? 누가 누굴 말입니까?"

"그레이트 바실리스크 레이드 던전 말이다. 최종 보스 메두사 퀸이 나오기 직전 놔두고 도망가 놓고는. 더구나 스스로 탈퇴 신청을 했는데 이제 와서 다시 찾으러 오다니, 뻔

뻔하기 짝이 없네."

"잘 알지도 못하면서 비방은 그만두시지요. 엄연히 그는 우리 길드의 기대주였습니다. 그곳에 두고 가려던 건 저희가 의도한 바는 아니었습니다."

씨발, 왜 이런 새끼들은 하는 변명이 다 똑같은 걸까? 기억이 나지 않습니다, 의도한 바가 아니었습니다, 밑에 사람들이 멋대로 한 일입니다, 등등……. 암만 내가 고교 중퇴라도 TV 청문회에서 나오는 고정 패턴 대사를 그대로 하는 걸 변명으로 하는 양반이었다. 그들의 변명에 난 반박하기 시작했다.

"그럼 진작 찾으러 오거나 연락을 했어야지? 우리가 실컷 그의 스킬 설명을 해독해 놓고 보니, 다크 나이트라는 게 진짜 이름값 하는 클래스인 걸 아니까 땡깡 부리러 온 거잖아. 내 덕에 요즘 한참 몸값도 올라가는 탱커이기도 하겠다 싶어서 말이지."

진짜로 미안했으면 진서 형님이 던전을 나오는 것을 기다리거나 걱정해서 그가 나왔다는 걸 알아내자마자 연락 정도는 했을 것이다. 지금에 와서 이 지랄하며 찾아오는 건, 그의 다크 나이트 클래스 특성 포지션 시프트로 듀얼 포지션이 가능하다는 것을 알았기 때문일 터.

보통 이렇게 두 가지의 포지션이 동시에 가능한 클래스라면 페널티로 각 포지션이 다른 클래스의 1인분보다 못한

영국에서 온 손님 • 235

게 정상이지만, 진서 형님의 경우 이걸 컨트롤 불가로 처리함으로써 오히려 두 포지션이 엄청나게 강해졌다.

'애초에 레어 클래스라서 기본 능력치의 포텐셜도 높고, 딜러 형태인 다크 나이트는 물리 공격과 마법 공격을 겸비한 하이브리드, 혼돈의 기사는 트루 데미지 능력을 가지고 안정적인 어그로를 수급하면서 전투가 지속될수록 더욱 강해지는 탱커지.'

"크윽! 이건 당신과는 말이 통하질 않는군요. 진서 어디 있습니까? 그와 직접 이야기를 해서……."

물론 스킬 설명을 해석할 수 있는 16세 이하인 세연이가 있기에 우리도 우연히 알아낸 사실이었지만, 암만 그래도 이들이 레이드 던전에서 진서 형님을 버리고 간 사실은 변하지 않는다. 계속 진서 형님을 데리고 있었으면 언제든 간에 클래스의 비밀이 드러났을 것이었는데, 스스로 로또 복권을 버려 놓고 당첨되었다고 도로 달라는 격이었다.

"조까, 이젠 엄연히 드래고닉 레기온의 일원인데 함부로 내줄 거 같냐? 당장 꺼져. 헌터에 신고해 버린다?"

"전 저희 길드원을 되찾으러 온 겁니다. 신고할 테면 해 보시지요. 로직 게인의 법무팀에 연락해서 역고소로 맞서 드리지요."

이 추잡스러운 새끼. 약사여래는 엄연히 불교에서 따 온 클래스인데… 이런 쓰레기일 줄이야.

만약 이게 법적 분쟁으로 가게 되면 우리 드래고닉 레기온 한국 지부도 수사를 받아야 해서 던전 활동을 못하게 될 수 있다. 이런 씨뱅. 게다가 로직 게인은 엄연히 대기업이 후원하는 한국 기업이었기에 사법부가 한국 기업과 밀착된 이상 외국계 길드인 드래고닉 레기온에게 유리한 싸움이 될 리가 없었다.

'아오, 좆같은 새끼들, 이런 식으로 나온다 이거지? 진서 형님을 못 찾을 거 같으면 법으로 묶어서 우리도 활동 불가로 만들어 버리겠다는 거네.'

"자, 그러니 순순히 진서와 만나게 해 주시지요."

그러면 내년 초에 그랜드 퀘스트를 하겠다는 계획은 무산되는 거나 마찬가지다. 이런 엿 같은 새끼.

어떻게 할까 고민하던 차에 세연이 쪽을 돌아보자 그녀는 트레일러 바깥을 손으로 가리키며 손가락으로 숫자 4를 만들고 있었다. 즉, 이놈을 따라서 온 적합자가 따로 4명이라는 뜻이었다. 자세한 구성은 모르지만 고레벨 딜러들이겠고, 자신들의 뜻대로 안 되면 무력으로 밀어 버리겠지. 물론 드래고닉 레기온의 지부이니 완전히 난리치지는 않아도 진서 형님만 끌고 가겠다는 소리다.

'하아~ 시발… 이걸 어쩐다. 상진이 녀석 당장 불러서 경비 시켜야겠다. 아오, 빡쳐.'

"대장님, 이제 됐습니다."

"아, 진서 형님."

"진서, 오랜만이군."

내가 생각에 빠진 사이 나타난 진서 형님은 내 어깨를 잡으며 어색하게 웃었다. 이제 됐습니다, 라니! 이게 말이 되냐고? 전에 댁이 말했잖아. 한 번 버린 인간은 두 번도 버리지 말라는 법이 없다고. 그런 쓰레기 같은 인간들에게 돌아간다는 말인가?

"대사님, 오랜만이네요."

"그래, 그간 고생이 많았네. 일단 같이 가서 이야기 좀 하세나. 우린 딱히 자네를 거기에 버리려 했던 게 아니고······."

"아, 그거 말인데요. 저 그냥 이 길드에 남으려고요. 마침 찾아와 주셨으니 정식으로 사퇴 처리해 주실 수 있나요?"

아, 직접 이야기한다는 거였군. 난 또 뭐라고.

보통 이런 시나리오면 '우리 길드에 폐를 끼칠 수 없으니 제가 가겠습니다.'라는 소리가 나오겠지만, 이렇게 본인이 직접 이야기하는 건 기묘하군.

예상외의 대답에 놀란 설사 대사 놈은 놀란 채로 반문한다.

"어째서? 어째서 말인가?"

"음··· 그야 이쪽이 더 연봉을 쳐주니까요. 그리고 성과에 짓눌릴 필요도 없어서 그저 탱커 스펙을 올린다던가? 탱커로서 이론 공부 및 테크닉을 연습에 집중할 수 있고, 또 여유 시간도 많고, 더구나 경험 많은 탱커 지부장 밑에서 일하니 같은 탱커로서 안전, 노하우 다 챙겨 주시는데 여기가 싫을 이유가 어디 있겠어요?"

"…지, 지금 자네 연봉이 얼마인가?"

"13억."

옆에 있는 내가 대신 대답해 준다.

진서 형님이 드래고닉 레기온과 계약한 금액은 한화로 연 13억. 성과급 및 수당은 별개로 기본급만 13억이다. 아직 탱커로서의 경험과 실적이 전무하고, 클래스의 가능성을 보여 주지 못했지만 그래도 레벨이 46이고, 레어 클래스라서 다른 길드에서 넘보지 못하게 비싸게 쳐주었다고 한다. 언젠가 그랜드 퀘스트에 합류할 탱커가 되길 기대한다는 뜻도 있고 말이다.

나는 씨익 웃으면서 어이없다는 얼굴을 하는 설현 대사를 바라본다. 지금 머릿속에 자기 연봉이랑 대조하고 있겠지?

'근데 아직 나 진서 형님 데리고 던전 간 적도 없고, 노하우라고 해 봐야 내 경험담 이야기뿐인데 말이지. 어쨌든 저 설사 놈, 어떻게 해야 할지 난감해하네.'

"그, 크흠, 그게 사실인가? 정말로? 탱커를 13억이나 주고?"

"내가 40억짜린데 진서 형님 정도는 싼 거지. 너네 뉴스도 안 보냐?"

"세, 세상에. 아니, 무슨 정신으로 그런 비효율적인 소비를?"

뭐, 단기적으로 던전들을 도는 데만 보면 엄청 비효율적인 소비라는 데는 나도 동의하지만 드래고닉 레기온의 재력이 너무 깡패인 거다.

그러고 보니 그거 생각나네. 게임대회였나? 중국의 재벌 2세들이 한국 프로 게이머들을 수억씩 주고 팀에 영입하던 게 떠오르는군. 고작 월 100만 원 정도나 주고선 프로니 하면서 쓰던 애들의 몸값이 세계대회와 세계구로 가니까 순식간에 억 단위로 뛰어 버려서 난리 났던 사건이 있지. 나도 그 게임 하니까 잘 알고 있는 사실이었다.

"그걸 비효율로 보니까 너네 메타를 못 따라가는 거지. 드래고닉 레기온은 너희랑 다르게 그랜드 퀘스트를 준비하는 길드니까 말이야. 훠이~ 훠이~ 우리 13억짜리 탱커님께 손대지마라. 꼬우면 그만큼 돈 더 주고 사 가던가?"

"크윽!"

역시 세상은 돈이군. 합리적인 감정, 정의론 따위 힘으로 무시해 버리려는 놈이 돈의 벽 앞에서 무너진다. 즉, 우리가 13억을 주고 고용한 만큼 법적 분쟁으로 가서 이긴다 해도 되찾으려면 로직 게인에서 13억+위약금까지 우리에게 얹어 주고 진서 형님을 데려가야 한다는 것이다.

아직 돌대가리들처럼 탱커를 천민으로 보는 메타에 살던

녀석들이 13억+위약금까지 내고 진서 형님을 데려간다? 어불성설이다.

"크윽! 망할 드래고닉 레기온! 돈의 힘으로… 구속하다니!"

"아니, 미친놈아, 본인이 좋아서 남아 있는데…….."

"돈도 돈인데 솔직히 한국 길드 탱커들은 쉴 시간도 없잖아요. 애니조차 못 보던데 말이죠. 누가 가요?"

두고 보자! 라는 상투적인 말을 내뱉고 사라지는 설사 대사였다. 흠, 지크프리트 씨의 돈지랄 같은 연봉 정책이 이렇게 역으로 보호가 될 줄이야. 에휴, 아직 나도 모자르구만~ 좀 더 어른스러워지고, 조직이라던가? 경영이라던가 신경 쓸 수 있어야 하는데…….

한바탕 난리가 난 이후 돌아가서 마저 보고서를 쓰기 위해 자리에 앉는데, 진서 형님이 내 자리로 따라온다.

"어쨌든 고마웠습니다, 대장님."

"에이, 동료를 챙기는 건 당연하죠. 진서 형님, 오히려 대장으로서 모자란 모습만 보여 드려서 정말 죄송할 따름이네요. 일단 이 성질머리부터 어떻게 해야 하는데… 탱커 직업병 같은 거라서 문제네."

"하지만 그게 아저씨 매력이라서 세연이는 완전 반함."

넌 내가 부끄러워하는 판국에 더 부끄럽게 만들래? 난 빨개진 얼굴을 감추기 위해서 서류로 고개를 돌린다. 진서 형님은 세연이와 나를 한 번 보더니 '하하, 좋은 시간 보내세요.' 하면서 사라진다. 무, 무슨 좋은 시간이야? 저 형님은? 일하자. 일을 해서 잊어야지. 일단 세연이가 준 서류부터 결재를 해야지. 보자. 이제 힐러가 들어오는 거까지 했었지? 그다음 문서는 드래고닉 레기온 한국 지부장의 교육 스케줄인가?

"엄연히 아저씨는 이제 한 길드의 장이니, 필요한 지식이 많아."

"…이런 쉐트! 이거 언제부터 해야 하냐?"

"결재 나면 내일부터? 일단 영어 수업은 내가 맡기로 했어. 수업 시간엔 '세연 선생님'이라고 불러야 돼. 아저씨."

"세, 세연 선생님?"

"응, 그거야. 세연이 지금 아저씨 당황한 모습 '세, 세연 선생님, 여길 모르겠어요.', '후후훗, 곤란한 아저씨네요. 선생님이 차분히 가르쳐 줄게요.' 시추에이션도 기대할 수 있겠어."

너무도 어이없어서 말이 안 나온다. 자신의 망상에 양손으로 뺨을 감싸며 기뻐하는 세연이었다(무표정이지만).

저거 분명 뭔가를 느끼고 있는 거 같은데? 데스 나이트의 이야기 중에서는 그들은 죽음을 몰고 다닌다는 것도 있지만 산 자를 괴롭히고 고통스럽게 함으로써 쾌감을 얻기도 한다는 이야기도 있다. 아마 세연이는 백퍼 후자일 거야.

"하아~ 일단 영어는 너한테 배우고, 적합자 지식 및 경영 교육은 S대로 가서 수강을 밟으라는 건가?"

"응. 이미 신청했고, 돈도 납부했어. 이제 대학들은 곧 기말고사 끝날 거니까 여름 학기 시작하면 거기 다니면 돼."

"바빠지겠구먼. 던전 일도 장난 아닌데 말이지. 으아! 그러면 난 언제 미연시 게임을 하냐고? 미유키짱 루트해야 한다능!"

"그렇게 다들 탈덕하는 거야. 아저씨, 포기해. 그럼 편해. 아, 물론 세연이와 러브러브 연애라는 선택지도 남아 있어."

나이도 진서 형님이 더 많은데 그냥 지부장을 그 형님에게 맡겨 버릴까? 아, 저기 저 형님, 지금 노트북으로 애니 보고 있잖아. 저 헤벌쭉한 얼굴. 부럽다. 무지 부럽다. 나도 저렇게 덕질하고 싶어. 엉엉…….

"기분 나쁘네요. 아저씨, 내일부터 빡세게 굴려 드릴 테니 각오하세요."

세연아, 네 모습 지금 얼마나 무시무시한지 아니?

어쨌든 한 길드의 지부장이라는 자리는 너무도 바쁘다. 오늘도 사실 6시에 퇴근하려 했는데 저녁 8시나 돼서야 해방되어 돌아와 잠이 드는 나였다.

다음 날부터는 이제 공적으로 일하는 시간에 추가로 세연이의 영어 과외까지 듣기 시작하니 더더욱 고통이었다. 알

파벳 정도는 뭐, 게임으로 많이 알고 있었지만 본격적으로 답이 안 나오는 것은 문법이었다. 한국인이 세계에서 영어를 가장 어렵다고 생각하는 민족이라던데, 어쨌든 간신히 힘든 첫 수업을 끝낸 나는 책상에 엎어져 버린다.

"흐아아, 죽을 거 같아."

"아저씨, 고등학교 그래도 어느 정도 다녔잖아."

"그때 사실 내 직업은 탑솔러였어. 학생 아니야. 학교 거기는 그냥 자러 가는 데였지."

"완전 불량 학생."

"그냥 게임 폐인이라고 해라. 어감이 무슨 양아치 같잖아."

솔직히 부모님께 폐를 많이 끼쳤지. 프로게이머니 하는 개소리를 변명으로 PC방 삼매경이었으니 말이다. 그래서 대재앙 이후 내가 마지막으로 남긴 부모님의 유언을 지키기 위해 발악하는 걸지도 모른다. 이른바 죄책감이라는 거다. 어머니를 살리기 위해 거액의 빚을 지고, 그것 자식에게 넘겨 버린 망할 아버지이지만 그래도 그 마지막 유언마저 안 지키면 내 정신이 못 버틸 거 같았기 때문이다.

"하아~ 바쁘구나. 이 수업 다음엔 뭐해야 하나?"

"음, 일단 마스터 지크프리트 님의 조언에 의해서 어느 정도 언론의 인터뷰는 받아 두라고 해서 스케줄 잡아 놨어요."

"망할 방송국 새끼들 만나야 하는 거지?"

"기왕이면 대중에게 드래고닉 레기온의 이미지가 좋아지도록 예능 프로그램에도 나가 보라고 권유하던데요? 각 방송사에서 제안은 다 들어와 있어요. 지크프리트 님 말씀이 '지부 건설할 때까지는 여유 있으니 그런 경험도 해 보세요.'라더라고요."

하아~ 드래고닉 레기온. 세계 최고의 길드. 한국에 새로이 지부가 만들어지고, 초고액의 연봉을 받은 나는 일약 스포츠 스타 같은 느낌이 되었다. 옛날로 치면 박지성이나 류현진 같은 느낌이 되는 건가? 그래서인지 공중파는 물론이고 라디오, 적합자 채널에서도 제발 등장 좀 해 달라고 사정사정하고 있었다. 그리고 다음 문제는…

"또, 내일 오전에 오기로 한 크루세이더 엘로이스를 마중 나가야 해요."

"그 힐러 드디어 오는군. 하아~ 여기서 문제네."

"그 천지호의 그랜드 퀘스트 말이야?"

세연이는 어쨌든 완전히 믿을 수 있는 아이인 만큼 모든 사정을 어제 설명해 두었다. 천지호 퀘스트의 도전 조건은 한국인 20명. 우리 길드에서 각기 6명 2팀을 구성해야 한다. 남은 8명은 현마가 개인적 인맥으로 모아 오겠다고 해서 부담을 나누었는데 힐러 한 명이 문제였다. 그냥 속 편하게 현마에게 문의해서 힐러 하나 더 구해 달라고 하는 게 낫겠군.

난 컴퓨터 메신저를 사용해서 놈을 부른다.

{쇠돌이 : 야, 힐게이.}

{마틸드마키 : 왜? 탱변태.}

{쇠돌이 : 힐러 하나 더 구해 줄 수 있냐?}

{마틸드마키 : ????}

{쇠돌이 : 영국에서 힐러 하나 오는데… 당연히 영국인이라서 천지호 퀘 못하잖아. 그렇다고 힐러 하나 더 뽑는다고 하면 우리가 그랜드 퀘스트 별도로 할 거 들킬 텐데.}

{마틸드마키 : 아, 그러네. 한 명 더 구해야 하네. 그건 어렵지 않은데……}

{쇠돌이 : 기왕이면 의술사, 주술사, 이단 심문관 이 셋 중에 하나로 좀……}

{마틸드마키 : 아니, 어떻게 된 게 엄청 마니악한 힐러 클래스만 찾냐?}

{쇠돌이 : 분배 문제 때문에 그래. 못 구함?}

{마틸드마키 : 하아~ 어려운 일이군. 힐러끼리도 그 뭐냐 분파 같은 게 있어서 말이다.}

{쇠돌이 : 아니, 무슨 세포 분열이야? 적합자는 셋으로 나뉘고 또 그 안에서 나뉘고 미칠 노릇이네.}

{마틸드마키 : 어쨌든 구하기 힘들 거 같은데 영국에서 오

는 힐러는 무슨 클래스냐?}

{쇠돌이 : 크루세이더 72레벨.}

{마틸드마키 : 엘로이스?}

{쇠돌이 : 너라면 알 거 같았다.}

{마틸드마키 : 같은 클래스의 고레벨 힐러니까. 그리고 같이 미국에서 연합 레이드도 뛰어 봤던 사이다.}

{쇠돌이 : 올… 그래서 어떤 사람인데?}

음, 같은 클래스라는 점 때문에 현마 녀석과는 안면이 있는 사람이라는 걸 알아냈다. 그럼 미리 어떤 사람인지 물어보는 게 당연하지. 그러면 내일 만나서 실례되는 일을 방지할 수도 있을 것이다. 일단 프로필에서도 여성으로 나와 있었으니 예민할 수도 있지.

{마틸드마키 : 음… 아마 너랑은 엄청 안 맞는 사람일 거다.}

{쇠돌이 : 뭔 소리임?}

{마틸드마키 : 그녀는 신앙심 깊은 천주교 신자로서 세상을 정의의 빛과 신의 말로서 사람들을 구원할 수 있다고 믿는 그런 스타일이다.}

{쇠돌이 : 아놔, 나 그런 타입 완전 질색인데…….}

난 살아남기 위해서 어떤 수단이든 쓰는 스타일인데, 역시 크루세이더라는 클래스답게 깐깐한 타입이 온다는 건가? 하아~ 벌써부터 한숨이 나온다. 힐러랑 탱커랑 분쟁 생기면 절대 안 좋은데… 그래도 세연이는 안심하겠군.

{마틸드마키 : 하지만 뭐, 외모는 엄청 아름답지. 플래티넘 블론드에 푸른 눈이라는, 알면서도 고개를 돌아보게 하는 미모이니 말이야. 참고로 20여 개의 외국어도 할 줄 알고, 옥스퍼드 졸업생이니만큼 지식도 지혜도 풍부한 여성이다.}

{쇠돌이 : 뭐야, 그 사기 캐릭터는…….}

{마틸드마키 : 다만 힐은 나보다는 조금 못하지. 후후, 그녀는 대재앙 초기를 이겨 내기 위해서 쓸모없는 신성 딜 스킬을 찍어서 나보다 밀린다. 하하하하하!}

{쇠돌이 : 자랑 돋네. 어쨌든 그런 굉장한 여자가 내 밑으로 온다는 거네. 으아아아아, 망했다.}

{마틸드마키 : 분명 네 감시역으로 깐깐하게 널 조이겠지. 정숙하며 예의 바르고, 정의감 넘치는 그녀는 사사건건 널 괴롭게 하겠지. 수많은 현장을 돕고 다닐 정도로 열정적인 사람이니 말이야.}

듣기만 해도 머리가 아프다. 내일 일단 어디 흠집 잡힐 곳 없게 철저히 준비해야 한다는 거군.

내 머릿속에선 플래티넘 블론드에 안경을 쓰고 정장을 입은 채 차가운 눈빛으로 날 바라보며 한 손엔 승마용 채찍을 든 여성의 이미지가 그려진다.

'엄연히 드래고닉 레기온은 영국이 그 본거지입니다. 언젠가 지부장으로서 회의에 참여하실 테니, 신사의 예절 정도는 익히셔야겠죠? 오늘부터 바로 수업에 들어가도록 하지요.'

"이런 이미지려나? 음……."
"아저씨, 무슨 생각해."
"아, 내일 올 힐러님에 대해서 생각 중이었어. 현마 녀석이 봤다고 했는데 상당히 깐깐할 거 같다더라."
"예쁘대?"
"글쎄, 그 녀석 입으로는 이쁘다고 하긴 하던데?"
"나보다?"

그걸 내가 어떻게 알아? 이 녀석 대놓고 질투하고 있군. 언제나 올곧게 자신의 애정을 표현하는 아이라서 그런지 질투도 거침이 없었다. 무표정이지만 경계하는 눈치이고 하니까 조금은 달래 줘야겠다. 오늘 일도 많으니까 말이지.

"나도 못 봐서 예쁜지는 모르겠지만 그래도 그런 깐깐한 타입은 완전 나랑 안 맞을 거니까 걱정 안 해도 돼."

"흐음~ 그럼 세연이랑은?"

"…너와 나야 뭐, 알잖아. 어, 어울리는 거……."

"아저씨치고는 괜찮은 애정 표현이니 이걸로 넘어가 줄게. 그럼 오늘 일 마저 하러 갈게."

그렇게 떠나는 세연. 하아~ 힘들다. 보자, 이제 남은 업무는… 보고서는 어제 다 올렸고, 이제 정할 거는 나의 방송 및 언론 출연을 정하는 것이었다.

보자, 방송 예능이 3개네. 우와, 무모X도전, 맨 vs 런닝, 2박 3일. 이름만 들으면 감이 올 국민 예능 프로그램에서 다 날 초대했었구먼. 그 외에도 적합자 신문, 잡지사에서 인터뷰도 와 있었고, 시사매거진 거기서도 또 출연 요청이 왔었네. 이런 거 보면 내가 던전을 도는 적합자인지 방송인인지 착각할 지경이네…….

"세연이는 아저씨가 방송 나가는 거 싫어."

"왜?"

"소녀팬들 생길까 봐. 아저씨의 팬은 세연이면 충분해. 참고로 강철 팬클럽 회장 겸 회원 1호."

그래, 내 팬은 너만 해라. 나도 시끄러운 거 질색이다. 방송 건은 그냥 다 거절하는 게 낫겠다. 그러면 보자. 다음엔 교육소에서 등용한 신입들의 미팅을 잡아야 하는군. 연봉협상도 해야 하니 셋 다 한 번에 모아서 처리해야겠다. 보고서에 대한 대답이 돌아오면 진행해야지. 일정을 미뤄 두고, 다음은 신입들 아이템을 미리 받아 놔야 하는 문제군. 이건 세연이에게 맡기자.

"세연아, 근접 딜러 드루이드용 가죽 세트랑 위저드용 로브 20레벨, 30레벨까지 미리 신청서 좀 만들어 줘."

"위저드 아이템은 어떤 옵션 위주로? 그리고 근접 드루이드는 뭘로 변신하는데요?"

"늑대야. 그리고 위저드는 유틸마법 위주이니까 마나 재생력과 최대 마나량 증가, 마법스킬 쿨다운 감소 위주로 하면 돼."

아틸러라이저인 유성아의 경우는 팀 전체가 거너 한명 빼고 공학계인 2팀이랑 같이 신청하면 되니, 일단 보류.

그러고 보니 2팀에서 보고서가 아직도 안 왔네. 이 망할 꼬맹이가? 혹시나 싶어서 메일을 뒤져 보니 아직도 메일이 안 와 있었다. 아오, 2팀 보고서도 빨리 완성해서 보내야 하는데 미쳐 버릴 노릇이군.

답답해진 나는 전화기를 들어서 아머드 나이트 정상연에게 전화를 했다.

(여보세요.)

"나다. 너네 팀 보고서 왜 아직 안 올려?"

(아, 오늘 최종 면접 볼 거라서요. 딜러들의 인성 면접은 중요하잖습니까? 그런 지부장님이야말로 팀원을 다 꾸리셨는지?)

"꾸린 지 옛날이다. 나야 교육소에서 슥슥 데려오면 끝이니까 말이지."

(훗, 제가 꾸린 멤버들을 보면 놀랄 겁니다. 어쨌든 오늘 오후쯤에 보고서 올리겠습니다.)

흠, 오후라. 그럼 난 거기에 내 사족까지 붙여야 하니까 더 있어야 한다는 거잖아. 엿 같다. 바빠도 너무 바쁘다. 고작 12명짜리 조직을 만들고 관리하는데도 이렇게 손이 많이 가는데, 도대체 대규모 길드를 운영하는 양반들은 얼마나 대단하다는 거야? 그렇게 구시렁대면서 계속 일에 손을 대고 있는데, 한 시간쯤 지나자 세연이가 들어온다.

"아저씨, 손님 왔어."

"엉? 아니, 뭐 있다고 여기에 손님이 자꾸 와. 아직 길드 지부도 완성 안 돼서 일도 안 하는구면!"

"그 전국 탱커 연합에서 왔다는데?"

전국 탱커 연합은 또 뭐야? 아, 시사매거진에 나온 그 양반들인가? 내 계약을 보고서 갑자기 일어선 사람들이지. 아마 그들의 수장이면 중레벨 탱커이니 나랑 안면이 있을 수도 있는 자들이었다. 왜냐면 나도 장장 3년간 탱커질을 하던 베테랑이었으니. 예의상 나가 줘야긴 하겠구먼.

"코드 네임 뭐래?"

"코드 네임이 치우라던데?"

"아, 그럼 들여보내."

아는 사람이다. 코드 네임 치우. 대재앙 시절 이리저리 탱커 일 하다가 만난 탱커다. 그러니까 내가 18살 때, 23살이었나? 체대 다니던 형인데 이제 26살쯤 되었을 것이다. 같은 파이터 클래스였지? 지금은 무슨 클래스가 되었으려나? 일단 난 나가 본다.

"이야~ 엄청 오랜만이네, 쇳덩이."

"여긴 웬일이래요? 소 형님."

"야, 그리 좋은 데 들어갔으면 연락 한 번 해 줘야지. 너무한 거 아니냐? 새끼."

"쌍, 바빠서 그럴 수도 있죠. 재수 없게 감투 쓰니 할 일 존나게 많은데 어쩌겠어요."

탁!

막상 같이 탱커 생활하던 사람이 안 죽어 있는 걸 보니 반가움부터 생긴다. 20대 중반이지만 고생을 너무 많이 했는지 벌써 30대는 다 되어 보이는 노안. 옷차림은 청바지와 티셔츠에 붉은 조끼 차림으로, 옛날 뉴스에서나 보던 운동권 같은 모습이었는데 아니, 대재앙 이후 사회 분위기 개판인데 옷 디자인 꼭 저리해야 하나?

"근데 연봉 40억 진짜냐?"

"안 들어가려고 40억 불렀는데 진짜 줘 버리네요."

"와, 씨발, 역시 외국 길드가 짱이네. 탱커 취급이 완전 다르구만! 이 트레일러도 받은 거냐?"

"음, 한국 지부 거고, 한국 지부장이 저니까 제 거죠."

자주 연락은 안 하고, 뭉치진 못하지만 그래도 대재앙 때 서로 살아남기 위해서 같이 싸웠던 만큼 대화는 친근하게 돌아간다. 더구나 탱커끼리는 적합자들이라도 서로 단단하고, 공격 스킬은 빈약하기 그지없어서 서로 죽일 수가 없는 만큼 부담이 없었다.

"근데 그 옷 모양 뭡니까? 탱커들 시위하면 할배들 빨갱이니 뭐니 지랄하던 거 옛날에 실컷 봐 놓곤 또 그 차림이에요?"

"에라이, 미친놈아, 그러면 양복 차려입고 하랴?"

"차라리 갑옷 입고 하시죠?"

"그러면 전쟁하자는 거지, 미친 새꺄. 그 족같은 새끼들 진짜……."

역시 사람들끼리 친해지는 데에 남 욕만 한 게 없다. 탱커들은 욕설이 입에 박힌 일상이라서 조금만 풀어지니 대화가 술술 풀린다. 잠시 뒤, 세연이가 커피를 2잔 가지고 나와 치우 형님과 나에게 한 잔씩 준다.

"차 나왔습니다."

"우와, 비서까지 있어? 게다가 엄청나게 이쁘네. 개새끼, 졸라 부럽다. 완전 우리랑 이제 다른 사람이네!"

"같은 탱커이긴 하죠. 서로 클래스는 모르지만요."

"그래서? 제안 하나 하려는데?"

제안이라. 본론인가? 난 세연이를 바라보고는 잠시 물러나 달라고 말한다. 이제부터 중요한 이야기가 시작된다는 것이리라. 도대체 뭐려나? 대충 짐작은 가지만…….

"탱커 연합에 가입해 다오."

"싫습니다."

"…왜? 쌍, 이제 입장이 다르니까 우리랑 다르다는 거냐? 혼자 배부르니 남 생각 안 하지?"

"개소리 그만해요. 나 여기 들어오기 전부터 씨발 그거 헛짓거리라고 말하던 놈인데, 지금에 와서 다르다니 뭔 소립니까?"

순식간에 분위기가 험악해진다. 젠장할, 이젠 한국의 탱커들에게도 미움받게 생겼군. 내년에 그랜드 퀘스트 해야 해서 앞으로 매일 던전을 도느라 바쁠 텐데, 이 자식들까지 방해하고 나선다면 아주 골치 아파진다. 하지만 각오해야지. 아오, 쌍.

"제가 가입해서 뭘 어떻게 해야 합니까?"

"뭉쳐야지. 그러려면 깃발이 필요하네. 이제야 탱커들 중에 대표할 만한 이가 생겨났어. 그게 바로 너야."

"하아~ 지금 지부 하나 관리하는 것도 힘든 애새끼한테 이젠 정치까지 맡기려 합니까? 존나 너무하시네."

하아~ 진짜 답답함이 올라온다. 정치라니, 머리가 아파온다. 빚에 허덕이다가 이제 좀 살맛나니까 그랜드 퀘스트라는 거 땜에 싸울 준비해야 하고, 이젠 정치까지 하라니 그 저 하루하루 빚만 갚고, 던전에서 살아남을 걱정만 하던 때가 오히려 나을 판이었다.

"치우 형님, 저 못 배운 놈입니다. 고등학교 중퇴한 새끼가 겨우겨우 던전에서 탱커로 빌어먹다가 운 좋게 레이드에서 눈에 띄어서 출세한 놈이라. 지금 지부장이라는 감투 능력도 없는데 써서 미쳐 버릴 지경이에요. 그런데 이제 정치판까지 끼라고요? 게다가 저 고작 21살이에요. 뭘 알겠어요?"

"탱커판이 엿 같은 건 다 알 거 아니냐?"

"에이, 씨발, 그건 탱커질 1년만 해도 다 아는 사실이잖아요."

나보고 어쩌라는 건가? 솔직히 말해서 나도 그냥 운이 좋아서 날벼락 출세해 버린 거나 다름이 없는데 말이다. 레어 클래스의 업적도 존나 순수하게 대재앙 초기에 열심히 탱커 질 하다가 따서 된 거고, 그냥 난 특별할 게 없는 새끼인데 왜 날 못 잡아먹어서 난리인가?

"하아… 저 좀 냅두세요. 가뜩이나 감당 안 되는 일에 치여서 죽을 맛이라니까요."

"휴우, 그래, 어쩔 수 없지. 너도 먹고살기 바쁠 텐데. 자, 여기 명함은 두고 갈 테니까 도와줄 생각 있으면 연락해라."

휴우, 그렇게 말하고 치우 형님은 사라진다. 명함이라. 본

명은 한천우였군. 하아~ 난 한숨을 쉬면서 그대로 엎어진다. 미쳐 버리겠네.

'그랜드 퀘스트 하지 말고 그냥 도망가 버릴까?'

그래. 그냥 영국에서 레벨 업해서 던전을 다녀도 좋을 것이다. 까짓것 그냥 영어로 고생하면서 외국에서 사는 게 나을지도 모른다. 짐이 너무 무겁다. 그랜드 퀘스트, 길드, 거기에 이 나라에서도 날 주목하고 가만히 놔두질 않는다. 어쩌다가 이런 짐들을 떠맡게 된 거지? 내가 뭘 했기에? 왜 날 가만두지 않는 거야!

"아저씨? 괜찮아?"

"어, 괜찮아. 하아~ 계속 일이나 해야지. 으싸······."

난 억지로 몸을 일으켜서 내 컴퓨터 쪽으로 향한다. 당장 내일은 영국에서 오는 손님을 맞이해야 하고, 미팅도 해야 하니 바쁘다. 그래, 난 나쁘지 않아. 당연한 이야기야. 내가 저기 가입해 봐야 나만 피 보는 거고, 난 그랜드 퀘스트로 바쁜 몸이란 말이야. 내가 아니더라도 탱커들은 많으니까 누군가는 하겠지. 그렇게 난 애써 방금 있었던 만남을 잊기 위해 몸과 머리를 쓰도록 움직인다.

페이즈 6-3

보기와는 다르다?

다음 날, 인천국제공항.

"몇 시 비행기라고 했지?"

"오전 10시에 도착한다고 했으니까……."

후우~ 긴장된다. 엘로이스 님이었나? 현마와 같은 크루세이더 클래스의 적합자. 아이템 '중재의 검'으로 원래는 줄 수 없던 세연에게 힐을 줄 수 있는 사람이어서 우리 팀이 되는 데는 아무런 문제가 없다. 그래서 지금 나는 눈에 띄는 걸 감수하고 단원복을 입은 채, 아침 6시부터 일어나서 미용실에 가서 메이크업까지 받고 왔다.

"야, 나 어디 이상한 데 없지?"

"응, 아저씨 지금 완전 멋있어. 평소보다 3배는 멋있어."

보기와는 다르다? • 261

"그렇다니 다행이군."

현재 시각 9시 57분. 이미 비행기가 착륙했을 것이다. 그나저나 벌써부터 주변이 소란스럽군. 검녹색과 금색이 어우러진 드래고닉 레기온의 제복은 촌스럽지는 않지만 오히려 화려하고 멋있어서 눈에 띄었다. 그리고 조금만 보다 보면 이게 세계 최고의 적합자 길드의 것이라는 걸 눈치챌 테고, 영국이 본산인 이 길드의 사람이 공항에 대기하는 이유를 유추한다면 금방 나오겠지. 우리가 해외 순방을 가느냐? 아니면 해외에서 새로운 사람이 오느냐? 인데, 충분히 기자들 기삿거리라서 경계할 만했다.

"기자들 낌새는 아직 없어. 아저씨, 근데 휴대폰으로 몇 명은 찍고 있는 거 같아."

"그래? 너무 오래 있을 수도 없겠구만?"

일부러 녀석들을 신경 써서 렌트한 차에서 대기하다가 55분에 튀어나온 게 정답이리라. 참고로 운전은 진서 형님이 해 주셨는데 지금 차에 계신다. 자신은 그런 기가 센 여성은 무섭다고 한다. 아니, 나도 무서워요, 형님.

"다행히 한국말을 할 줄 아는 분으로 보내 준다고 하셨으니까 영어는 걱정 없지만……."

"아저씨, 영국에서 온 비행기에서 사람들이 나오고 있어."

"어라? 그러네. 보자, 우리 길드 제복을 입고 오셨을 텐데~"

녹색과 금색으로 장식된 우리 제복은 진짜 싫어도 눈에

띄기에 난 눈을 부라리며 앞에서 새로이 들어올 멤버를 찾기 위해 힘쓴다. 플래티넘 블론드의 미녀라니까 알아차리기는 어렵지 않을 텐데… 아, 찾은 거 같다.

"아저씨, 저 사람… 맞나?"

"어, 음……."

난 말을 이을 수가 없었다. 아니, 미녀라서 숨이 막힌다든가, 깜짝 놀란다든가, 그런 의미가 아니라. 아니, 그렇다고는 해도 아름답지 않은 건 아니지만! 수많은 사람들 사이에서 엄청 눈에 띄는 사람이긴 했는데, 외모적 의미가 아니라 복장의 의미다. 머리를 뒤로 묶어 올려서 가지런한 인상, 머리 위에 살포시 놓인 머리띠, 성숙하고도 정숙해 보이는 성인 여성의 미모, 그리고 이 더운 날씨에 긴 치마가 인상적인 빅토리아풍의 메. 이. 드. 복 차림에 캐리어를 끌고서 절도 있는 모습으로 우리 쪽으로 나오고 있었다.

"여성에, 플래티넘 블론드까지만 보면 맞는데… 웬 메이드복?"

"흠… S급. 만만치 않겠어."

"그건 무슨 등급인데? 진정해. 아직 확정 난 건 아니니까… 다른 사람일 수도 있잖……!"

말하다가 나와 눈이 마주친 그 아름다운 영국의 메이드는 이쪽으로 곧장 다가오기 시작한다. 절도 있으면서도 확신에 찬 눈빛을 보니, 내가 맞나 보다. 그리고 다가오니 가슴

쪽에 드래고닉 레기온의 문양의 배지도 보인다. 그녀는 내 앞에 선 다음 손을 머리 쪽에 올리며 경례를 하며 말한다.

"드래고닉 레기온 영국 본토에서 한국 지부로 발령받은 엘로이스 러셀입니다. 코드 네임의 엘로이스는 본명이기도 합니다. 그 외 부족하지만 이명으로 '세라프'라고 불리고 있습니다. 매우 우수한 탱커인 지부장님 밑에서 일하게 되어 영광입니다."

"어, 그렇습니까? 그러니까 나, 나도 경례로 받아야 하나요? 저기, 그 메이드복은 뭔가요?"

"마스터 지크프리트의 명으로, 탱커로서의 실력은 충분하지만 교양과 예절이 부족한 지부장님을 한 사람의 영국 신사로 만들기 위해서 메이드로서의 임무도 받았습니다."

리얼 좆됐다! 미녀에 단정하다 못한 메이드인 건 알겠는데… 이 사람, 완전 군대 스타일이잖아? 그리고 뭐? 영국 신사? 그게 뭔데? 게다가 메이드라니 뜬금없잖아.

"그, 메이드로서의 업무라는 건?"

"우선 지부장님이 다른 일에 신경 쓰지 않도록 기본적으로 식사, 청소, 빨래와 같은 가사 업무를 지원하는 겁니다. 그러고 보니, 미혼 남성이신 것도 감안해서 개인적인(?) 시간엔 외출해 있겠습니다."

"뭘 멋대로 이리저리 정하시는 건가요?"

넌 뭘 또, 화를 내면서 달려드는 거야? 그리고 저기요? 내 기분은 생각도 안 하십니까? 성적 업무라니? 그럼 이 여자 24시간 내내 나에게 붙어 있을 생각인가? 아니, 우리 엄마보다 더 하잖아. 그다음 세연이는 나와 엘로이스 씨의 사이에 끼더니 그녀를 노려보면서 말한다.

"지금 아저씨의 비서는 접니다. 오자마자 멋대로 일정과 임무에 대해서 조정하지 말아 주세요."

"아, 비서님이 계셨군요. 죄송합니다. 하지만 제 소속은 엄연히 지부장님 직속으로 배치되었습니다. 힐러로서 함께 싸워야 할 탱커와의 관계는 매우 중요하니까요."

"저도 같은 팀의 탱커입니다. 그건 알아 두세요."

"아, 그러면 당신이 그 유명한 데스 나이트였군요."

뭐지? 이 분위기? 나는 지금 개랑 고양이를 같이 키우는 주인의 심정이랄까? 이거 지금 여자들의 기싸움이라는 거지? 더구나 둘은 크루세이더와 데스 나이트라서 상성도 최악이다. 아이템 덕에 힐을 줄 수는 있지만 둘의 상성은 아마도 최악일 것이다. 그러니까 기술적 상성이 아니라 클래스 간에 느끼는 기분이라고 해야 하나? 내가 검성 클래스 싫어하는 거랑 같은 이치겠지?

"어쨌든 지부장님, 이상으로 신고를 마치겠습니다. 잘 부탁드리겠습니다."

"아, 예."

그리고 손을 내밀어 악수를 청하는 엘로이스. 이거 받아

주면 되는 거지? 나는 그녀와 악수를 나눈다. 어라? 생각 외로 굳은살이 좀 있네. 외모는 진짜 정숙하고 아름다운데. 게다가 힐러는 귀한 취급이라서 전열 후방에서 노동 같은 거 할 리가 없는데 말이지.

"생각보다 손에 굳은살이라던가, 상처가 있으시네요?"

"지부장님의 손이야말로 3년간 고생하신 것치고는 부드러우십니다."

"그야 탱커들은 손에 굳은살 이전에 팔이 날아가는 일이 허다해서 재생 치료를 자주 받다 보니 굳은살이 있을 새가 없어서요. 하하하."

"아, 그리고 보니 그레이트 바실리스크 전에서도 왼팔이… 실례되는 발언을 해서 정말 죄송합니다!"

갑자기 허리를 90도로 숙이면서 사과하는 모습을 보이는 엘로이스 씨. 내가 변명했지만 무안하네. 전에 날아간 팔이라. 재생 치료를 받지 않고, 저거노트의 능력치가 폭주하는 동안 스스로 재생했었지. 어떤 원리인지는 아직 스킬 해독이 불가능해서 무리지만 말이다.

"일단은 이동합시다. 기자들이 오면 골치 아프니 말이죠."

"예, 알겠습니다. 지부장님."

"……."

으아, 세연이의 눈빛이 심상치 않다. 그야 당연하겠지. 갑자기 메이드랍시고, 내 사생활 범위에 있던 자신의 영역에 들어오려는 여성이 등장했으니 기분 나빠하는 것도 당연하리라.

그리고 우리 셋은 렌터카로 돌아갔는데 난감했다. 운전은 진서 형님이 한다고 쳐도, 운전석 옆과 나란히 앉을 수 있는 뒷좌석이 난감했는데…

"이거 어떻게 앉지? 그러니까… 내, 내가 앞에 앉을게!"

"안 됩니다. 지부장님이 가장 높으신데 뒤에 앉으셔야 합니다. 그러니 비서님이 앞에 타시고, 메이드인 제가 지부장님 옆에 앉으면 되겠군요."

"비서인 제가 옆에서 모실 테니 앞에 가시지요. 메이드님."

진짜 이 녀석들은 개와 고양이인가? 난 진서 형님을 슬쩍 봤는데 그 형님은 곤란하다고 웃으면서 고개를 돌려 버린다. 외면하지 말고 좀 도와줘요!

그러면 마지막 방법은 하나였다. 내가 가운데 끼고 왼쪽, 오른쪽에 세연이와 엘로이스 씨를 앉히는 거다. 미연시에서 봤던 방법이었는데, 일단 난 제의를 하고도 나 스스로가 어이없다는 생각을 한다.

'물론 이러면 엘로이스 씨가 안전상의 이유로 앞에 가겠지? 하하,'

"그럴 수밖에 없군요. 지부장님 뜻대로 하겠습니다."

"…어라?"

뭐지? 이 메이드님? 그냥 셋이 앉아 버리네. 승용차 뒷좌석에 여성을 좌우로 끼고 타다니, 이거 무슨 마피아 같잖아. 진서 형님, 나 좀 도와줘요. 이 분위기 좀 이상하잖아요? 난 앞만을 똑바로 바라보며 가만히 있고, 세연이는 기분이 안 좋은지 창문만 바라보고 있었고, 그리고 엘로이스 씨는 품에서 무언가 서류를 꺼낸다.

"여기 정식 임명장입니다. 사인을 해 주십시오, 지부장님."

"아, 응. 보자……."

임명장이라니까 나는 아무 의심 없이 사인을 해 준다. 이상하네. 이 서류 양식 어디서 본 거 같은 느낌이긴 한데, 물론 내 착각이겠지. 옳지, 사인.

어쨌든 이로써 힐러도 모였는데… 세연이랑 궁합이 안 좋은 건 어떻게 해야 하긴 하네. 일단은 미리 준비해 둔 질문으로 말 좀 터야겠지?

"그, 엘로이스 님은 한국엔 처음이신가요?"

"예. 처음입니다만 제 생각 이상으로 변화한 나라군요. 독재 정권 아래에서 신음하는 나라치고는……."

"그거 분명 위쪽 이야기죠? 그렇겠죠?"

참고로 북한은 현재 대재앙으로 망한 지 오래다. 전국 각지에서 벌어진 대재앙 때문에 김정은 및 북한 고위층들은 정치적 거래를 해서 다른 나라로 망명한 지 오래였고, 남은 이들은 안 그래도 나약했던 북한의 현실에 맞물려 모조리 몬스터들의 밥이 되어서 야생화되어 버린 상태다. 지금 한국도 아직 국내에 있는 던전을 모두 닫은 게 아니고, 계속해서 던전이 나오는 추세라 올라가지도 못하고 있으며, 중국이 북한의 영토로 못 들어오는 건 백두산에 있는 어비스랜드, 백두의 주인-천지호의 레이드 던전 때문에 주변에 60~70렙대의 몬스터가 즐비하기 때문이었다. 물론 중국의 인구수와 적합자의 숫자라면 길드로 팀을 운영해서 못 올 정도는 아니지만, 그것에 사람들을 투자하게 되면 그 넓은 땅덩이에서 나오는 몬스터들의 숫자를 감당 못해서 본토가 망하는 현실이라서 가만히 있는 것.

'북한 이야기하다가 별 생각을 다하게 되네.'

"어쨌든 작은 나라치고는 대재앙의 위기에서 벗어나 자력으로 성장할 능력을 보여 주니 대단하다고는 생각됩니다."

"칭찬해 주시니 몸 둘 바를 모르겠네요."

"그러나 그것을 위해서 수많은 탱커들의 희생이 있었겠지요. 우리나라에서도 그래서 웨스트민스터 사원을 복구했을 때 많은 적합자 중에서 어느 이름 없는 탱커의 시신을 적합자 대표로 안장했습니다."

그건 놀라운 일이네. 외국은 사회적 현상은 둘째 치고, 실제적으로 가장 희생이 많은 걸 알아주긴 하는구나. 이러면 확실히 기분은 다르네.

"하지만 그것과 별개로 힐러들과 의료업계 간의 거래 때문에 재생 치료비가 비싼 건 저희도 마찬가지라서 몇몇 정치가와 적합자 대표들은 바꾸려고 노력하고 있습니다만, 적합자 인구보다 국민들의 숫자가 많아서 투표로도 상대가 안 되는 판입니다."

"그것참 난감하네. 그나저나 72레벨 크루세이더라고 하셨는데, 저도 아는 녀석 중에 크루세이더가 있어서 그런데 스킬 트리를 어느 방향으로 짜셨나요?"

"아, 저는 대재앙 시기 초기에 저택의 사람들을 지키기 위해서 퇴마 계열 스킬에 많이 투자를 하는 바람에 버프를 안 찍었습니다. 그래도 필수인 치유와 유틸기는 전부 가지고 있으니 걱정 마십시오."

그렇군. 현마와의 차이는 '버프'인가? 현마 녀석은 처음부터 나, 미래, 즉 믿을 수 있는 탱커와 딜러를 데리고 대재앙에서 시작했기에 버프, 치유, 유틸 스킬을 모두 찍을 수 있었지만 엘로이스 씨는 퇴마, 치유, 유틸 트리라는 거다. 흠, 그러면 서브 딜러가 가능한 힐러라는 거네.

"음, 다행이네. 서브 딜이 되는 힐러라니. 우리 마법사 클래스가 위저드거든. 이걸로 마법 딜링이 채워져서 좋네."

"흠, 지부장님, 이미 딜러진을 다 꾸리셨습니까?"

"아, 예. 저희 팀은 다 찼어요. 이제 2팀 보고서가 왔을 텐데 돌아가서 엘로이스 씨의 지부 이전 절차만 끝나면 곧장 그쪽도 파악할겁니다. 어쨌든 이걸로 한숨 돌렸네요."

"저로 인해 안심하셨다니 다행입니다, 지부장님."

멤버가 다 갖춰졌으니 이제 총괄 미팅도 하고, 단합회도 한 다음에 지부의 건설이 완료되면 본격적으로 드래고닉 레기온 한국 지부의 던전행이 시작된다. 하지만 그 전에 벌써부터 문제가 생긴 게… 세연이랑 관계가 별로인 점인데, 어떻게 해야 나아질지 모르겠네. 일단 좀 이르긴 하지만 점심을 먹고 들어가는 걸 제안해 볼까?

"그… 실례가 안 되면 점심 식사를 하고 가도 될지? 엘로이스 씨?"

"지부에 주방 시설이나 식재료가 전혀 없습니까? 직접 만들겠습니다."

"아, 아직 지부 자체가 미완성 상태라서 트레일러 생활 중이야. 아, 그래도 이제 얼마 안 있으면 완성이라 본격적으로 지부로서 기능을 할 거예요."

"그러면 어쩔 수 없지요."

그리고 동시에 나는 교육소에 있는 짭달프 할배에게 전화를 한다. 그 할배, 차 가지고 있는지라 남은 멤버 둘을 데리고 한 번에 미팅을 할 수 있게 된다. 식사 겸 미팅. 할 일도 많은데 이런 건 한 번에 처리하는 게 좋지. 음음, 효율적이라 좋아. 난 저번에 미래 누님이랑 갔던 레스토랑으로 그 할아범을 불렀다. 비싼 데인 건 알지만 나에겐 필살 드래고닉 레기온의 법인 카드가 있다. 후후후…….

'게다가 나, 세연이, 진서 형님은 단원복이고, 메이드복은 뭐 이만한 기품이면 걸리지 않겠지. 그러면 남은 건 그 할배랑 다른 2명인데? 그 망할 짭달프 할배, 레스토랑으로 오랬는데 그 마법사 차림으로 오진 않겠지?'

나는 걱정하면서 진서 형님께 행선지를 알렸고, 약 1시간 반 정도가 지나서 전에 왔던 레스토랑에 도착할 수 있었다.

크윽! 미래 누님과 첫 식사 겸 데이트였는데 망할 공무원 자식 때문에 개판 났었지. 그리고 차에서 내가 내리자 다른 차량에서 익숙한 얼굴들이 나타난다.

"허허허, 오랜만인데 꽤 늦었구먼?"

"아, 인천에서 업무 좀 보느라구요."

"허허, 큰돈 받고 하는 일이 힘들지?"

"예. 귀찮은 일투성이네요. 그나저나 할배는 그 마법사 옷 안 입고 나타나셨군요."

다행히도 짭달프 할배는 오늘 가지런한 정장 차림이었다. 그리고 그와 함께 차에서 2명이 더 나온다. 아틸러라이저인 유성아와 늑대 드루이드 은랑. 둘 다 교육소에서 입던 제복을 입고 왔기에 다행이었다. 둘은 날 보더니 반갑다는 듯 다가와서 각기 인사를 한다.

"큰 늑대! 보고 싶었다."

"안녕하셨어요? 아저씨?"

"그래, 이제 들어가자. 세연이랑 엘로이스 씨랑 진서 형님도 들어가요. 예약 미리 해 놨어요."

나와 함께 일행이 모두 들어가고, 전용으로 마련한 레스토랑 연회실을 이용한다. 인원이 많으니 미리미리 준비해 놓은 나의 준비성이었다. 요리는 미리 준비해 달라는 단체용 코스로 준비되었으니 시간도 오래 안 걸린다. 이제 문제는 자리. 일단은 내가 지부장이라서 상석에 앉고, 왼쪽엔 세연이, 오른쪽엔 쫍달프 할아버지(서경학)를 앉게 한다.

"어, 음… 아, 맞다. 원탁으로 해 달라 할걸!"

"허허허, 아니야. 첫 회식이고, 서로의 서열을 알아야 하는 자리이니 이런 것도 괜찮네."

"저분의 말씀이 맞습니다, 지부장님. 오늘 이 자리는 이제 같이 던전을 뛰게 될 인원들을 파악하기 위한 것이니 서열 구분이 되는 테이블을 선택한 건 현명하신 겁니다."

그래서? 엘로이스 씨? 식사하셔야 하는데 왜 제 의자 뒤에 계신 거죠? 설마 진짜로 메이드랍시고? 거기 계시는 겁니까? 세연의 눈빛이 날카로워졌다. 끄아아아! 벌써부터 난리야.

"저기, 엘로이스 씨? 엄연히 이 자리는 엘로이스 씨와 더불어 새롭게 드래고닉 레기온에 들어온 분들을 축하하는 자리입니다만? 그리고 지부의 일원으로서 일하시는 건 지부가 세워지고 난 이후이니, 주인과 동석을 할 수 없다는 그 메이드의 자세는 나중에 하셔도?"

"어머, 그럼 나중엔 주인님이라도 불러도 되는 겁니까?"

'이 사람 뭐야… 미치겠다.'

진심으로 이 사람 뭐야? 왜 갑자기 주인님을 찾아? 이 메이드, 설마 날 진짜 주인님으로 모시고 싶은 거냐? 에이, 그럴 리 없지. 그저 예의 바르고, 융통성 없는 사람이겠지. 이렇게 미인에 조숙하고, 똑똑해 보이는 여성이 나 같은 놈을 좋아할 리가 없지. 그러면 보자.

"에휴, 그럼 골치 아파지는데… 그럼 나중에 따로 식사 자리를 같이하도록 해요. 이번엔 제가 급하게 마련한 자리라서 그런 거니 엘로이스 씨가 하고 싶다 하는 대로 해 드릴 테니, 다음엔 거부하기 없습니다."

"예, 알겠습니다. 주인님."

'어라? 어느새? 주인님으로 호칭이 바뀌었어?'

싫다는 거 억지로 배려해 봐야 좋지 않은 게 이 강철의 방식이다. 애니나 미연시를 보면은 주변의 다른 여자애들도 꺅꺅 거들면서 화기애애 식사를 할 테지만, 역시 현실은 잔혹하다. 세연이 봐. 눈에서 냉기 브레스 나올 거 같다. 어쨌든 미리 예약해 둔 요리가 하나씩 나오기 시작하고, 난 본격적으로 모두에 대한 소개를 위해 시선을 집중시켰다.

"자, 그러면 드래고닉 레기온 한국 지부 제1팀. 뭐, 진서 형님은 2팀이지만 첫 회식입니다. 우선 간단히 돌아가면서 자기소개를 하겠습니다. 클래스도 밝히는 게 좋겠지만 굳이 하기 싫으면 하지 마세요. 탱커인 제가 밝히기 싫은 마음 다 이해하기 때문에 클래스는 못 밝히시는 분은 포지션으로 대체해 주시면 됩니다."

보통 길드에 들어가면 클래스의 공개는 기본이다. 하지만 남에게 알려지면 엄청 위험한 클래스인 아틸러라이저(Artillerraiser)인 성아를 배려하는 차원에서 미리 깔아 둔 말이다. 그리고 대표로 내 클래스부터 소개한다.

"저는 알다시피 이름은 강철이고, 코드 네임은 '쇠돌이'입니다. 포지션은 탱커, 클래스는 '저거노트(Juggurnaut)'. 레어 클래스입니다. 퓨어 탱커 계열이며, 이 한국 지부의 지부장과 던전 제1팀을 맡게 될 사람입니다. 그, 지금은 이렇게 예의 있게 말하긴 하지만 평소에는 욕설이 좀 많이 심합니다. 탱커 직업병 같은 거라. 진짜 감정을 두고 한 말은 아니니까… 하하, 다들 아시죠?"

하하하, 후후훗…….

좋아서. 보기엔 어정쩡한 태도지만 나름대로 시작도 괜찮고, 분위기도 나쁘지 않다. 내 말버릇을 다 알다 보니 공감할 수 있는 소재이기도 하고, 내가 생각해도 소개 자체는 괜찮았다. 그리고 다음은…

"이세연. 코드 네임은 '모드레드'. 포지션은 탱커. 클래스는 데스 나이트. 레어 클래스에 기사 계열이야."

휘이이잉!

세연아, 짧어? 그리고 차가워! 저 녀석은 그래, 자신의 클래스가 데스 나이트라는 점을 이용한 어필일 거야. 절대 기분이 나빠져서 그런 게 아닐 거야?

그리고 다음은 진서 형님이다. 진서 형님은 쭈뼛쭈뼛 일어났는데, 마치 새 학기에 강의실에 들어간 복학생이 자기소개를 하는 그런 느낌이었다.

"저, 그러니까 백진서입니다. 코드 네임은 '레저스'고, 포지션은 탱커고, 아, 근데 여기가 아니라 아마 2팀의 탱커일 겁니다. 클래스는 다크 나… 아니다. 카오스… 도 아니라! 다, 다크&카오스 나이트입니다. 왜 이런 이름이냐면… 제 클래스가 딜러랑 탱커의 포지션이 교차가 되는 시프트 포지션 클래스라서 그런 건데… 그러니까!"

진서 형님 너무 찌질해. 그리고 필요 없는 설명이 너무 많아! 눈물이 다 난다. 저 형, 나랑 애니메이션 캐릭터를 찬양할 때는 신나게 하는데 이런 공식 자리는 약하구나. 약 2분여간 우물쭈물대면서 설명을 마친 진서 형님은 그대로 앉아서 고개를 숙인다. 저 형 진짜… 불쌍하다.

다음은 돌아서 백은랑이었다.

"나는 백은랑, 코드 네임은 은랑이다. 포지션은 근접 물리 딜러. 클래스는 위대한 울프 드루이드다. 큰늑대 님의 은총을 받아 이곳에 오게 되었다. 잘 부탁한다."

'오히려 저놈은 너무 당당하군.'

근데 뭐 잘생겨서 위화감도 없다. 오히려 당당한 태도가 귀공자 같은 분위기를 풍기게 만들 정도이니… 나중에 정부의 공식 자리 요청 같은 거 생기면 저놈 보내야지.

그리고 앉는 녀석은 먼저 올라온 전채 샐러드를 손으로 집어먹는다. 그러자 내 뒤에 있던 엘로이스 씨가 어느새 갔는지 은랑이 놈을 제지한다.

"식사는 손으로 하시는 게 아닙니다. 그런 건 동물이나 하는 짓입니다. 인간의 형상을 하신 분이라면 멀쩡히 도구를……."

"늑대는 이런 도구를 쓰지 않아."

"아! 엘로이스 씨, 그분은 내버려 두세요. 그분은 드루이드 클래스입니다. 그렇게 말하면 인도 사람, 중동 아시아 사람들은 다 짐승입니까?"

아오, 골치야. 벌써부터 저 난리인가? 와, 근데 잘생긴 놈이 말하니까 설득력 있어 보이네. 난 일단 문화의 다양성을 내세우며 엘로이스 씨를 말린다. 단순히 생각해서 저 은랑 새끼를 설득하는 거보다 엘로이스 씨가 말이 더 빨리 통한다는 이유로 편든 거였다. 내 말에 무엇을 깨달았는지 엘로이스 씨는 허리를 숙이며 사죄하고 있었다.

"정말 죄송합니다, 은랑 님, 그리고 주인님. 제가 괜한 짓을 했군요. 정말 죄송합니다. 이 일은 나중에 벌을 따로 받겠습니다."

'아니, 벌? 무슨 벌을 받겠다는 건데?'

어쨌든 이 자리는 넘긴 거 같으니 나는 한숨을 내쉬며 자리에 앉는다. 그리고 엘로이스 씨가 돌아오는 동안 옆에 있던 짭달프 할아버지가 나에게 말을 건다.

"흐음~ 제법 지부장 같지 않은가? 사실 지휘관 같은 게 천직 아닌가?"

"놀리는 겁니까?"

"칭찬이네만?"

그리고 가볍게 말을 주고받은 후… 난 앞으로 귀찮아질 걸 생각하며 머리를 부여잡는다. 그다음은 우리 멤버 중에 최연소인 15세 소녀인 유성아였다. 아, 저거 일어서 있는 거구나. 이렇게 사람들이 모여 있는 데서 한 번씩 서 보니까 금방 비교가 된다. 세연이는 완전 모델 같은 체형에 큰 키라서 어른 같았는데… 저 애는 완전 작으니까. 한 140센티미터 중반 되려나?

"그, 유성아라고 하고, 코드 네임은 '멸망의 천사(Angel of Ruin)'입니다. 포지션은 원거리 딜러고, 클래스는… 저, 정말 죄송합니다만 비밀이에요. 그, 부족한 점이 많겠지만 자, 잘 부탁드립니다."

푸크크큭!

아, 진짜 저 코드 네임. 아, 씨발 웃으면 안 되는데! 안 되는데……. 난 필사적으로 참기 위해서 입을 가린 채 혼자 웃음을 죽이려고 애쓰는데, 다른 사람들의 분위기가 이상했다. 어라? 뭔가 엄청 대단한 걸 본 느낌으로 그녀를 보고서 나를 한 번씩 본다.

"멸망의 천사라. 도대체 어떤 클래스이기에?"

"큰 늑대여, 이 소녀는 신의 사자인가?"

"허, 기가 막히구만……."

아니, 다들 진심으로 믿는 눈치였다. 그러니까 멸망의 천사라는 코드 네임이 너무 대단해서 성아에 대한 주목을 끌어 버린 걸까? 안 좋은데? 난 그저 중2력 넘치고, 허세 찬 코드 네임으로 내 머리에 헤드샷 날렸던 걸 복수하기 위함이었는데……. 아야! 왼쪽에서 세연이가 옆구리를 찌르더니 날 노려본다.

"아저씨."

"어?"

"쟤는 어떻게 데려온 거야? 그랜드 퀘스트 할 거라며? 저런 어린아이로 가능해?"

"너도 충분히 어리거든? 나도 21살이고! 그렇게 치면 이 할배는 어떻게 하냐?"

적합자에 나이는 그렇게 큰 지표는 아니다. 물론 던전의 경험이라는 측면도 있지만 오직 중요한 건! 스테이터스! 스킬! 레벨! 이 세 가지다. 나이, 조까라 해!

그리고 마지막으로 짭달프 할아버지가 일어서서 모두에게 허리 숙여 멋있게 인사한다.

"허허, 안녕하신가? 나는 서경학이라고 하며, 코드 네임은 간달프일세. 뭐, 코드 네임의 유래로 다 유추하겠지만 내 클래스는 마법사라네. 위저드를 지망하고 있지만 기왕이면 이대로 남고 싶구만~ 허허허. 적합자가 되기 전엔 과학자였다가 생애 마지막으로 모험이 하고 싶어서 이 지부장의 뒤를 따라온 노인일세. 잘 부탁하네."

"현자는 환영이다. 반갑다."

"하하, 잘 부탁드립니다."

음! 역시 이 할아버지는 센스가 괜찮군. 융화력도 나쁘지 않은 거 같다. 역시 사회인이군. 그러면 이제 마지막으로 남은 건 내 뒤의 메이드 씨군. 엘로이스 씨는 내 의자 뒤에서 옆으로 서더니, 치마 양끝을 잡아 올리면서 허리를 숙이며 우아하게 인사를 한다. 여, 역시 영국 메이드!

"엘로이스 러셀이라고 합니다. 코드 네임은 엘로이스이며, 부끄럽지만 이명 '세라프'로도 불리고 있습니다. 클래스는 크루세이더로 포지션은 힐러입니다. 여러분의 생존을 책임지는 임무, 실수 없이 행하겠습니다. 더불어 여기 계신 강철 지부장님의 메이드로서 왔습니다. 고로 힐뿐만 아니라 지부장의 주변 일을 책임지는 자리에 있으니 다들 편하게 엘로이스라고 불러 주시고, 메이드로서 대해 주시면 감사하겠습니다."

우아하고, 청아한 목소리. 영국인임에도 한국말을 저렇게 서툴지 않게 잘하는 데다가 기품까지 느껴지는 당당함.

순간 나도 말을 잃을 정도로 멋지다고 생각하고 있었다. 아, 그러고 보니 대재앙 이전엔 원래는 메이드라고 했군.

"자, 그럼 소개도 끝났으니 식사를 하도록 합시다."

마음 졸였던 소개가 끝나고, 본격적으로 메인 요리가 나오기 시작하니 다들 포크와 나이프를 움직이며 식사를 하기 시작했다. 은랑이 저놈은 스테이크를 한 손으로 집어 올려서 뜯어먹고 있고, 성아는 고기를 자르는 거 자체가 힘이 들어 보였지만 짭달프 할배가 손녀 돌보듯이 고기를 써는 데 도움을 주고 있었다. 흠, 이쪽은 분위기가 괜찮군. 그리고 나는 보자.

"그 포크는 스테이크용이 아닙니다. 그건 생선용. 정확하게 기억하십시오."

"저기, 엘로이스 씨? 저어……."

"주인님은 한 지부의 지부장으로서 예의를 쌓아야 할 분이십니다. 당장 올해 말부터 영국에서 연회라던가 참석하실 행사가 많기 때문에 비록 이런 급수가 낮은 레스토랑일지라도 생활에서부터 습관으로 예의를 쌓아야 합니다."

여기도 급수가 낮아요? 나 카드 긁고 백만 원 넘은 거 보고 기겁했는데요? 어쨌든 난 엘로이스 씨의 손에 잡혀서 서양식으로 여러 개 놓인 모든 포크와 나이프의 용도에 대해 설명을 들으면서 깨작깨작 먹을 수밖에 없었다.

아, 맛있는 게 천지인데 이렇게 먹으니 도통 배가 부를 생각을 안 한다. 난 세연이에게 도움을 요청해 보지만…

"저기, 세연아?"

"…흥."

삐쳤어. 쟤 삐쳤어! 세르베루아 님 때도 그러더니, 밥 좀 제대로 먹고 싶다.

흑흑, 그렇게 후식까지 해결하고, 다들 배가 부른 상황까지 온다. 난 맘 놓고 먹질 못해서 슬펐지만 어쨌든 이제 할 일을 해야겠지. 후우~ 엘로이스 님이 알아도 상관없다. 그랜드 퀘스트의 포부. 이미 반쯤 알기 때문에 숨길 수도 없는 사실이다.

짝!

"자, 그러면 식사도 다 하셨으니, 마지막으로 저희 1팀 포부에 대해 짧게 말하겠습니다. 후우~ 저희 1팀은 주로 던전을 돌면서 돈도 벌겠지만 가장 주요한 목표로 그랜드 퀘스트를 생각하고 있습니다. 이미 아시는 분도 있겠지만 말이죠. 그리고 그중에 가장 가까운 백두산의 천지호를 그 최우선 목표로 생각하고 있습니다."

쿠궁!

분위기가 무거워진다. 그렇지. 그랜드 퀘스트라니까. 물론 다른 길드도 하는 연설이지만 말이야. 나는 좀 더 진심을 담았다. 백두산의 천지호는 만만한 적이 아니다.

"물론 20인이 필요한 레이드이니까 아마 외부 인원도 섭

외해야겠지만, 그래도 공략의 주는 여기 계신 멤버들입니다. 아, 그렇다고 조급하게 무리한 레이드를 할 생각은 없습니다. 충분한 레벨링, 충분한 장비 수준을 갖추고 할 겁니다. 그러니 너무 부담 갖지 마세요."

"저, 저기 꼭 그랜드 퀘스트를 해야 하는 이유라도 있나요? 미국에서도 실패했고, 중국팀은 던전에서 행방불명 상태인데……."

"성아구나. 꼭 해야 할 이유라. 있긴 있습니다. 하지만 지금은 알려 드릴 수 없어요. 앞으로 한 반년 정도 상황을 보고 알려 드릴 수 있겠지만 지금은 좀 곤란합니다."

"그럼 지금 밝힌 이유는요?"

"나중에 레벨 업을 하고서 알면 분명 날 원망할 테니까… 진서 형님이야 뭐, 운명 공동체니 어쩔 수 없지만 성아 너는 그랜드 퀘스트가 하고 싶지 않으면 그렇다고 말해도 돼. 일반 던전으로 편성해 줄 테니까. 솔직히 네 사정은 나도 알고 있으니까……."

아틸러라이저라는 엄청난 클래스인 걸 숨기고 악용당하지 않기 위해서 우리 길드로 온 거다. 그런 만큼 그랜드 퀘스트에 대한 정보도 모르니까 두려울 수도 있고, 게다가 나이도 어린 소녀가 제대로 살기엔 힘든 업계이니까 그랜드 퀘스트까지는 무리일 수도 있으니 일단 의견을 묻는다.

"그, 그러니까 저는……."

"아, 성아야, 당장 어려우면 나중에 말해도 좋아. 조급해하지 말고 결심이 서면 말해. 부담 갖지 말고, 일단 다른 분들은 대부분 뭐 알고 동의하시는 분들이니까… 하하."

"허허허, 세계 최초가 아닌 게 아쉬울 다름이지. 내가 이래 봬도 예전에 수타크래프트라는 고전 게임을 좀 했는데……."

"큰늑대님의 뜻. 우리는 강해질 거다."

"휴우… 뭐, 어쩔 수 없죠. 레이드."

"아저씨의 뜻은 나의 뜻."

좋아. 다른 이들은 이미 이야기를 나누었으니까 이제 남은 건 엘로이스 씨군. 어차피 레이드 던전의 조건에 부합하지는 않지만 설명을 위해 따로 자리를 만들어야겠군. 그녀에겐 오자마자 너무 갑작스러운 이야기들뿐이었을 테니까 말이지.

"아, 그리고 엘로이스 씨에게는 나중에 따로 말씀드릴게요. 오늘 막 오셨는데 식사 때부터 이렇게 되니 참 죄송합니다."

"알겠습니다, 주인님."

"아직 지부가 완성되기까지는 시간이 남아 있습니다. 그때까지 여유가 있으니, 혹시 생각이 바뀌는 분들은 와서 이야기해 주세요. 아, 그렇다고 지부에서 퇴출 같은 건 아니고, 그랜드 퀘스트의 멤버에서만 제외될 것이기 때문에 걱정 안 하셔도 됩니다. 자, 그럼 식사도 끝났고, 이후엔……."

이다음은 드래고닉 레기온 트레일러로 가서 모든 이들의 자료 등록과 교체 절차, 또 새로운 멤버들의 신체검사를 실시했다. 물론 난 안 갔다. 병원 조까라 해. 씨발! 거길 가느니 죽고 말지. 그래서 남은 건 신체검사가 필요 없는 세연이와 나뿐이었다.

"…저기, 세연아?"

음, 둘만 남으니 어색하군. 세연이는 날 등지고서 혼자서 휴대폰으로 무언가를 하고 있었다. 내가 말을 걸어도 무심하다. 음, 예전에 느낀 바로는 세연이의 화를 푸는 데는 스킨십이 제일 나았던 거 같다. 그러면 닭살 커플 같은 짓을 해야 하나? 아니다. 이 기회에 제대로 이야기해 둬야 한다. 미봉책은 좋지 않다.

"……."

"저기, 있잖아. 매번 새로운 사람이 올 때마다 일일이 그러면 안 좋지 않겠니? 특히 여성 적합자들이 들어올 때마다 그러면 곤란하잖니? 더구나 이번에 오신 분은 힐러이신데… 네가 아직 적합자 세계에 온 지 얼마 안 되어 그렇지만……."

최대한 사근한 말투로 타이르려고 노력하는 나였다. 뭐, 세연이 입장에서 보면 좋아하는 사람 곁에 매력 있는 사람이 오는 것은 경계할 만한 일이었으니까. 그래, 나만 해도 미현 누님 옆에 다른 멋진 남자가 있다고 생각하면 충분히 이해 가능한 일이다.

"아저씨, 미안해."

"응?"

"생각해 보면 그분은 오늘 막 왔을 뿐인데, 내가 너무 과민했던 거 같아. 나도 모르게 불안해서 그랬나 봐."

"세연아아아~"

예전에 세르베루아 님 때에 비하면 비약적인 발전이다. 그때는 내가 끙끙 앓았었지. 이렇게 순순히 인정해 주니 얼마나 귀여워? 나는 세연이의 등 뒤로 가서 껴안아 준다. 아, 은은한 냉기가 내 체온이 내려가면서 기분이 좋아진다.

'아… 시원해. 진짜 세연이 하나 있으면 에어컨은 필요 없겠다.'

"아저씨, 설마 세연이를 여자로 안 보는 거 아니야?"

"컥! 아냐, 세연이가 얼마나 예쁜데……."

빈말이 아니더라도 세연이는 충분히 미소녀다. 16세라는 적절한 나이 덕에 쿨하고 귀여움이 둘 다 묻어 나오는 외모. 날씬한 모델 체형까진 좋았지만 더 이상 자라지 않는 점 때문에 가슴 쪽의 빈약함은 영원히 극복 못할 문제가 되었지만 말이다.

"음, 더 이상 추궁 안 할게."

'휴… 다행이다.'

"하지만 아저씨 주변엔 왜 이렇게 매력적인 여성들이 모여드는 건지 추궁하고 싶어."

"그건 또 무슨 소리야?"

"미현 언니랑 나, 그리고 미래 언니 셋뿐만 아니라 교육소에서 온 유성아라고 했나? 여자아이도 있고, 추가로 영국인 미녀 메이드까지. 충분히 라이트노벨이나 미연시에서나 나올 법한 히로인 구성이야."

…얘가 무슨 이상한 소리를 하는 건지? 게임은 게임이고, 현실은 현실이란다. 세연아, 물론 미현 누님이야 내가 잘해 보고 싶지만 미래는 그냥 소꿉친구고, 성아는 아동청소년 보호법으로 관련되면 잡혀갈 정도로 너무 어리고, 엘로이스 씨는… 그 무뚝뚝하고, 절도 있는 군인 같은 메이드는 어디가 히로인인데? 그리고 세연이는… 보자.

"넌 확실히 히로인이라고 인정할 수밖에 없군."

"루트 진입해도 되는데?"

"아니, 안 할 건데?"

"왜? 역시 죽은 몸이랑은 싫은 거야? 역시 데스 나이트라서?"

"아냐. 그런 게 아니라 나 따로 좋아하는 사람 있어."

결국 말해 버렸군. 여기까지 온 이상 세연이에게 밝힐 수밖에 없다. 언제까지 감춰 둘 수 없는 마음이니까 말하고, 알게 했어야 했는데. 하지만 그 대상이 미현 누님 본인이 아니라 세연이라서 밝히는 게 꺼림칙했기에 이때까지 미뤄 왔다만 결국 밝혀 버리게 되었다.

"응. 알고 있었어."

"쩝… 티 났냐?"

"여기까지 몰아붙여서 미안해."

"아니, 나야말로 네 기분을 아는데 그동안 제대로 응답 못해서 미안해."

왠지 내가 어장 관리한 듯한 기분이라서 철저히 사죄를 한다. 하지만 나도 미현 누님에게 먼저 내 마음을 알리고 싶었단 말이야. 어쨌든 따로 마음을 둔 사람이 있다는 걸 알았으니 이제 대시하지 않겠지.

"괜찮아. 그래도 최후의 승자는 세연일 거니까……."

"너, 엄청난 자신감이구나?"

"세연은 이미 아저씨가 좋아하는 사람보다 항상 가까이 있는걸. 그리고 이렇게 만지고 있고 말이야."

"…크윽!"

진짜 놀랄 정도로 사랑이 깊고, 매력적인 아이다. 우와! 하마터면 반할 뻔했어. 나도 이만한 자신감과 용기를 가졌으면 좋으련만. 그랬다면 이미 미현 누님에게 고백하고 잘 되어 있을지도 모르지. 후우~ 나도 힘내야겠지.

억지로 정신을 추스르며 내 자리로 돌아간다.

페이즈 6-4

풀 파티입니다. 접속하세요

며칠 뒤…….

무사히 2팀과 합쳐서 새로운 등록은 했고, 이제 남은 건 지크프리트 씨에게 보고 겸 포부 발표를 해야 하는군. 요즘 시대가 좋아져서 화상 통화로 회의를 할 수 있어서 좋았다.

뭐, 세르베루아 님의 '맹약의 부름'을 사용하면 난 단숨에 영국으로 갈 수 있긴 하지만, 그러면 수십만 원이나 하는 귀환 크리스털을 써서 돌아와야 하니까 비효율적이어서 이런 방법으로 회의한다.

[흠, 드디어 지부 멤버를 모두 꾸리셨군요.]

"예. 2팀 데이터도 보내 드린 대로고, 연봉 협상을 이제 시작해야겠죠."

[그런데 저레벨이 상당히 많군요. 예산엔 상관없이 미스터 아이언의 레벨 업만 신경 쓰면 된다고 했는데…….]

"탱커가 지부장인 길드는 하나도 없어서 레벨 차이라도 있어야 무시를 안 당해서요. 그리고……."

[그리고?]

후~ 떨린다. 멋대로 일을 벌인다고 혼나지 않으려나? 최악의 경우엔 입단 취소, 지부 설립 취소 벌어질 수 있는 큰 문제이지만 이미 결심하고 저지른 일이다. 후우~

"한국의 그랜드 퀘스트를 클리어할 멤버를 구성하기 위해서입니다. 그럴 만한 믿음을 쌓아 가려면 아무래도 레벨이 이미 오른 사람보다는 새로이 교육소를 나오는 신입이 좋을 테니까요."

[그랜드 퀘스트요?]

"예. 한국의 그랜드 퀘스트, 천지호를 목표로 할 겁니다. 이 멤버들도 그러기 위해 모은 것입니다."

가운데 스트레이트. 직구! 다른 말은 필요 없다. 내 말을 들은 지크프리트 씨는 놀란 표정을 짓다가 날 바라보는데… 잠시 생각을 하더니 입을 열기 시작한다.

[흐음~ 그랜드 퀘스트를 하기 위해서 미스터 아이언을 한국 지부까지 만들어서 끌어들인 건 사실이지만, 한국 지부에서 단독으로 그랜드 퀘스트를 하겠다는 건가요? 거기까지는 권한을 드린 일이 없습니다만?]

"휴우… 그랜드 퀘스트에 얽힌 비밀을 아십니까?"

[비밀요?]

나는 현마에게서 받은 정보를 지크프리트 씨에게 알려 준다. 어비스 랜드의 그랜드 퀘스트의 보스들은 모두 특정한 목적을 가지고, 이 세계에 나타난다는 것을 말이다. 드래고닉 레기온이 해치웠던 그 미래형 던전의 기계 키메라는 사실 성경에 나오는 아포칼립스 드래곤이라는 사실을 말이다.

[세상에, 미스터 아이언은 언제 그런 정보를?]

"저도 안 지 얼마 안 되었습니다. 확실하지 않은 걸 알릴 순 없으니까요. 그리고 한국의 천지호의 그랜드 퀘스트를 받은 자를 만나서 확인한 사실입니다."

[흠~ 그래서? 그 한국의 천지호는 무슨 목적을 가지고?]

"그러니까 이거 한국의 신화와 관련된 이야기인데요. 그 한국의 시조격 되는 단군이라는 분이 있는데……."

나는 어설프게나마 단군 신화와 관련되어서 제멋대로 목적을 '웅녀의 후예들에 대한 시험'이랍시고, 강림하려는 천지호에 대해 이야기해 준다. 그리고 그 레이드 던전의 조건이 엿 같은 게 '한국인 20명'이라는 조건이다. 그 외에 외국인이 들어오면 천지호가 광폭화해 버린다는 거까지 알려 드린다.

[흠…….]

"그, 믿기는 힘드시겠지만 그렇게 나와 있더라구요."

[뭐, 미스터 아이언의 말이 믿기 어려운 건 아닙니다. 확실히 저희가 그랜드 퀘스트를 행할 때도, 그리스도교 신자 한정(세례명을 받은 이)이었으니까요. 굳이 그리스도교라 표현한 이유는 아무래도 구교, 신교의 차이를 두지 않기 위해서일 겁니다. 그 이유가 이제야 이해가 되는군요.]

과연, 다른 그랜드 퀘스트도 그런 종교 편파적인 조건이 붙어 있던 것인가? 하긴 이쪽은 국적 제한이라서 엿 같지만, 저쪽은 멤버 구할 때 세례만 받으면 되니까 훨씬 편하잖아. 우리도 좀 혈통 제한이라도 없으면 그냥 국적 따게 해서 레이드 뛰면 되는데 말이야.

"어쨌든, 한국의 그랜드 퀘스트도 그랜드 퀘스트이니까 길드의 방침에는 어긋나지 않을 거고, 또 안 하면 결국 난리 나거든요. 그 천지호라는 호랑이씨 웅녀의 후예들의 문명을 선사시대로 돌려 버린다니 어쩌니 해서……."

[다른 한국 길드는 계획이 없답니까? 그런 재앙이 몰려오는 거면…….]

"올 거 같으면 외국 뜬답니다."

[뭡니까? 거기는 애국심이라든가? 정의감 같은 게 없습니까? 노블레스 오블리주의 정신은요? 아니, 그 이전에 국회의원들은 뭐한답니까?]

예. 없습니다, 없어요. 저 말에 반박을 못하는 게 부끄러울 정도다. 망할 정부 새끼들, 3대 길드 다 모아서 레이드팀 보낼 생각도 하지 않으니 답답하다. 물론, 그랜드 퀘스트 던전은 한번 들어가면 데드 or 클리어이니 목숨 걸고서 가려는 사람이 없긴 하겠지만……

"그래서 제가 가려는 거 아닙니까? 엿 같은 새끼들. 안 가면 여기 망하니까 말이죠. 아니, 현실적으로 저 아니면 이제 없습니다."

[과연. 뜻은 이해했습니다. 그래서? 가능성은 있습니까?]

"없으면 진작 영국 간다 했을 겁니다. 아니, 없다고 해도! 제가 도망갈 인간입니까? 제가 언제 안 나섰습니까?"

그레이트 바실리스크 때, 잘못된 탱커 인계로 석화 브레스에 모두가 피해를 입었을 때, 난 달려 나갔다. 그리고 세연이에게 도발 스킬을 쓰지 말도록 했다.

지크프리트 씨는 잠시 눈을 감더니 그때를 생각하는 듯 피식 웃으면서 말을 잇는다.

[하긴 미스터 아이언의 뒷모습만큼 믿음직한 것은 없지요. 제 적합자 삶에 있어 당신은 가히 탱커 오브 탱커라고 지칭할 만한 사람입니다.]

"그 대답, 왠지 무서운뎁쇼?"

등짝, 등짝을 보자, 할 거 같은 마스터 지크프리트의 말이었다. 이 양반, 나중에 영국에 불러 가지고 비누 주우라고 할지도 모른다. 주의해야지. 근데 탱커 오브 탱커라. 그거 왠지 멋지네?

[알겠습니다. 미스터 아이언 당신을 믿고, 한국 지부의 그랜드 퀘스트 토벌을 허가하겠습니다.]

"감사합니다. 마스터 지크프리트!"

[어쨌든 저희 길드는 그랜드 퀘스트를 위한 조직. 당신의 역량을 시험해 볼 기회가 되었군요. 그리고 조직으로서도 확실한 목표를 가지고 나아가는 편이 좋습니다. 그런 의미에서 벌써 비전을 세우고, 계획을 이루려고 노력하는 모습을 보니 지부장으로 임명한 보람이 있군요.]

"아뇨. 그건 과찬입니다. 하하하."

[하지만 그랜드 퀘스트는 기밀로 진행하셔야 할 테니, 저희도 내부적인 자금이라던가 지원에 한계가 있을 겁니다. 미스터 아이언도 한국 지부가 단독으로 그랜드 퀘스트를 한다는 걸 알리고 싶지 않으시죠?]

"예, 맞습니다."

어쨌든 길드 마스터에게도 승인이 났다. 다만 직접적으로 그랜드 퀘스트를 한다고 알리는 게 아니라 우리 지부 재량으로 행하는 것이기에 지크프리트 씨처럼 비밀로 하려면 본국에서 지원을 적게 받아야 한다. 그 말인즉, 우리 지부에서도 레벨 업뿐만 아니라 어느 정도 저축이 필요하다는 것이었다.

"그러면 좀 빡빡하게 저축을 해야겠군요. 레벨 업에 지장이 없게 하려면 이거 돈 문제가 빡세겠네요."

내 사비를 투자해야 하나 말아야 하나를 고민하게 만드는군. 던전을 무리 없이 돌리려면 크리스털, 포션, 수리 키트를 팍팍 쓰면서 구르는 게 최고인데. 게다가 다수 인원으로 돌 거고, 개인 분배금이랑 길드 예치금도 따로 나뉘니까. 으음~ 끙, 빡세다. 많이 빡세다. 그래서 보통 길드들은 레벨 업을 천천히 하고, 자금을 모으는 데 집중을 하는데…….

'그랜드 퀘스트를 하려는 목표일은 내년 초. 빡세게 업하면 될 거라 생각했는데 지원에 한계가 있다 하면… 끄응, 골치 아픈데?'

[미스터 아이언, 방송이라던가 광고 같은 거 안 들어왔습니까?]

"예? 아, 들어왔죠. 질리게도 많이요. 그게 왜… 아하!"

이거다. 내가 방송 인터뷰, 예능, 광고에 나가면 내 수익도 있지만 길드 수익도 들어가는구나! 즉, 예산을 불리려면 보자… 내 사비 좀 보태고, 방송에 나가서 열심히 벌어야 한다는 거군. 하아~

[그럼 어쨌든 기대하겠습니다. 미스터 아이언.]

"예이."

화상 통화를 종료한 나는 한숨을 한 번 푹 쉬고, 컴퓨터를 뒤져서 일전에 받았던 방송 및 인터뷰 리스트들을 확인한다. 아오, 시간이 남아나질 않겠구만~ 엠병. 그랜드 퀘스트가 뭔지. 고생길이 훤하구먼. 그래도 어쩌냐? 할 수밖에 없지.

✦ ✦ ✦

광고와 방송 문제는 일단 세연이에게 일임했다. 돈 많이 주고 적게 나가는 걸로 부탁했고, 나는 그동안 이제 미팅 2개를 남겨 두고 있었다.

유성아, 아머드 나이트 정상연을 기조로 하는 2팀 전체 미팅. 할 일 더럽게 많네. 가장 먼저 처리한 것은 유성아와의 대화였다. 시간이 매우 아까웠기에 길드 업무도 처리하고 크로니클 안내도 해 줄 겸 동행하였다.

크로니클, 서울 지부.
"여기가 크로니클이야. 길드가 없는 일반 적합자들의 업무를 처리해 주는 곳이지. 기타 헌터들의 주 소재지이기도 하고."
"그렇군요."
"혹시나 네가 길드를 관두게 되면 여기로 와서 주 업무를 보면 돼."
"그러면 아저씨는 여기에 어쩐 일로 오신 거예요?"
"난 길드 정황 신고. 새 멤버가 엄청 늘었거든. 그 업무 때문에 온 거야."

그나저나 성아는 작고 귀엽다 보니 내가 주로 이용하는 탱커 쪽 창구 사람들의 시선을 독차지한다. 아직 성아는 드래고닉 레기온의 제복을 입지 않았기에 그냥 평범한 복장이었다.

어쨌든 난 늘 들르는 미현 누님 쪽의 카운터로 가서 서류 뭉치를 내면서 절차를 밟는다.

"세상에, 웬일이니? 길드 사람들이 이렇게 늘어난 거야?"
"예. 총 8명요."
"음, 시간 좀 많이 걸릴 테니까 좀 쉬고 있어 줄래?"
"그러죠."
"그런데 그 애는 누구니? 세연이도 모자라서 이제 벌써 첩을 두는 거니? 어머나~ 귀여운 게 장래성은 확실하겠는걸!"

그런 거 아니에요! 그냥 단순한 길드원이라고요!

어쨌든 새로 들어온 인원에 대해서 정확히 이야기하고, 절차를 기다리는 동안 성아와 대화를 나누고 크로니클의 안내를 해 주기로 한 나였다.

"여기가 귀환 장소야. 길드에 있다가 탈퇴 신청을 한 다음 귀환 크리스털을 쓰면 이곳으로 오게 되지. 아, 물론 기존에 길드가 없던 적합자들도 이곳이 귀환지이기도 하고 말이야."

"헤에……."

"그리고 여기가 보관실. 캐비닛을 빌려 쓸 수 있어. 일반 물건 같은 거 보관해 주는 장소이기도 해. 또 나가서는 각 은행 창구도 있고, 층이 바뀌어서 위로 가면 이제 헌터 사무소가 있고, 지하에는 상점가가 있어. 포션이나 기본 장비 같은 걸 살 수 있지만 포션 말고는 비싸서 살 게 별로 없어."

친절히 설명해 주면서 주변을 둘러보다가 딜러와 힐러 창구도 일단은 견학시켜 줄 겸 한 번씩 들렀다. 그러고도 아직 시간이 모자라다는 미현 누님의 이야기에 난 예전에 세연이와 이야기를 나누었던 벤치로 성아를 데려가서 앉았다. 캔 커피나 한잔해야지.

"넌 뭐 마실래?"

"그냥 음료수로 할게요."

음료수를 뽑아 준 나는 성아 옆에 나란히 앉는다. 일단 감상부터 물어볼까?

"그래서 어땠냐? 크로니클은?"

"글쎄요. 완전 새로운 곳이라서 그저 신기하기만 해요. 저 많은 사람들이 다 적합자인가요?"

"뭐, 여기 올 용무가 있는 사람들이라면 대부분 적합자들이지. 탱커든 딜러든 힐러든 일단 길드에 소속되기 전까진 여기서 모든 일을 해야 해. 사람들 풍경 좀 그렇지?"

크로니클을 돌아다니는 사람들의 행색은 가지각색이지

만 알기 쉬웠다. 딜러들은 오늘 수입에 대해 떠들고 있었으며, 힐러들은 늘 기분이 좋은지 웃으면서 다닌다. 반면 탱커들은 어딘가 한 군데씩 붕대를 감은 채 음울한 표정으로 드나드는 모습.

'쩝… 이 애는 아직 못 알아보겠지만, 알아보는 나는 씁쓸하군.'

"그랜드 퀘스트는 어렵죠?"

"어. 아직 직접 해 보진 않았지만 겁나게 어렵단다. 세계에서 단 한 길드만 깬다니까……."

"그 길드가 저희 길드잖아요. 승산이 있으니까 하는 거겠죠?"

그래 봐야 일개 지부밖에 안 돼요. 이 맹랑한 꼬맹아.

승산? 있었으면 좋겠네. 뭐, 현마 녀석이 공략을 안다니까 나중에 브리핑받아야 되지만, 솔직히 지금은 아무것도 모른다.

"승산이라. 그런 게 있었으면 다른 사람들이 눈에 불을 켜고 쳐들어갔겠지?"

"그, 그러면?"

"그래도 누군가는 꼭 해야 하는 일이야. 자세히 설명은 못하겠지만."

"…아저씨가 꼭 해야 하는 건가요?"

나밖에 할 사람이 없는 게 문제지. 이런 좆 같은 일, 선뜻

나설 수 있는 사람이 없는 것도 문제인데, 그게 나뿐인 게 더 소름 돋는 일이지.

"어쩌겠냐? 안 하면 많은 사람들이 곤란해하는데. 하하하."

"세상엔 아저씨보다 대단한 사람 많지 않아요? 레벨도 더 높고, 더 똑똑하고, 강한 사람들이 많은데 왜 아저씨가 하려는 거예요?"

"그야 당연하잖아. 바보니까 하는 거지. 똑똑하고, 강한 놈들이야 갈 데도 쓸 데도 많으니까 도망가면 그만이거든. 참 좋은 세상이지."

그렇게 난 한숨을 내쉬며 캔커피를 입에 털어 넣는다. 나를 바라보는 성아의 시선이 묘하다. 뭐냐? 마치 바보를 바라보는 듯한 눈이다.

"아저씨, 바보네요."

"아까 말했잖아. 이 바보야."

"성아는 바보 아니에요!"

이건 뭐, 애들 싸움도 아니고. 난 한숨을 쉬면서 그냥 져주기로 한다. 이런 애한테 이겨서 뭐하겠냐? 더구나 이 아이의 힘도 필요한 마당에 감정싸움으로 번져선 안 된다.

"그래, 우리 둘 다 바보다. 그래서 어쩔 거야? 그랜드 퀘스트 안 할 거냐? 물어볼 게 있으면 더 물어봐."

"음, 그랜드 퀘스트에 성아가 필요해요?"

"어. 너 딜 세 보이고, 광역 딜 엄청 쩔어 보여서 필요해. 하지만 강요는 안 해. 선택은… 네 몫이야."

"선택인가요?"

"그래, 선택이야."

선택은 중요하다. 스스로가 생각하고 스스로가 결정하게 하는 것. 적합자의 세계에서 누굴 원망하거나 후회하지 않게 하려면 모든 순간 스스로 행하는 것이 가장 중요하다. 뭐, 나도 그렇다. 도망칠 수 있지만 난 그랜드 퀘스트와 싸우는 걸 선택했으니 이러고 있는 거다. 힘들다고 징징거려도 몸과 마음을 움직일 수 있는 건 내가 선택한 길이기 때문이다.

"앞으로 적합자 생활이나 그랜드 퀘스트에 가장 중요한 덕목이지. 누군가에게 끌려가거나 하지 말고, 스스로 선택하는 것."

"음, 결정했어요."

"그래?"

"제 클래스 아틸러라이저. 이 위험한 힘을 제대로 발휘하고 진정으로 누군가를 위해 싸울 필요한 곳이 있다면 아무래도 그랜드 퀘스트뿐이겠죠? 그러니, 저도 그랜드 퀘스트를 하겠습니다."

좋았어. 이로써 다 구해졌군. 이제부터 시작이다.

지부가 완성되기 전에 그래도 우리 팀원이 될 사람들의

의사는 모두 확인해서 다행이었다. 남은 건 엘로이스 씨인데… 어차피 그녀는 그랜드 퀘스트를 못하니 그저 힐러로서의 임무만 제대로 해 달라고 하면 되겠지.

페이즈 7-1

햇빛도 그늘이 있어야 밝고 눈부시다.

다만 그늘이 조금 짙을 뿐

스스스스스……

 내 적합자 인생 중 던전 중에서 가장 가기 싫고, 혐오스러운 곳이 어디냐고 묻는다면 바로 지하 묘지라고 단언하고 싶다. 폐쇄적인 공간. 스산한 분위기, 어둡고 나타나는 몬스터는 죄다 해골, 좀비, 박쥐와 같은 언데드 계열로 생리적 감각이 비명이 지를 정도로 혐오스러운 놈들 천지라서 적합자들 사이에서도 별로 가고 싶지 않은 곳이다. 가고 싶지 않은 곳이면 차라리 수입이라도 좋으면 모를까…….

 '객체수가 많고 저레벨인 탓에 좀비, 스켈레톤의 소재는 완전 헐값이고, 박쥐는 몬스터 주제에 현실 박쥐랑 다른 게 없고, 수입도 완전 꽝이라서 웃돈 받고 가야 할 정도지. 그

래서 던전 토벌 임무의 매물 자체는 넘쳐흐르고 말이야!'

"좁다. 어둡다."

"허허, 첫 던전인데 빡센 곳으로 왔구만~"

"무서워어~ 더, 던전이란 전부 이런 데뿐인가요?"

"세연에겐 괜찮은 장소네요."

각기 반응이 다르군. 고작해야 적정 레벨 18로 은화살이나 성수 몇 개 사 오면 10레벨에서도 돌 수 있을 만큼 쉬운 곳이다. 그리고 좀비나 해골들의 움직임도 느리고 말이다.

문제는 오로지 비주얼과 분위기로, 오히려 던전이라는 비일상 세계로 진입한다는 실감을 주어서 적절한 긴장감을 준다. 근데 세연이는 여기 있으니 너무 어울려서 무섭군.

"수입면만 빼면 신입들 교육 장소론 적합하군요. 몬스터들의 난이도 대비 경험치량도 충분하고, 만일에 대비해 제가 있으니 말이지요. 현명하십니다, 주인님."

"너무 칭찬하시는 게 아닐지? 하하."

"잘한 일은 칭찬하는 게 옳은 겁니다."

역시 퇴마 스킬을 가진 크루세이더인 엘로이스 씨는 이런 곳에서도 태연하게 신입들의 첫 던전을 지하 묘지로 택한 날 칭찬하고 있었다. 아니지, 역으로 크루세이더니까 그녀에겐 산책로 같으려나?

72레벨이라는 고레벨 힐러를 대동하고 있으니 경험이 있는 난 태연해 있지만……

"에, 일단은 성아는 빨리 공학계 갑옷 장착해. 은랑, 너도 빨리 변신하고, 짭달프 할배는 유틸리티 마법사가 뭘 해야 하는가를 제가 맨투맨으로 알려 드릴 테니 제 지시에 따라 주세요."

"아저씨, 나는?"

"오늘은 네가 메인 탱커야. 나랑 꽤 다녔으니, 이제는 제대로 탱커에 대해서 배워야지."

오늘의 파티 구성은 이렇다.

메인 탱커 및 리딩 : 이세연 (Lv.27 데스 나이트)

근접 딜러 : 백은랑 (Lv.10 울프 드루이드)

원거리 딜러 : 유성아 (Lv.10 아틸러라이저)

원거리 딜러 및 유틸 : 서경학 (Lv.35 위저드)

힐러 : 엘로이스 (Lv.72 크루세이더)

그리고 후방 탱커이자 파티장인 나, 크! 내가 짠 구성이지만 너무도 밸런스가 맞아서 감탄이 나올 지경이군(자화자찬).

"변신! 메카닉 폼!"

"변신! 울프 폼!"

와, 둘이서 나란히 변신하니까 무슨 전대물도 아니고. 물론 변하는 결과물은 천지 차이였다. 은랑이는 이름 그대로 거대한 은색의 늑대. 와, 이거 잘하면 탱커라고 해도 되겠는데? 성아는 약 2미터 정도의 키를 한 강철의 기사로 변한다. 예전에 보았던 아머드 나이트와 유사한 형태였지만 약간 작고, 등 쪽에는 접이식으로 된 사각형의 포신 2개. 왼쪽 팔에 트윈 개틀링 런처, 오른쪽 팔에 블래스터 런처, 다리에는 미사일 발사대가 장착된 게 무시무시하구만! 저거! 클래스를 감추려 해도 힘들겠다! 그냥 봐도 포격기체네.

"주인님은 무장 안 하십니까?"

"어. 이런 던전에서 무장해서 내구도 깎아먹으면 역으로 수리비가 아까워. 엘로이스 님도 그렇지?"

"예. 다만 중재의 검만은 들고 있습니다. 이게 없으면 저 맨 앞에 데스 나이트에게 힐을 못 주기 때문에……."

자, 각자 무장을 마친 다음 던전 특성에 맞게 은랑과 세연이는 각자의 무기에 성수를 바르고 있었다. 세연이는 특히 데스 나이트라서 성수가 자신에게 묻으면 데미지를 받기에 더더욱 조심히 바른다. 이름이 '성수'라고는 해도 클레릭 계열이 생수 떠서 기도 한 번 올리면 되는 게 성수이니 가격이나 양에 상관없이 마음껏 쓸 수 있는 물건이었다. 그런데 짭달프 할배 댁은 안 발라도 된다니까! 법사가 무슨 지팡이로 근접전 할 일 있어? 성아의 경우엔 형상이 없는 에너지탄을 쓰기에 얘도 성수는 필요가 없다.

[아직 레벨이 낮아서 에너지탄을 쓰는 블래스터밖에 활성화가 안 되어 있어요. 흑…….]

"네 레벨에 너무 큰 거 기대 안 하니까 잘 쏴라. 머뭇거리지 말고 말이야. 어차피 길드로 묶이면 서로에게 피해 안 받으니까… 조심하고!"

[예!]

"자, 그럼 세연아, 출발하자. 고고!"

철컥……!

스컬 나이트의 갑옷 세트를 입은 세연이가 먼저 출발했고, 나는 파티 인터페이스와 전체 상태를 바라본다. 진형은 세연이가 3미터 정도 앞에 있고, 은랑이 천천히 뒤따르고, 그 뒤 다시 3미터 정도에서 남은 4명이 따라가는 형태였다.

[이세연 시점]

'…이게 메인 탱커의 시점인가?'

세연은 모두의 앞을 나서야 하는 메인 탱커의 위치가 얼마나 무서운지 느끼고 있었다. 자신은 늘 맨 앞에 나서 주는 메인 탱커인 강철이 있어서 그의 등을 바라보고 따라다녀서 던전의 공포가 여과되었지만, 실제 맨 앞에서 여과 없이 느끼는 공포는 장난 아니었다.

'눈앞은 오직 어둠뿐. 뭐가 나올지 모르는 광경. 지금 내 뒤에 있는 동료들은 믿을 만한 사람들이라서 괜찮지만…

등 뒤의 사람들도 믿지 못하는 데 있던 아저씨는 도대체 어떤 수라장을 거쳐 온 걸까?'

그의 자리에 있었기에 그의 기분을 느낄 수 있었다. 강철의 말로는 여긴 적정 레벨 18레벨짜리라서 27레벨인 세연이가 여유 있게 탱킹할 수 있다곤 했지만 실제 메인 탱커를 생전 처음해 보는 세연이로서는 미지의 장소를 선행하는 공포감은 가벼운 것이 아니었다. 강철의 서브 탱커로 함께하긴 했지만 맨 앞에 위치하는 메인 탱커의 기분은 완전히 다른 것이었다.

"……"

한 3분여를 그렇게 걸었을까? 오히려 지하 묘지의 을씨년한 분위기가 완전히 일행을 감싸고, 누구도 입을 열지 않았다. 뒤를 살짝 보니(데스 나이트 고유 패시브 : 죽은 자), 아저씨랑 엘로이스 님만 살짝 미소 지은 채 감상하듯 여유가 있어 보였고, 나머지 초행길인 은랑, 성아, 경학 할아버지는 주위의 분위기에 압도되었는지 연신 주변을 둘러보면서 경계할 뿐이다. 인간의 본능상 두려울 수밖에 없는 풍경이었으니 말이다.

'다들 조용하네~'

달그락… 달그락… 철그락.

무언가 물건끼리 부딪치는 소리가 점점 가까워지고 있었다. 인기척, 생기는 없지만 느껴지는 존재감. 무언가가 오고 있다.

세연은 양손 검을 꽉 쥐면서 긴장한다. 그리고 어두운 곳에서도 밝은 그녀의 시야는 다가오는 적의 숫자를 정확하게 체크할 수 있었다.

"해골 병사 넷이 옵니다!"

카아아아아!

쉬이이에에엑!

달그락!달그락!

뼈끼리 부딪치는 소리를 내면서 달려오는 해골 병사. 이 빠진 검과 녹슨 방패를 든 이들은 저주받은 기운을 두르고서 이곳에 침입한 산 자를 죽이기 위해 기괴한 소리를 내면서 뛰어오고 있었다.

세연이 먼저 튀어나가며 스킬을 시전한다.

"〈액티브-혹한의 검!〉"

사아아! 퍼걱!

푸른 냉기가 맺힌 대검을 휘둘러 해골 병사 둘이 동시에 맞도록 휘두르는 세연. 새하얀 냉기가 해골 병사들에게 맺히면서 둘의 움직임이 느려지자, 세연은 다시 방어 자세를 잡고 공격을 받아 내기 시작한다. 하지만 넷 중 둘의 어그로는 빠르게 잡았지만 둘은 세연을 보지 않고 지나가고 있었다.

"〈액티브 - 도발〉! '언젠가는 머리가 나겠… 안 나겠네요.' (언데드 사념)."

크르르르!

세연은 급했는지 2명의 공격을 받으면서 지나간 둘 중 하나를 도발한다. 남은 한 마리는 새 나갔는데, 그것을 본 은랑이 받아치려고 자세를 낮추고 으르렁댄다. 성아는 어느 쪽부터 딜을 시작해야 하는지 난감해하고 있었고, 경학 또한 대상 파악이 늦었는지 이제 주문을 시작 중이었다.

"은랑은 다가오는 건 치지 마! 저기 새파랗게 얼어 있는 거부터 쳐! 성아도 마찬가지! 은랑이 물기 시작하면 그놈부터 때려! 짭달프 할아버지는 함부로 마법 쓰지 말고, 대기! 딜 좀 보태려고 딜 마법으로 마나 낭비하지 마요! 할배는 유틸형 서포팅 법사이니까요. 세연이 너는! 걔들이랑 놀지 말고 샌 거 뒤통수 치러 와야지! 이미 한 대 세게 친 애들은 느릿느릿 널 보잖아! 제길! 〈액티브-도발〉 '아침 먹고 땡! 점심 먹고 땡!'"

파앗! 파각!

결국 강철이 나서서 다가오는 한 해골 병사를 도발과 동시에 두개골 부분을 주먹으로 후려갈긴다. 성수는 없어도 레벨 차이가 있어서인지 턱 부분이 날아가며 뼛조각을 흩뿌린다. 언데드 주제에 고통이 있는 건지 아니면 그냥 도발에 화가 난 건지 모르는 해골 병사는 미친 듯이 강철을 공격하려 하지만…

"지랄하네!"

파각! 파각!

현재 강철은 리미터가 되는 방패와 같은 것을 모두 제거한 상태라서 강한 완력으로 해골 병사의 양팔과 양다리의 뼈를 아작내 버리고, 땅에 버려둔다.

상태 이상으로 치면 양팔, 양다리 절단 상태가 된 해골 병사는 분하다는 듯 눈에서 붉은빛을 내뿜으며 강철을 노려보지만, 그는 그런 것에 신경 쓰지 않고 두개골을 밟은 채 세연이와 다른 파티 일행이 어떻게 하는지 바라본다.

[강철 시점]

세연이 녀석, 솔로 탱은 처음이라서 그런가? 그냥 3마리만 맡는 게 아니라 등을 맞을 각오하고, 밟고 있는 이놈 어글 잡으러 올 생각을 해야지. 엄연히 탱커는 맞는 게 일이니까 말이야.

"크르르륵! 〈액티브-후려갈퀴기〉!"

"어이쿠! 위험하군! 〈액티브-윈드 핸드〉!"

성아는 내 지시대로 세연의 혹한의 검에 움직임이 둔해진 한 놈을 집중적으로 때리고 있었다. 더불어 세연이에게 직격하는 검을 짭달프 할배가 마법으로 빗겨나게 한다. 눈썰미 좋네, 할배. 그리고 거대한 늑대가 앞발과 입을 사용해서 딜을 하는 건 상당히 위압적인 광경이었지만, 엄연히 10렙과 18레벨 차이다. 단순 체력 차이만 해도 2배가량.

더구나 이 녀석들, 10레벨 희귀 무기에 성수를 뿌려서 딜이 좀 나오는 편이어서 다행이었지, 일반 무기였으면 몇 분이나 싸웠을 것이다.

"〈빛의 자비〉… 〈빛의 자비〉."

[엘로이스 님이 모드레드 님에게 〈빛의 자비〉를 사용하여 42,311의 체력을 치유합니다.]

음, 어쨌든 진형이 잡히고 나면 힐러인 엘로이스 님이 힐을 하면 되는데, 워낙에 레벨 차이가 큰지라 캐스팅 시간이 빠르고 힐량이 적은 힐을 줘도 세연이의 풀 체력보다 더 많이 찬다. 참고로 27레벨인 세연의 체력은 39,231이다. 27레벨치고는 심히 사기스러운 체력량인 게 장비발도 있지만 클래스발도 무시 못할 정도였다.

'뭐, 처음 하는 솔로 탱커이니 그러려니 할까? 벌써부터 지적하면 애 기죽을라.'

파삭! 파가각!

그래도 훌륭히 진형을 잡고서 딜을 착실히 넣자, 몇 분 안 돼서 눈에 빛을 잃고 쓰러지는 해골 병사 셋이었다. 철저히 대비를 하고 왔으니 말이다. 힐러도 적정 레벨에 거의 4배나 되는 레벨을 가진 크루세이더까지 왔으니, 내 입장으로선 피크닉이나 마찬가지였다.

"휴우… 다 잡았다."

"아니, 이거 남았어. 성아야."

"그, 그건 이미 잡힌 거 아닌가요?"

다각다각!

발밑에서 발악하는 해골 병사를 가리키며 말하자, 성아는 깜짝 놀라 주춤거리며 물러선다. 거의 2미터나 되는 거

대한 메카닉이 소녀스러운 반응을 보이니 엄청 신기하군. 물론 안에 있는 게 진짜 소녀인 것도 알고 있지만 말이다.

어쨌든 내 말에 행동불능이 된 해골 병사를 처리한 뒤 소재를 모두 회수하고, 난 파티원들의 상태를 살핀다.

"보자, 상태 이상에 빠진 인원 없음. 힐량이 압도적이어서 전부 다 만피고, 다들 스태미나가 예상 이상으로 소모되었네."

"긴장감을 동반한 싸움은 쉽게 체력을 빼앗기기 마련이지요."

"첫 싸움이니까 봐주자고. 자, 다들 그러면 여기서 20분간 휴식."

보통 길드라면 계속해서 나아가겠지만 난 휴식 시간을 제시한다.

어차피 우리 지부는 지금 돈이 주요한 목적은 아니다. 애초에 그럴 거면 이 던전에 오지 않았을 것이다. 오직 필요한 건 구성원들의 빠른 숙련과 레벨 업, 그리고 팀워크다.

난 우선 휴식하는 동안 성아와 면담부터 시작한다. 그녀는 투구 부분을 열고서 가쁜 숨을 들이쉬고 있었다.

"하아… 하아……."

"할 만해?"

"긴장되고, 무섭고, 더구나 이 메카닉 갑옷, 정말 적응이 안 돼요오."

"그래도 기업 가는 거보다는 낫잖냐? 지금 쓸 수 있는 거 그 블래스터의 에너지탄뿐이지? 이제 고작 4마리 잡았어. 앞으로 수십, 수백 마리 잡아야 해. 쉬어~"

"흐에에에엥……."

다른 무장도 있지만 아직 레벨이 낮아서 해금이 안 된 상태. 저 흉흉한 트윈 개틀링건, 미사일 발사대, 등의 포신을 완전 전개해서 화력을 뿜어낼 걸 기대하니 즐겁군. 어쨌든 아직은 전혀 문제가 없는 거 같으니, 다음은 은랑이 놈에게 간다.

"왜 벌써 휴식인가? 이제 막 시작했는데……."

"네놈의 멍청한 짓 지적해 주러 왔다. 이 문둥아!"

역시 말짱하군. 이런 환경에 벌써 적응이 된 것인가? 녀석은 변신을 풀고서 물을 마시는 중이었다. 싸움으로 달아오르던 몸이 식어 가는 게 마음에 안 드는 눈빛으로 날 바라본다.

"어, 어째서?"

"너 딜러라는 놈이 탱커가 어글도 안 잡았는데 왜 달려들어? 그럴 거면 탱커형 드루이드를 하던가! 탱커가 어글 잡는 거 보고 들어가라고. 너 위협 수치 볼 수 있는 스킬 안 찍었지?"

"그걸 왜 찍나? 싸움에 도움되는 걸……."

"레벨 업하면 당장 찍어. 이 문둥이 자식아! 스킬 있긴 있지?"

"어, 음… 이건가? 〈패시브-적의감지. 설명 : 상대의 (위협 수치)를 감지한다.〉"

먹살을 잡고 홱! 홱! 흔들어 주면서 강조한다. 아니! 딜러가! 딜러가! 위협 수치 관리를 안 할 생각이라니, 황천길 직행 티켓 끊고 싶나? 이 녀석, 공격적인 성향은 좋은데 앞뒤를 안 가리니 진짜 짐승이 될 생각인 거 같다. 어쨌든 지적했으니 제끼고…

"할배는 할 만하쇼?"

"허허, 이거 두근두근거려서 즐겁네. 허허허."

"이게 즐겁다니, 치매신가요? 어쨌든 할배가 가장 중요해요. 딜보다는 유틸과 서포팅을 기대하는 마법사, 위저드이니까 어디 양판소에서 보던 거처럼 이상한 속성 마법 뿅뿅 던질 생각 말고 탐지, 상태 이상에만 주력해요."

"에잉! 내 코드 네임을 뭐로 보고! 난 정통 마법사를 꿈꾸는 할배일세!"

좋았어. 이 정도로 말짱하면 진행에 무리가 없겠군.

이제 마지막으로 세연이인가? 이 녀석은 특히 지적할 게 많은데……. 그녀는 빛이 꺼진 두개골과 뼛조각들에서 무언가 마법을 시전하고 있었다. 그러자 해골 병사들의 뼈에서 무언가 새하얀 기운이 빠져나가더니 세연에게 흡수되었다.

"야, 너 뭐하냐?"

"〈패시브-소울 드레인〉이요. 마력 회복하려고요."

과연, 레어 클래스다운 포스를 철저히 보여 주는군. 싸우느라 거의 다 썼던 마력이 금세 차오르고 있었다. 마력 포션 엄청 절약되겠다. 참고로 재료와 수요 공급의 문제로 힐링 포션보다 마력 포션이 훨씬 더 비싸다. 마력은 대부분의 직업이 다 가지고 있어서 포지션에 상관없이 쓰니 말이다.

"에, 방금 있잖아. 4마리 중에 3마리 어그로 잡은 건 좋은데… 나머지 샌 놈은 냅두면 안 되잖아. 이거 지금 네가 솔로 탱커라고 치고 하고 있는 거라고……."

"그러면 몸의 밸런스라던가? 이미 상대하고 있는 셋을 놔두고 뛰어가면 등 뒤로 아까 그 해골 병사들의 공격을 맞게 되는데……."

"그럼 맞아야지. 몬스터가 새 버려서 파티의 진형이 무너지면 다 죽는 거란 말이야. 힐러가 없다면 모를까, 지금 우리 힐러는 0.7초 캐스팅짜리 힐 한 방으로 네 체력을 풀로 채울 수 있다고. 뭐, 그게 아니더라도 탱커에게 있어 진형 유지는 아주 중요한 거야."

"맞으면 아프잖아."

"그래도 맞아야지. 탱커가 뭔데? 강한 탱커가 될 거라며? 나중에 나 바빠지면 너 혼자 탱커로 해서 던전 보내야 한단 말이야. 방금 전에 잘못했으면 저 멍청한 근딜 늑대가 죽진 않아도 어디 하나는 병신 되었을 거라고! 쫄 새면 칼같이 도발! 파티원에게 붙지 않게 한다! 탱커의 기본 중의 기본! 맞아야 하면 그냥 맞아! 그게 탱커 일이야!"

이 녀석, 표정이 어두워진다. 무표정인데 읽을 수 있는 내가 참 신기하군. 그만큼 이 녀석이랑은 척척이라는 건데…….

내가 너무 뭐라고 했나? 아니다. 탱커의 길은 험난하고도 힘들다. 처음부터 제대로 배워야 오래 살아남는다.

"아픈 걸 걱정해선 탱커 일 못해먹어. 알았지? 다음 쫄부터는 나 도발 안 할 거니까 집중해서 해 봐."

"으, 응."

음… 그래도 순순하군. 시무룩해 보이긴 하지만 그래도 탱커 일만큼은 제대로 못하는 꼴을 못 보는 나였다.

3년간 탱커로서 살면서 수많은 탱커가 죽은 모습을 보았다. 조금만 언급이 안 되고, 모습이 보이지 않으면 어느새 사라지는 게 이 업계다. 내가 없는 동안 던전을 진행해야 하는 탱커니까 확실하게 가르쳐야 했다.

상담과 함께 휴식을 완료한 우리 파티는 이제 더 깊은 곳으로 들어가기 시작했다.

"크르르르! 〈액티브-후려갈퀴기〉!"

"멸망의 천사님, 왼쪽부터 점사해 주십시오. 오른쪽 녀석을 쏘면 자칫하면 다른 무리들까지 불러올 수 있습니다!"

"그 이름으로 부르지 마세요! 이얍!"

푸슝! 푸슝! 푸슝!

옳지. 성아야, 참 잘한다. 이제 해골 병사 정도는 너끈하군.

실습과 교육의 반복 덕인지 2시간째 이제 벌써 총 숫자로 36마리나 되는 해골 병사를 잡은 우리 파티였다. 레벨 업도 순조로이 되고 있어서 벌써 은랑과 성아는 13레벨이 되었다.

그리고 계속 내려와서 지금은 동시에 6마리의 해골 병사를 탱킹하는 세연이었다. 양손 검을 휘두르고, 어그로가 밀리는 녀석을 도발을 시전한다. 음~ 이제 모양새가 나오는군. 저래야 탱커지.

"윽! 으윽! 놔! 죽어! 부서져!"

사아아아!

키에에에에!

퍼걱! 파각! 챙강!

탱커로서 6마리의 해골 병사를 동시에 상대하기란 쉬운 게 아니다. 모든 무기를 동시에 다 튕겨 낼 수 없으니 해골 병사의 공격을 그대로 맞아야 한다. 그래도 급소와 갑옷 틈새를 피해서 상태 이상을 막는 게 탱커가 갖춰야 할 테크닉. 이건 말로 아무리 알려 줘도 못 익힌다. 직접 찔려 가면서, 맞아 가면서 익혀야 하는 거다.

"크으윽! 으으……."

'이런, 왼쪽 팔꿈치 안쪽을 찔렸나. 쯧… 보기가 괴롭다.'

"이 망할 해골 바가지들이!"

퍼거억! 파사사삭!

냉기를 머금은 듀라한의 대검으로 해골 병사 하나의 머리를 터뜨리는 세연이. 그 쿨하던 세연이의 입에서 점점 험한 말들이 나오기 시작한다. 하지만 왼팔의 움직임이 이상한 걸 보니 관절 쪽이 당한 거 같았다. 하지만 깊지 않은 걸까?

세연이는 양팔로 다시 대검을 움직이며 남은 해골 병사들을 계속 상대하고 있었다.

"저기, 엘로이스 님, 재생 치료되시나요?"

"크루세이더는 불가능합니다. 힐러 중에서는 단둘, 메디컬라이저와 약사여래밖에 되지 않습니다."

흠… 아직 보스 근처도 안 갔는데 저거 큰 실수인데?

팔, 다리와 같은 신체 부위에 상태 이상이 걸리면 당장 방어 행동에 제약이 생긴다. 회피, 무기 방어, 방패 방어, 흘리기 등등 방어 테크닉을 못 쓰는 탱커는 말 그대로 밑 빠진 항아리가 되어 버리는 셈이다. 뿐만 아니라 결국 어그로도 못 잡아서 파티 전멸이나 다름이 없어지지.

어쨌든 해골 병사를 다 잡고서 난 팔의 상처를 보러 온다.

"괜찮아? 팔과 다리는 가장 중요한 부분이야. 기동성, 방어 행동. 탱커의 생명이야. 조심해. 더구나 너 스스로 보호막이나 생존기 아직 없는 깡스펙이지?"

"응. 아직 아저씨의 〈액티브-티아메트의 본능〉이라던가 〈액티브-베히모스의 재생력〉 같은 게 안 생겼어."

아직 직접적인 생존용 스킬이 안 생겨서 어쩔 수 없나? 음, 이대로면 탱킹하기 상당히 힘들 테지만, 힐러의 역량이 좋으니 그냥 갈 수도 있는 부분이었다.

어쩐다. 팀을 위해서 냉정하게 판단해야 한다. 우선 세연에게 의사를 묻는다.

"힐량이 압도적이고, 이대로 탱킹은 가능하니까 그냥 가자…….."

"예."

크윽! 그런 눈으로 보지 말라고. 말은 '예.'라고 하고 있지만, 눈빛은 약간 감정이 상한 듯했다. 어쩔 수 없다. 메디컬 라이저 같은 힐러가 아닌 이상에야 못 고치니까…….

방어 효율이 안 나오면 치료하는 편이 낫겠지만, 18레벨 적정 던전에서 72레벨 힐러가 힐 한 번 할 때마다 만피가 차오르는 형태니까 그냥 가는 게 낫다고밖에 볼 수 없다.

'물론 탱커로서는 욕이 절로 나올 수밖에 없는 상황이지.'

팔의 고통은 그대로 견디면서 가야 하니까 상태 이상으로 겪는 아픔, 그리고 이 상태에서도 계속 맞아야 하는 부조리함. 어그로 잡기도 더 힘들어질 테지만 그대로 가야 한다.

이 정도로 내가 대신 탱킹을 하면서 도와주거나 하면 안 된다. 난 세연이에게서 고개를 돌리고, 인터페이스의 지휘에 집중한다.

그리고 우리 파티는 이대로 지하로 계속 향했다.

4권에 계속

www.mayabook.co.kr

www.mayabook.co.kr